초록빛 힐링의 섬
아일랜드에서 멈추다

일러두기

이 책의 외래어 표기는 국립국어원의 외래어 표기법을 기본으로 하였으나, 아일랜드에서는 게일어와 영어를
혼용해 사용하므로 지명과 인명 같은 고유명사는 현지의 발음을 우선하여 표기하였다.

초록빛 힐링의 섬
아일랜드에서 멈추다

아이리시 남편과 함께한

펍, 음악, 문학, 축제 그리고 여행의 나날들

이현구 지음

모요사

여행에서 삶으로,
다시 새로운 사랑으로

　서유럽에서도 서쪽 끝에 있는 작은 섬나라, 아일랜드. 최근 어학연수나 워킹홀리데이로 아일랜드를 찾는 사람들이 늘어나고, 텔레비전 프로그램에 종종 소개되면서 한국에도 많이 알려졌지만, 내가 아일랜드에 첫발을 디딘 2010년만 해도 아일랜드는 그저 낯선 미지의 나라였다. 내가 아일랜드에 어학연수를 간다고 했을 때 IRA(아일랜드 무장 독립단체) 때문에 위험하지 않은지, 왜 영어를 배우러 호주나 영국이 아닌 아일랜드로 가는지 묻는 사람이 많았다.

　아일랜드에 오기 전, 나는 서울 서교동의 작은 오피스텔에서 프리랜서 글쟁이로 혼자 살았다. 사보와 잡지에 다양한 종류의 글을 써서 번 돈으로 짬짬이 이 나라 저 나라 여행을 다녔다. 나름 자유롭고 재미있고 바쁜 삶이었다. 하지만 언제부터인지 내가 정말로 쓰고 싶은 글에 대한 갈증이 생겼다. 그 뒤로 일 년 정도 휴식기를 갖고 내 안의 나를 온전히 마주하고 싶다는 바람이 하루하루 더 간절해졌다.

　그런데 일을 줄인다고 해서 내가 원하는 쉼을 얻을 수 있을 것 같지는 않았다. 내가 머물고 있는 삶의 자리를 물리적으로 벗어나야 했다. 그러려면 한국 밖으로 나가야 했고, 당시 나에게는 어학연수로 학생

비자를 받는 방법밖에 없었다. 그 참에 늘 잘하고 싶었던 영어를 집중해서 공부할 수 있을 테니 나쁘지 않은 선택 같았다. 다음은 어디로 갈지 선택해야 했다. 영어권 국가 중에서 영국과 호주는 가봤으니 별로 마음이 당기지 않고, 미국은 그다지 가고 싶지 않고…… 결국 캐나다와 아일랜드로 선택지가 좁혀졌다. 캐나다의 단풍나무 숲과 대자연이 눈에 아른거렸지만 나는 이상하게도 자꾸만 유럽 변방의 작은 섬나라에 숨고 싶었다. 그리고 아일랜드로 떠나기로 결정한 날, 마음에 찾아온 평화가 내 결정이 옳다고 알려주었다.

그 많던 시간이 어디로 다 가버렸는지, 아일랜드에 온 지도 어느새 10년이 다 되어간다. 영어로 하루를 시작하고 영어로 마감하는 일도, 수시로 변하는 날씨에 대비해 덧입을 옷과 우산을 챙겨 넣는 일도 이제는 너무나 익숙한 일상이 되었다. 한국에 있는 가족과 친구들, 엄마표 음식이 늘 그립지만 향수병을 앓을 정도는 아니다. 그저 가끔씩 마음의 감기처럼 찾아왔다가 아일랜드의 비바람에 씻겨 가곤 한다. 물론 남편이라는 '가족'이 생기지 않았다면 불가능했을 것이다.

어학연수생으로 머물던 때는 종종 향수병을 앓았다. 외롭고 힘든 순간마다 한국에 있는 가족이나 친구들과 통화하거나 메신저 채팅을 했고, 가끔 한국 영화를 보거나 한국에 돌아가서 하고 싶은 일들을 생각하며 견뎠다. 하지만 아이리시 남자와 결혼하고 아일랜드에서 가정을 꾸리고 나니, 나를 둘러싼 모든 것이 이전과는 달라 보이기 시작했다. 다른 나라를 여행하거나 가족을 보러 한국에 가서 머물 때도,

이제 나에게 '돌아갈 곳'은 한국이 아닌 아일랜드, 남편 존과 둘이 삶을 꾸린 브레이Bray의 작은 아파트가 된 것이다.

존과 나는 우리가 다니던 더블린의 작은 현지 교회에서 처음 만났다. 그는 뮤지션이자 요리사였고, 동시에 자신의 재능인 음악과 요리를 사람들에게 가르치는 선생님이었다. 우연인지 운명인지, 우리는 더블린의 어떤 거리, 어느 카페에서 마주치기를 여러 번 했다. 얼굴만 알던 그와 자연스럽게 대화를 텄고, 브레이에서 그레이스톤즈Greystones까지 이어지는 긴 산책길 위에 함께였던 어느 여름날, 나는 언젠가 인생길 위에서도 그와 함께하게 되리란 걸 예감했다.

언어가 완전히 다르고 자라온 문화와 환경도 전혀 다른 두 사람이 시작한 결혼 생활에는 매일 새로운 도전과 모험이 기다리고 있었다. 우리도 여느 부부들처럼 다투고 화해하기를 반복하며 살지만, 제법 마음이 잘 맞아서 많은 시간을 함께 보낸다.

우리는 매우 다르면서도 닮았다. 나는 낯을 좀 가리고 분위기를 많이 살피는데 존은 낯선 사람과 말을 섞는 데 거침이 없고 이야기를 재밌게 부풀려 사람들을 웃기는 걸 좋아한다. 그런가 하면 우리는 둘 다 철없는 어린아이 같은 면이 있어서 잘 웃고, 잘 울고, 유치하게 논다. 훌쩍 떠나는 걸 좋아하고, 음악과 영화와 음식을 좋아하고, 늘 새로운 모험을 꿈꾼다.

아일랜드에 산다는 이유만으로 나를 부러워하는 친구들에게 늘 하는 말이지만, 어느 나라에서 살든 생활의 고단함, 크고 작은 일상의 문제는 똑같이 존재한다. 그것이 '여행'과 '생활'의 큰 차이일 것이다. 그리고 아무리 그 나라가 편하고 가깝게 느껴져도 외국인으로 살아가는 건 여전히 외로운 일이다.

그럼에도 불구하고 나는 내 노마드적인 삶이 꽤 맘에 든다. 일상과 여행의 경계에 있는 삶. 어쩌면 아주 오래전부터 꿈꾸었던 삶이고, 그래서 나도 모르는 사이에 여기까지 흘러왔을 것이다. 비와 바람에 지쳐 다른 나라로 떠나고 싶을 때도 있지만, 막상 떠나면 금세 아일랜드의 초록빛이 너무나 그리워진다. 때론 미워도, 결국 사랑할 수밖에 없다.

이 책에는 내가 아일랜드에서 보낸 적지 않은 시간이 흐르고 있다. 그 시간 동안 여행자로서, 그리고 생활인으로서 발견한 아일랜드의 다양한 모습을 솔직하게 담아내려 애썼다. 평소 아일랜드가 궁금했던 사람에게는 아일랜드의 진짜 매력을 소개하는 다정한 중매쟁이가, 짧게 혹은 길게 이미 아일랜드에 머물러본 사람에게는 추억 속의 아일랜드를 새롭게 만나는 기회가 되었으면 좋겠다. '제임스 조이스와 기네스 맥주의 고향'으로만 알고 있던 아일랜드가 양파처럼 끝없는 속살을 하나씩 드러낼 때 내가 느꼈던 기쁨을, 더 많은 사람들과 나누고 싶다. 누군가 이 책을 읽고 나서 나처럼 아일랜드와 사랑에 빠지는 상상을 해본다.

2019년 가을의 끄트머리에서
이현구

차례

Chapter 1.
그 여자, 그 남자의 아일랜드

아일랜드 여행 지도

N

북아일랜드

더니골

벨파스트

슬라이고

리트림

쿨리

아일랜드

M1

M3

콘네마라 국립공원

튬

말라하이드

호스

클리프덴

더블린 공항

던리어리

M4

골웨이 시

더블린

달키

블랙락

브레이

그레이스톤즈

M6

위클로 국립공원

애슈퍼드 어셔 가든

위클로

M18

M7

M11

M9

킬케니

M8

던가번

워터포드

딩글

코크

링 오브 케리

코브

반트리

스키버린

클로나킬티

당신이 알고 싶은 아일랜드의 이모저모,
그 첫 장을 열며

아일랜드^{Republic of Ireland}(아일랜드 공화국)는 유럽 대륙의 북서쪽에 위치한 섬나라로, 동쪽으로 아이리시 해를 사이에 두고 영국과 이웃하고 있다. 아일랜드 섬의 전체 면적 중 6분의 1에 해당하는 북동쪽 일부는 영국에 속한 북아일랜드가 차지하고 있다. 나라 전체의 면적은 70,282제곱킬로미터, 총인구는 약 488만 명이며, 수도인 더블린의 인구는 약 50만 명이다. 그리고 북아일랜드의 6개 카운티(주州에 해당하는 행정구역)를 제외하면, 총 26개 카운티로 이루어져 있다.

1922년 영국으로부터 독립한 아일랜드는 1937년 12월 29일, 새로운 헌법 제정과 함께 아일랜드 공화국으로 정식 출범한 이후 경제적, 사회적 성장을 지속해왔다. 특히 1997년 메리 로빈슨 전 대통령의 적극적인 개방 정책에 힘입어 급격한 경제성장률을 기록하며 유럽에서도 경제 신흥국으로 부상하고 있다.

아일랜드는 한국의 약 2/3 정도의 국토 면적에 전체 인구는 서울의 절반밖에 되지 않는다. 실제로 수도권역을 벗어나는 순간, 드문드문 흩어진 집들과 넓고 푸른 평원에서 소, 양, 말, 염소 등의 가축들이 평화롭게 풀을 뜯는 풍경이 끝도 없이 이어진다.

  지리적으로는 높지 않은 구릉지대가 국토의 많은 면적을 차지하며, 푸른 평원과 강물이 넓게 분포한다. 일 년에 비가 오지 않는 날이 통틀어 두 달도 안 될 만큼 연중 많은 비가 내리고, "아일랜드에는 하루에 사계절이 있다"라는 말이 있을 정도로 날씨가 하루에도 몇 번씩 변덕스럽게 바뀐다. 하지만 비가 풍부한 덕분에 늘 푸른 풀과 나무를 볼 수 있어 '초록의 나라' 혹은 '에메랄드 섬Emerald Isle'이라 불리며 사시사철 아름다운 녹색 풍경을 자랑한다.

  아일랜드는 1만 년의 오랜 역사를 가진 나라다. 기원전 8,000년경부터 사람이 살았다고 전해지며, 우리가 보통 '바이킹'으로 알고 있는 켈트족Celts이 기원전 900년~기원전 150년 사이에 세 차례에 걸쳐 건너와 정착하면서 현재 아일랜드 문화에 많은 영향을 끼쳤다. 켈트족이 쓰던 큐켈틱어Q-Celtic와 원주민들이 쓰던 언어가 융합되면서 현재의 아이리시 게일어Irish Gaelic로 발전했다고 한다. 이런 배경 때문에 아일랜드인은 '바이킹의 후예'라고도 불린다. 이후 12세기 노르만족의 침략에 이어 영국이 지속적으로 주권을 주장하다가 16~17세기 튜더 왕조가 실질적으로 아일랜드를 정복하면서 아일랜드는 길고 긴 영국의 통치 체제에 들어가게 된다.

  아일랜드 역사상 최대 암흑기는 1845~1849년에 걸쳐 이어진 '대기근Great Famine'이었다. 아이리시들의 주식인 감자에 병해가 돌면서 질병과 굶주림으로 백만 명에 달하는 사람들이 생명을 잃었고, 새로운 희망을 찾아 미국, 캐나다, 호주, 뉴질랜드 등지로 떠난 이민자만 약 백만 명이나 되었다. 그로 인해 당시 8백만 명이던 인구가 1851년에는 6백만 명으로 줄어든다.

1916년 4월 16일 '대국민 봉기Irish Revolution'로 결집한 아일랜드 국민들은 영국으로부터 독립하기 위해 싸운다. 수많은 희생을 치른 3년간의 혁명은 실패로 끝나지만 포기하지 않은 독립운동가들은 1919년 1월 21일 아일랜드 임시정부를 세우고 영국에 독립전쟁을 선포한다. 전 국민의 강도 높은 저항은 결국 영국을 협상 테이블로 불러내는 데 성공하고, 1922년 신교(영국 국교회) 중심의 북아일랜드를 영국령으로 남기는 데 합의하면서 남쪽 아일랜드는 독립을 쟁취한다.

하지만 미완성의 독립과 북아일랜드에 거주하는 구교도(가톨릭)에 대한 차별 정책에 반대하는 강경파의 항쟁이 계속되면서 북아일랜드에는 정치적 긴장이 계속된다. 1980년 정치범으로 교도소에 수감된 일곱 명의 젊은이가 정치범의 처우 개선을 요구하며 단행한 53일간의 단식투쟁은 1981년 2차 단식투쟁으로 이어지고, 그 과정에서 IRAIrish Republican Army(영국령 북아일랜드와 아일랜드 공화국의 통일을 요구하는 반半군사조직, 창설자는 마이클 콜린스다)의 지도자 바비 샌즈Bobby Sands를 포함한 열 명이 목숨을 잃는다.

아일랜드의 독립전쟁을 다룬 영화로 켄 로치 감독의 〈보리밭을 흔드는 바람〉과 〈지미스 홀〉, 닐 조던 감독의 〈마이클 콜린스〉 등이 있

고, 북아일랜드의 구·신교 갈등과 무장독립군의 시위를 담은 영화로
는 짐 셰리던 감독의 〈아버지의 이름으로〉와 〈어느 어머니의 아들〉 등
이 있다.

아이리시들은 이처럼 장장 8백 년 동안이나 지배한 영국에 맞서 싸
워 독립을 쟁취한 용사의 면모를 지닌 동시에, 거칠고 아름다운 자연
과 인간의 삶을 노래하는 시인의 피를 물려받았다. 문학에서는 W. B.
예이츠, 조지 버나드 쇼, 제임스 조이스, 사뮈엘 베케트 등 세계적으
로 유명한 시인과 작가를 배출했으며, 지금도 시와 이야기, 연극과 노
래를 중요시하는 강한 '이야기' 전통을 이어가고 있다. 또 음악과 술을
좋아하는 민족으로도 알려져 있는데, 흑맥주의 원조인 '기네스' 맥주
의 원산지이자 록밴드 U2와 크랜베리스, 전설적인 기타리스트 로리
갤러거, 하드록 그룹 신 리지Thin Lizzy의 보컬 필 라이넛, 뉴에이지의 여
신 엔야 등 세계적으로 유명한 뮤지션들이 바로 아일랜드 태생이다.

아일랜드는 EU(유럽연합)에 속한 나라로, 통화는 '유로'를 사용한
다. 아일랜드의 공식 언어는 영어와 게일어(아이리시어)로, 지명과 도
로 이름, 공공건물 표지판과 공공기관에서 발행하는 모든 문서에는
영어와 게일어를 함께 표기하도록 되어 있다. 프라이머리스쿨(초등학
교)과 세컨더리스쿨(중고등학교)에서 의무적으로 게일어를 가르치지
만, 일상에서는 대개 영어를 사용하며, 게일어로 대화할 정도의 실력

을 갖춘 사람은 그렇게 많지 않다. 하지만 지역적으로 게일 전통이 강한 골웨이Galway, 리트림Leitrim, 마요Mayo, 로스커먼Roscommon과 슬라이고Sligo 등 5개 카운티에서는 지금도 영어와 함께 게일어를 일상어로 사용한다.

아일랜드는 종교 자유주의 국가지만 문화적으로 여전히 가톨릭 전통의 영향이 아주 강하다. 예를 들어 아이가 성당에서 첫 영성체를 받는 '커뮤니언Communion' 의식은 성인의 결혼식 못지않게 중요한 행사다. 여자아이는 레이스가 달린 하얀 드레스를, 남자아이는 나비넥타이에 정장을 차려입고 의식에 참석하며, 이후에 집이나 호텔에서 성대한 파티를 연다. 초대받은 사람들은 보통 카드와 축하금을 선물로 준비한다.

개인마다 다르긴 하지만 결혼식은 대체로 성대하고 화려하게 치른다. 개인 소유의 성을 통째로 빌려 며칠 동안 파티를 하는 경우도 간혹 있지만, 보통은 교회에서 결혼식을 올린 후 호텔로 이동해 식사하고 밤늦게까지 춤, 음악, 음식이 풍성한 파티를 즐긴다.

장례식은 누구에게나 슬픈 행사지만 아일랜드의 장례식은 엄숙한 추모의 분위기로 일관하지 않고, 고인에 대한 추억을 유머와 웃음으로 공유하는 시간이 주를 이룬다. 지방에는 아직도 장례식 전에 자택으로 지인들을 초대해 고인과 마지막 인사를 나누도록 하는 '웨이크Wake' 전통이 남아 있다.

크리스마스는 아이리시들이 여름휴가와 함께 가장 기다리는 시간이다. 직장인들은 크리스마스와 새해를 포함해 약 2주간의 휴가를 받으며, 대부분 가족과 함께 시간을 보낸다. 크리스마스에는 전통적으로 오븐에 구운 칠면조 고기와 돼지고기 햄에 익힌 채소를 곁들여 먹고, 건포도와 건크랜베리 등 건과일이 잔뜩 들어간 케이크(크리스마스 푸딩)를 후식으로 먹는다.

21세기 아일랜드의 수도 더블린은 세계적인 기업들, 다양한 인종과 국적의 사람들이 모여 사는 국제적인 다문화 도시로 다시 태어나고 있다. 도시를 가로지르는 리피Liffey 강을 중심으로 공공기관과 크고 작은 기업, 펍, 레스토랑, 카페, 가게들이 집중적으로 자리한다.

그중에서도 관광객이 가장 많이 찾는 곳은 펍과 레스토랑, 호텔이 몰려 있는 템블바 구역이다. 서울의 홍대 앞이나 압구정동처럼 밤늦게까지 젊은이들의 음주 가무가 끊이지 않는다. 더블린의 대표적인 거리로는 19세기의 정치 지도자인 대니얼 오코넬Daniel O'Connell의 동상과 길고 뾰족한 첨탑 스파이어Spire가 서 있는 오코넬 스트리트, 버스킹의 거리로 유명한 그래프턴Grafton 스트리트, 리피 강 북쪽의 주요 쇼핑 거리인 헨리Henry 스트리트를 꼽을 수 있다.

아일랜드 제2의 도시는 남쪽 해안에 자리한 코크Cork다. 도시를 가로지르는 리Lee 강이 말굽 모양으로 도시를 감싸고, 강 북쪽 지역은 높은 언덕지대를 형성하고 있다. 우연히도 우리나라 제2의 도시 부산과 비슷하게 남쪽에 위치한다는 점, 부산처럼 지역 특색이 뚜렷한 억양을 구사한다는 사실이 재미있다. 코크 지역의 억양은 높낮이가 커서 말을 할 때면 마치 노래를 부르는 것처럼 들린다. 코크 시 자체는 더블린과 크게 다른 점을 찾기 어렵지만, 코브Cohb, 킨세일Kinsale, 블라니Blarney 등 코크 시에 거점을 두고 여행할 수 있는 아름다운 섬과 예쁜 마을이 많다. 특히 웨스트 코크 지역은 많은 예술가들이 사랑에 빠지는 곳으로 아일랜드에서 가장 때 묻지 않은 자연환경과 신비로움을 간직하고 있다.

하지만 관광지로 가장 인기 있는 도시를 꼽으라면 역시 골웨이다. 아일랜드의 서쪽 대서양 해안을 끼고 위치한 골웨이는 작지만 늘 활기가 넘치고, 전통적인 아이리시 펍과 아이리시 음악, 아주 모던한 카페와 레스토랑을 동시에 즐길 수 있는 도시다. 거기서 유명한 모허 절벽Cliff of Moher까지 차로 한두 시간이면 갈 수 있고, 당일치기로 다녀올 수 있는 가이드 투어 상품도 많다.

이 밖에도 둥근 해안선을 따라 그림 같은 절경이 이어지는 '링 오브 케리Ring of Kerry', 아일랜드의 카미노(길)라 불리는 '워터포드 그린웨이Waterford Greenway', 아름다운 중세의 고성이 남아 있는 도시 킬케니Kilkenny, 서퍼들이 사랑하는 도시 슬라이고, 강한 켈틱 전통과 웅장한 자연 경관을 보여주는 더니골Donegal, 아일랜드의 살아 있는 역사를 체험할 수 있는 북아일랜드의 벨파스트^{Belfast} 등 아일랜드의 매력은 알면 알수록 다채롭다.

"아일랜드를 제대로 즐기려면 날씨가 적당한 때를 기다리지 말고, 적당한 장비를 갖추고 밖으로 나가라"는 말이 있다. 아일랜드에서 잠깐이라도 살아본 사람이라면 누구나 고개를 끄덕일 것이다. 해가 반짝 떴다가 햇빛 사이로 폭우가 내리기도 하고, 오전 내내 흐리고 비가 오다가 또 어느 순간 거짓말처럼 해가 나니, 멋은 덜해도 비바람을 막아주는 옷을 자주 찾게 된다. 어차피 강한 바람을 수시로 만날 테니 머리를 단정히 빗을 필요도 없다. 그래도 좋은 점은 아일랜드 어느 곳을 여행하든 햇살 속에서 반짝이며 쏟아지는 여우비와 크고 선명한 무지개를 만날 수 있는 행운이 당신을 기다리고 있다는 것이다.

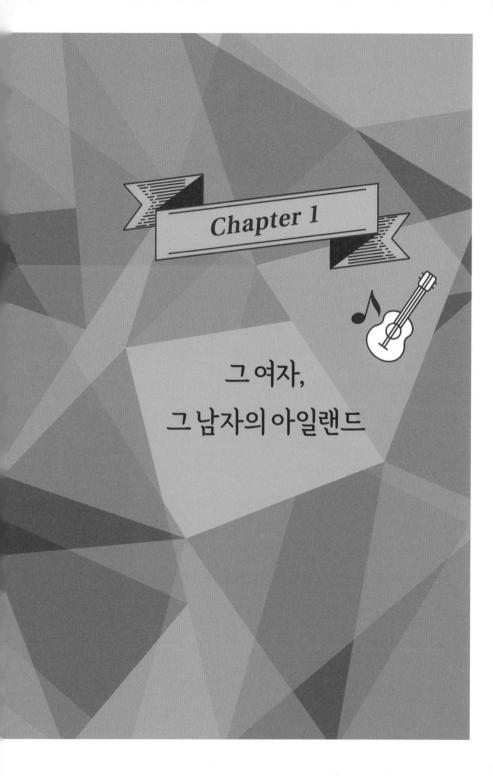

Chapter 1

그 여자,
그 남자의 아일랜드

그의 인생이 담긴,
내 인생의 아이리시 펍

쿨리의 작은 펍
'릴리 피네건'

2015년 존의 고향인 쿨리^{Cooley}의 아이리시 펍 '릴리 피네건^{Lily Finnegan}'
이 매스컴을 탔다. 『아이리시 타임스』가 선정한 '꼭 가봐야 할 아이리
시 펍 20'에 당당히 등극한 것이다. 흥분한 존은 당장 신문을 사서 기
사 면을 스크랩하고, 그래도 믿기지 않는 듯 인터넷 기사도 찾아내서
나에게 읽어보라고 재촉했다. 그도 그럴 것이 릴리 피네건은 존에게
아주아주 특별한 펍이기 때문이다. 어린 시절 그를 길러준 릴리 이모
에게 유산으로 물려받은 펍, 그리고 그가 10년 넘게 직접 경영했던 펍,
15년 전 동네 후배인 데릭에게 임대하면서 사업에서는 손을 뗐지만,
릴리 피네건은 여전히 그의 소유로 남아 있는 '그의' 펍이다.

—

한 소년이 있었다. 영국인 아버지와 아일랜드인 어머니 사이에서 2남 2녀 중 막내로 아버지의 고향인 런던에서 태어난 시골 소년. 소년이 태어난 1964년 당시 아일랜드는 영국의 지배에서 벗어나 스스로 생존하기 시작한 지 얼마 되지 않아 모두가 가난했다. 수많은 사람들이 미국, 캐나다, 영국, 호주, 뉴질랜드 등 더 넓은 땅으로 더 많은 기회를 찾아 아일랜드 땅을 떠났다.

1960년대 말, 소년의 가족도 다른 이민자들과 함께 커다란 여객선을 타고 호주 시드니로 이주했다. 하지만 그곳에 정착한 지 얼마 안 돼 소년의 어머니는 암으로 죽고, 아이 넷을 돌보기가 버거웠던 아버지는 몇 년 후 사남매 중 막내인 소년과 둘째인 형을 어머니의 고향인 아일랜드로 보낸다. 소년과 그의 형이 도착한 곳은 쿨리에 사는 릴리 이모의 집이었다. 소년이 열한 살 때였다.

어머니의 여동생인 릴리 이모는 소년의 외할아버지에게 물려받은 펍을 운영하며 독신으로 살고 있었다. 하지만 사춘기에 접어든 소년의 형은 답답한 시골 생활을 버티지 못하고 석 달이 채 안 돼 도망치듯 호주로 돌아가버리고 어린 소년만 혼자 덩그러니 남았다. 여러 가지 건강상의 문제 때문에 휠체어에 의지해 생활해야 하는 릴리 이모를 도와 소년은 펍에서 잔심부름도 하고, 릴리 이모의 목욕도 도와주며 펍의 2층에서 이모와 함께 살았다.

어린 존이 쿨리 밖 세상을 꿈꾸며 찾아갔던 그리노어 항구.

펍에는 릴리 이모와 소년 외에 한 명의 동거인이 더 있었다. 몸이 불편한 릴리 이모를 대신해 실질적으로 펍을 운영하는 쿨리 출신의 남자였다. 소년은 그를 '삼촌'이라 불렀다. 그는 펍의 거친 술손님들을 너끈히 상대할 만큼 유머와 넉살이 좋은 사람이었지만, 매일 그들과 함께 술에 취해 긴 밤을 보내는 알코올 중독자였다. 일이 끝나고 돌아오면 그는 늘 소년에게 주정을 부렸다. 기분이 안 좋은 날은 자고 있는 소년을 깨워 욕을 퍼붓고 발길질을 했다.

소년은 매일 밤 2층 계단을 오르는 남자의 발소리에 숨을 죽이며 몸을 떨었지만, 소년을 보호해줄 사람은 아무도 없었다. 소년이 할 수 있는 일이라고는 쿨리를 벗어나는 꿈을 꾸는 것뿐이었다. 소년은 날마다 학교가 끝나기 무섭게 그리노어^{Greenore} 항구로 달려갔다. 운이 좋은 날에는 먼 외국에서 아일랜드로 들어오는 커다란 무역선을 볼 수 있었다. 비행기 여행이 지금처럼 보편화되지 않았던 시절, 배는 소년을 먼 미지의 세계로 데려다줄 유일한 교통수단이었다.

'언젠가 저 배를 타고 이곳을 벗어나 세계를 여행할 거야!'

그렇게 배를 바라보며 미래의 모험을 상상하는 것이 소년의 유일한 즐거움이자 희망이었다.

—

처음 '릴리 피네건'에 가본 것은 결혼하기 전 존과 데이트하던 시절이었다. 나를 픽업하러 온 그가 작은 빨간색 승용차에서 고개를 내밀었을 때, 그의 얼굴이 어린아이처럼 발갛게 상기돼 있던 것이 기억난다. 지금보다 자주 고향을 찾던 때인데도, 존은 고향에 갈 때마다 늘 긴장되고 설렌다고 했다.

"쿨리에 갈 때마다 수만 개의 기억이 회오리처럼 밀려와서 감정이 격해지곤 해. 사실 나한테는 추억보다 아픔이 더 많지만……."

초록빛 구릉 아래 양 떼와 소 떼만 끝없이 이어지는 풍경을 지나며 존이 말했다.

쿨리는 아일랜드의 북동쪽, 북아일랜드와의 국경에 조금 못미처 동

릴리 피네건이 있는 화이트 타운(위)과 쿨리 어느 길에선가 마주친 목가적인 풍경.

쪽으로 길게 뻗어 있는 작은 반도다. 차가 쿨리 지방으로 들어섰을 때, 그는 펍에 들르기 전 나에게 꼭 보여줄 곳이 있다고 했다. 그가 차를 세운 곳은 그리노어 항구였다. 전체 길이가 2백 미터 정도밖에 되지 않는 작은 항구다. 눈에 띄는 건 크고 낡은 배 한 척과 작지만 생명력이 느껴지는 아이리시 펍 하나가 전부다. 방파제 쪽에 서면 쿨리 반도를 둘러싼 자연 경관이 한눈에 들어온다. 청정한 푸른 바다와 산의 모습이 너무나 아름다우면서도 어딘가 황량하고 쓸쓸한 느낌이었다.

"어릴 때 날마다 여기에 왔었어. 이렇게 서서 하루 종일 배가 오가는 모습을 바라보곤 했지. 시간 가는 줄도 모르고 말이야……."

어린 시절을 얘기하는 존의 얼굴에서 복잡한 감정이 읽혔다. 그리움이라기보다는 어떤 종류의 긴장과 아픔, 슬픔 같은 것들이…….

우리는 다시 차에 올랐다. 그리고 숨바꼭질하듯 시야에서 사라지는 바다를 차창 밖으로 바라보며 구불구불 이어지는 시골길을 따라 달리다가 오래된 흰색 건물의 초록색 대문 앞에 멈췄다. 그 위에는 'Lily Finnegan'이라고 쓰인 간판이 걸려 있었다.

릴리 펍은 말 그대로 '노웨어nowhere'에 있었다. 주위에 드문드문 흩어져 있는 집들을 제외하면 보이는 것이라곤 산과 들판, 바다, 하늘, 그리고 서로 닮은 양과 구름의 무리가 전부였다. 그런데도 동네에서는 모르는 사람이 없는 꽤나 유명한 펍이었다. 2백 년 넘게 대를 이어 자리를 지키며 주민들의 사랑방 역할을 해왔으니 그럴 만도 했다. 미국의 유명 뮤지션인 브루스 스프링스틴과 아일랜드 최고의 럭비팀 선

추운 겨울, 릴리 피네건의 따뜻한 벽난로 곁에서 마시는 차가운 맥주는 언제나 진리다.

수들도 방문했고, 2017년 여름에는 미국의 조 바이든 전 부통령이 개인적으로 이곳을 찾으면서 더욱 유명해졌다.

"하이! 내가 데릭이야. 마야 맞지? 존한테 얘기 많이 들었어. 만나서 반가워!"

바 뒤에서 분주하게 영업을 준비하던 데릭이 우리가 들어서는 소리를 듣고는 뛰어나와 인사를 했다. 데릭은 성격이 착실하고 싹싹한데다 일처리도 빠릿빠릿하고 깔끔하기 이를 데 없는 존의 사업 파트너이자 오랜 고향 후배다.

오랜만에 만난 존과 데릭이 밀린 사업 얘기를 나누는 동안 나는 펍안을 천천히 둘러보았다. 2백 년 동안 여러 번 유지 보수 작업을 하며 편의상 내부 구조를 좀 바꾸고 현대식 TV 스크린을 설치하긴 했지만,

건물 외관은 물론 탁자와 의자, 벽난로, 벽에 걸린 사진과 진열장에 놓인 물건들까지 모두 오래된 필름 영화에서 튀어나온 듯 옛날 모습 그대로였다. 사진들을 천천히 훑어보던 중 유독 한 장의 사진에 내 눈길이 멎었다. 빛나는 금발 머리의 백인 청년이 바 안쪽에 서 있었다. 사진의 빛깔이 바랠 만큼 오랜 세월이 흘렀지만 분명 존이었다. 릴리 이모가 돌아가신 후 직접 펍을 운영하던 때의 사진인 듯했다. 사진 속의 그는 싱그럽고 아름다웠다. 마치 젊은 시절의 그와 다시 사랑에 빠진 듯 가슴이 두근거렸다.

—

　소년은 열다섯 살 되던 해에 기적처럼 꿈을 이루었다. 정말 해군 소속의 국제 무역선을 타고 쿨리를 떠날 수 있게 된 것이다. 매일 항구에 나가 배를 타게 해달라고, 그러면 무슨 일이든 하겠다고 선장을 조르던 소년의 진심이 마침내 통한 것이다. 소년은 최연소 선원으로 합류해 취사실에서 요리 일을 배우며 긴 항해를 시작했다. 유럽과 러시아는 물론 한국을 포함한 아시아 국가들까지, 10년 가까이 배를 타고 세계 곳곳을 돌아다니는 동안 소년은 청년이 되었다. 그러던 어느 날, 오래전 떠나온 호주의 가족들이 생각났다. 비록 자신을 혼자 아일랜드 땅에 보내버린 비정한 아버지지만 그래도 핏줄이었다. 청년은 그 길로 시드니행 비행기 표를 끊었다.

하지만 물어물어 아버지의 집을 찾아갔을 때, 아버지는 청년이 된 아들을 보고도 별로 반가워하지 않았다. 오히려 그를 진심으로 반갑게 안아준 것은 처음 보는 아버지의 새 부인이었다. 청년은 피지 출신의 인도인 새어머니가 해주는 맛있는 인도 요리와 따뜻한 환대에 위로받으며 아버지 집에 잠시 머물렀다. 다행히 배에서 요리 기술을 익힌 덕분에 요리사로 취직하는 것은 어렵지 않았다. 청년은 곧 시드니의 한 레스토랑에 취직해 일하기 시작했고, 몇 년 후 그곳에서 만난 친구들과 작은 레스토랑을 열어 함께 운영했다.

하지만 만약 당시의 청년에게 삶에서 가장 소중한 것이 무엇인지 묻는다면 아마 가족도 사업도 아닌 '음악'이라고 대답했을 것이다. 배를 타기 전 릴리 펍에서 살던 어린 시절부터 혼자 배워 익힌 기타는 망망한 바다 위에서도, 낯선 외국 땅에서도 늘 그의 가장 좋은 친구였다. 청년은 호주에서 만난 음악 친구들과 밴드를 결성해 곡을 지어 음반을 만들고 공연을 하며 자유분방한 청춘을 보냈다.

하지만 청년의 마음 한구석에는 늘 무언가에 대한 그리움이 물안개처럼 떠돌았다. 그것이 무엇인지는 잘 알 수 없었다. 그 그리움이 차올라 선명하게 얼굴을 내밀었을 때에야, 청년은 자신이 그토록 그리워하던 대상을 보았다. 아일랜드였다. 그는 망설이지 않고 다시 짐을 쌌다. 그리고 혼자 남겨졌던 슬픔의 땅 아일랜드로 돌아왔다. 다시 혼자였지만, 이번에는 자신의 의지였다. 호주에 있는 동안 돌아가신 릴리 이모가 유산으로 남겨준 릴리 펍을 찾아간 그는, 닫혀 있던 펍의

바람이 따스하고 볕이 좋은 날에는 많은 사람들이 펍 밖으로 나와 맥주를 즐긴다.

문을 열고 대대적인 내부 공사를 시작했다. 그리고 펍의 주인으로 새롭게 영업을 개시했다.

쿨리 사람들은 모두 청년의 귀향을 반겼고, 다시 문을 연 릴리 피네건으로 밤마다 모여들었다. 그들은 릴리 펍에 모여 신선하고 잘 익은 기네스를 잔에 채우며 다양한 밴드의 라이브 음악을 즐겼다. 주말에는 이런 파티 아닌 파티가 날이 밝을 때까지 계속됐다. 중년에 가까워진 청년이, 청년이 된 고향 후배에게 펍을 인계하고 쿨리를 떠나 더블린에서 새로운 생활을 시작할 때까지, 릴리 펍은 고단하고 뜨거운 그의 삶 자체였다.

—

 산속에서는 해가 빨리 진다. 우리가 도착한 지 얼마 되지 않아 창문 가득 들어오던 햇빛이 모습을 감추고 창밖으로 어둠이 내리기 시작했다. 데릭이 능숙한 솜씨로 벽난로에 마른 나무 조각들을 정갈하게 쌓아 모닥불을 지피는 동안, 존은 빛바랜 사진 앞으로 나를 데리고 갔다. 휠체어에 앉아 있는 작고 마른 백발 할머니의 사진이었다. 나는 한눈에 그녀가 릴리 이모라는 것을 알았다. 선한 눈매에 소녀 같은 미소…… 난 단번에 그녀가 좋아졌다.
 "릴리 이모가 살아 계셨으면 널 많이 예뻐하셨을 텐데."
 존의 말에 나는 한 번도 만나보지 못한 그녀가 그리워졌다. 돌아오는 차 안에서 존의 옆모습을 보았다. 떠날 때의 긴장한 표정과는 달리 평온하고 차분해 보였다. 그것이 그리움이든 의무감이든, 풀어내야 할 것을 풀어냈을 때 느끼는 안도감과 홀가분함이 아니었을까.
 그와 결혼하면서 릴리 펍은 나에게도 특별한 펍이 되었다. 우린 일년에 두세 번씩, 한국에서 명절에 고향을 찾듯 그리움과 의무감을 모두 가지고 릴리 펍을 찾고, 쿨리의 친구들을 만난다. 그리고 릴리 펍을

릴리 이모의 묘비. 자식이 없던 릴리 이모는 돌아가시며 조카인 존에게 펍을 남겨주셨다.

갈 때마다 난 존의 젊은 시절 사진과 릴리 이모의 사진 앞에 서서, 릴리 펍에서 보낸 그의 어린 시절과 펍을 운영하던 당시 그의 모습을 상상한다. 그럴 때마다 익숙했던 모든 것이 다시 신기해진다.

　같은 시간, 지구 반대편의 작은 나라에서 치열한 입시전쟁을 치르고 꿈과 방황이 뒤엉킨 대학 생활을 하며 어른이 되고 있던 한 여자가 아일랜드 시골 마을의 작은 펍을 가슴에 품고 살게 될 줄 누가 알았겠는가.

스콘을 위한
변명

영국인들이 애프터눈 티와 함께 즐겨 먹는 빵으로 알려진 스콘. 요즘은 우리나라에서도 베이커리나 커피숍에서 어렵지 않게 볼 수 있다. 1500년대 스코틀랜드에서 시작되어 같은 문화권의 영국, 웨일스, 아일랜드의 대표적인 베이커리로 발전했다.

스콘은 퀵브레드Quick Bread라고 부르는 빵 종류에 들어가는데 기본 재료는 밀가루, 물, 버터, 소금, 설탕 정도로 간단하다. 가장 기본인 플레인 스콘 외에 블루베리나 라즈베리, 건포도 등 건과일을 넣은 프루트 스콘이 흔하고, 초콜릿 칩이 박힌 초콜릿 스콘, 통밀로 만든 브라운 스콘, 치즈나 양파, 파프리카 등을 넣고 달지 않게 식사 대용으로 먹는 세이버리savoury 스콘 등 종류가 다양하다. 모양도 삼각형, 사각형,

원형 등 여러 가지다.

아일랜드에서 가장 흔한 것은 어린애 주먹 크기로 빚은 둥그런 스콘이다. 머핀처럼 정확하게 틀 모양대로 나오지 않고 손으로 빚은 느낌이 울퉁불퉁 살아 있는데 내 눈엔 그래서 더 맛있어 보인다. 아일랜드 사람들은 스콘을 커피와 함께 간단한 아침으로 먹기도 하고, 식사와 식사 사이 차나 커피를 마실 때 간식으로 곁들이기도 한다. 스콘도 나름대로 먹는 방법이 있는데, 보통 따듯하게 데운 스콘을 가로로 잘라 자른 면 위에 버터와 잼을 발라 먹는다. 버터의 고소함과 잼의 달달함이 한데 어우러져 유럽의 진한 커피와도 가벼운 홍차와도 잘 어울린다.

아일랜드에 오기 전 한국에서도 가끔 출출할 때 카페에서 커피와 스콘을 사 먹곤 했지만 일부러 찾아 먹을 정도는 아니었다. 그런데 아일랜드에 온 뒤로는 자꾸만 스콘에 눈이 갔다. 특히 이른 아침 카페에 들어섰을 때 커다란 바구니에 그날 구워낸 신선한 스콘이 가득 담겨 있는 모습을 보면 배가 고프지 않아도 홀린 듯 주문하게 된다. 스콘은 미국으로 건너가면서 버터 대신 쇼트닝을 넣어 더 부드럽고 바삭바삭한 질감의 비스킷으로 바뀌었다고 하는데, 그러니까 내가 어릴 때 KFC에서 맛본 비스킷도 아마 스콘의 사촌쯤 되었던 모양이다.

솔직히 나는 흰 밀가루와 버터가 주재료인 스콘을 먹는 것이 좀 불편하다. 건강에 별로 좋지 않은 음식이라는 인식 때문이다. 15년 전 채식을 시작하고, 유기농 식품과 건강식에 대한 관심과 지식이 조금씩

건포도가 박힌 프루트 스콘(위)과 통밀로 반죽해 구워낸 브라운 스콘.

깊어지면서 생긴 변화였다. 스콘이 사실은 칼로리만 높고 영양가는 없는 탄수화물 덩어리라는 불편한 진실을 마주하고 나니, 18세기 어느 오후에 영국 왕실의 우아한 거실에서 귀부인들이 즐기던 '애프터눈 티와 스콘'의 낭만을 선뜻 껴안기 힘들어진 것이다. 2017년 즈음부터 완전채식을 시작한 후로는 스콘을 비롯해 버터와 달걀이 들어간 베이커리류를 먹지 않지만, 그래도 가끔 아일랜드의 전통적인 낭만을 즐기고 싶을 때는 비건 스콘을 곁들여 홍차나 커피를 마신다.

신혼 초 존이 파트타임 셰프로 일을 시작했을 때였다. 어느 날 퇴근 후 집에 온 그가 가방에서 어마어마한 크기의 스콘을 꺼냈다. 보통 스콘 크기의 두 배나 되는 스콘을 내밀며 그가 킬킬댔다.

"스태프들이 보고는 '뉴클리어 스콘'이라 불렀어."

마침 북한의 핵 미사일 발사 문제가 연일 뉴스 헤드라인을 장식하고 있을 때였다. 존은 볶고 튀기고 삶는 건 다 잘하지만 빵이나 케이크를 굽는 베이킹에는 별로 관심이 없다. 그런 그가 난생처음으로 스콘을 구운 것이다.

아침 일찍 새로운 일터에 도착하자마자 주방장이 스콘을 구우라고 했단다. 순간 불안감이 엄습했지만 차마 만들어본 적이 없다는 말은 못 하고 그가 알고 있던 베이킹 상식을 동원해 스콘을 빚었다. 다행히 베이킹 믹스를 사용하는 곳이라 물과 버터만 적당히 첨가해 잘 섞으면 됐다. 일단 오븐에 노릇노릇하게 구워냈더니 그럴듯해 보였다.

"하나도 안 남았어. 이 정도면 맛도 나쁘지 않았다는 뜻이잖아?"

조심스레 랩을 벗기고 손으로 모퉁이를 뜯어 먹어보았다. 흐흠, 나쁘지 않았다. 아니, 꽤 맛있었다. 그런데 보통의 스콘과는 맛이 좀 달랐다. 덜 달고 버터 풍미가 더 강했다. 단단한 크루아상 같은 맛이랄까? 어쨌든 그의 식대로 만든 첫 번째 스콘은 꽤 성공적이었다. 물론 나는 남편이 직장에서 가져온 수확물을 행복한 마음으로 남김없이 처리해주었다.

다음 날 아침 늘 그렇듯 존이 만들어내는 각종 소음에 잠을 깨니,

블랙락 컬리지에서 셰프로 일하던 시절, 존은 매일 아침 이렇게 엄청난 양의 스콘을 구웠다.

그가 차를 끓이며 노래를 흥얼거리고 있었다.

"굿모닝, 베이비! 들어봐, 방금 만든 새 노래야. Scone lovers of the world unite~ Scone lovers of the world unite~"

존은 매일 아침 엉뚱한 가사로 곡을 지어 하루 종일 그 노래만 반복하는 특이한 버릇이 있다. 그동안 그가 지은 노래들만 모아도 앨범 한 장은 족히 낼 수 있을 것이다. 어쨌든 그날부터 재미 삼아 나를 '스콘 러버'라고 부르더니, 스콘을 만드는 날마다 "널 위한 스콘"이라며 한두 개씩 챙겨 오기 시작했다. 어떤 날은 아무것도 들어 있지 않은 플레인 스콘, 어떤 날은 건포도나 크랜베리가 들어 있는 스콘, 어떤 날은 통밀로 만든 브라운 스콘…… 건강을 생각하면 솔직히 매일 먹고 싶지는 않은데, 남편이 직장에서 가져와 건네주는 동그란 스콘이 나름 알콩달콩한 사랑 표현이다 싶어서 그만 가져오라는 말도 못 했다.

사건은 한 달쯤 후에 터졌다. 그의 일이 오후 일찍 끝나는 날이라 브레이 해변에서 만나 산책을 좀 하다가 집에 같이 가기로 했다. 그런데 저 멀리서 다가오는 존의 낯빛이 좋지 않았다. 그냥 피곤해서 그런 것만은 아니라고 직감했다.

"왜, 무슨 안 좋은 일이라도 있었어?"

언제나처럼 처음에는 '노 프라블럼'이라며 둘러댔지만, 결국 끝내 숨기지 못하고 털어놓았다.

"그게…… 뭐 별것 아닌데, 좀 웃긴 일이 있었지. 스콘을 만들면서 약간 실수를 했는데 엄청 큰 잘못이나 한 것처럼 눈을 부라리더라고, 글쎄 그 매니저가."

하지만 눈치를 보니 아주 작은 실수는 아닌 것 같았다.

"사실 스콘 반죽을 만들 때 뭘 빠트렸는지 모르겠는데 스콘 맛이 이상하게 밍밍한 거야. 다른 스태프들은 그냥 웃고 넘어가는 분위기였는데 주방장이 확 짜증을 내더라고. 결국 내가 만든 스콘은 다 쓰레기통으로 들어갔어."

아, 이거 얘기가 점점 심각해진다. 농담처럼 넘기려던 존의 기분도 덩달아 하향 곡선을 그리기 시작했다.

"나, 아무래도 맥주 한 잔 해야겠다."

금주 3주째 들어선 존이 결국 금주 일시 정지를 선언하고 차가운 맥주를 시켜 벌컥벌컥 들이켰다. 그 일로 스트레스가 컸구나, 불쌍한 내 남편. 파인트 두 잔을 연거푸 마신 후 집으로 돌아온 뒤에도 존의 기분은 영 나아질 기미가 없었다.

"아, 왜 그렇게 멍청한 실수를 했지?" 하고 자책하다가 "그만한 실수로 날 초짜 취급하다니!" 하며 씩씩대기를 반복하던 존은 지친 몸과 마음을 끌고 일찍 잠자리에 들었다.

그 후 며칠이 흘러 새로운 한 주가 시작된 월요일 아침, 담당 에이전트에게 문자가 왔다. 문자를 읽는 존의 표정이 밝아졌다.

"이번 주도 풀로 일을 줬어. 내가 쓸데없이 걱정을 많이 했나 봐."

일단 그것으로 스콘 사건은 마무리됐고, 존은 다시 예전처럼 아침마다 즉석에서 지은 새로운 노래를 흥얼거리며 집을 나서기 시작했다. 하지만 그 후로 더 이상 스콘에 대한 노래는 부르지 않았고, 스콘을 집에 가져오지도 않았다. 그리고 나도 더 이상 스콘을 먹어야 하는가 말아야 하는가 고민할 필요가 없게 되었다.

그래도 인생에서 가끔은 '덜 건강한 음식'을 허락하는 즐거움도 필요하지 않은가. 바쁜 하루 가운데 잠깐의 휴식이 필요할 때 전통적인 아이리시 티타임을 가져보면 어떨는지. 따뜻하고 바삭한 스콘을 반으로 열어 버터 한 조각과 달달한 잼 한 숟가락 얹고, 버터가 스콘의 부드러운 속살에 스며들 때쯤 한입, 그리고 향기로운 홍차 한 모금, 이렇게……

따뜻한 스콘으로 오후를 위로하고 싶을 때

아보카Avoca(브레이 매장)

아보카는 아일랜드산 양모로 만든 의류, 담요 등 아이리시 디자인 제품뿐
아니라 외식 사업으로도 유명한 회사다. 아일랜드 전역에 여러 개의 아보
카 매장이 있지만, 나의 최애 아보카는 바로 위클로 산자락 아래 아름다운
정원과 테라스 카페가 있는 브레이 매장이다. 커피도 아주 맛있고, 먹음직
스러운 스콘의 종류만 다섯 가지가 넘는다.

주소　Kilmacanoge, Co. Wicklow
운영시간　월~금 09:00~18:00, 토/일 09:30~18:00
웹사이트　avoca.com

코누코피아Cornucopia

코누코피아는 더블린에서 가장 유명한 채식 레스토랑이다. 아침에는 아
이리시 브렉퍼스트의 채식 버전, 점심과 저녁에는 수프와 다양한 샐러드,
스튜, 커리, 파스타, 파이 등 매일 다른 메인 메뉴가 준비된다. 여기에 소개
하는 이유는 매일 다른 비건 스콘을 먹을 수 있는 곳이기 때문!

주소　19-20 Wicklow Street, Dublin2
운영시간　월 08:30~21:00, 화~토 08:30~22:00, 일 12:00~21:00
웹사이트　cornucopia.ie

우드스탁Woodstock

나의 개인적 취향으로 꼽는 '더블린에서 가장 맛있고 신선한 스콘'을 파는
카페. 시내에서 꽤 떨어진 곳이라 일부러 여기까지 찾아올 사람이 있을까
싶지만, 관광객이 안 가는 곳만 일부러 찾아다니는 반항적인 독자를 위해
사심을 담아 소개한다.

주소　156 Phibsborough Road, Cabra East, Dublin7
운영시간　07:30~20:00
웹사이트　woodstockcafe.ie

꼬옥 안아주고픈
너의 머리

아이리시 영화
〈프랭크〉

영화 〈프랭크〉를 처음 본 건 2014년 IFI^Irish Film Institute 영화관에서 존과 함께였다. 그런데 영화를 보고 온 날 밤 내내 프랭크의 커다란 얼굴이 머릿속을 떠나지 않았다. 영화 〈프랭크^Frank〉의 주인공인 '프랭크'가 진짜 머리 위에 쓰고 있던 또 하나의 머리, 뒤통수까지 완벽하게 감춰지는 커다란 가면 말이다. 언뜻 보면 〈짱구는 못 말려〉의 짱구를 닮은 듯도 한데, 짱구가 가진 악동 이미지와는 달리 그의 얼굴은 아무런 정보도 담고 있지 않은 흰 종이 같다. 파란 눈에 까만 머리를 가졌으니 국적도 짐작하기 어렵다. 둥글고 커다란 타원형의 눈은 무언가에 놀라 겁을 먹은 듯도 하고, 오히려 겁을 주려는 듯도 하다. 반대로 얇고 오똑한 코는 유약하면서도 고집스럽고, 살짝 벌어진 입술은 세상 사

더블린 리틀 뮤지엄은 '더블린'이라는 도시가 품고 있는 다양한 이야기를 친구의 정다운
수다처럼 들을 수 있는 재밌는 박물관이다.

람들의 관심과 질문에 대해 무언가 말하고 싶은 듯도, 침묵하고 싶은
듯도 하다. 나는 인터넷에서 영화 포스터를 찾아 그의 얼굴을 다시 보
았다. 어떻게 보면 슬픔에 잠겨 있는 것 같고, 어떻게 보면 호기심 가
득한 어린아이 같고, 또 어떻게 보면 세상에 무관심한 은둔자 같기도
했다. 단순한 선과 색의 조합으로 이루어진 그 얼굴을 보면 볼수록 내
마음은 오히려 복잡해졌다.

그로부터 1년이 지난 2015년 여름 더블린 리틀 뮤지엄The Little Museum
of Dublin에서 '아이리시 영화 의상 특별전'을 한다는 기사를 보게 되
었다. 영화 〈프랭크〉도 목록에 있었다. 세인트 스테판스 그린St. Stephen's
Green 공원 맞은편에 있는 '더블린 리틀 뮤지엄'은 내가 더블린에서 가
장 좋아하는 박물관 중 하나다. 아름다운 조지언 양식Georgian style● 의

● 영국의 조지 1세부터 조지 3세까지(1714~1820년)의 약 백 년간 주류를 형성한 건축 양식. 고전적인
  건축을 바탕으로 대칭과 비례를 중시한다.

더블린 리틀 뮤지엄 특별전시관에 전시되어 있던 프랭크의 커다란 머리.

건물 곳곳에 전시된 소소한 생활 소품과 문화 아이템을 통해 더블린
이란 도시의 과거와 현재, 문화예술의 흐름을 이해할 수 있는 보물 창
고 같은 곳이다. 나는 그 기사를 발견한 바로 다음 날, 프랭크의 커다
란 머리를 직접 보기 위해 박물관으로 달려갔다.

　박물관 1층의 특별전시관 한편에 〈프랭크〉 영화 포스터를 배경으로
프랭크의 커다란 머리가 벽에 걸려 있었다. 조명을 받아 반짝이는 원
형의 머리는 영화를 보며 상상한 것보다 훨씬 더 컸다. 전시장에는 〈프
랭크〉 외에도 〈아버지의 이름으로〉, 〈나의 왼발〉, 〈포르투에서 아침

을〉 등 대표적인 아일랜드 영화들에 나왔던 의상들이 전시되어 있었다. 오래전에 봤던 영화 속의 인물들을 스크린 밖에서 만나는 듯 반가웠다. 하지만 그 무엇도 프랭크를 만났을 때의 기쁨과는 비교할 수 없었다. 프랭크는 마치 오랜 친구처럼 그곳에서 나를 바라보고 있었다.

'안녕, 마야!'

'안녕, 프랭크!'

'나를 직접 보려고 여기까지 온 거야?'

'응, 처음 널 영화에서 본 후로 늘 네가 보고 싶었어. 그러다가 잡지에서 우연히 네가 여기 온다는 기사를 발견한 거야, 운명처럼!'

'운명이라?…… 그럴지도. 그런데 왜? 영화 속의 내가 왜 널 여기까지 오게 했을까?'

'아마도 너의 어떤 모습에서 나 자신을 봤기 때문일 거야. 그래서 너를 직접 보면 나를 더 잘 알 수 있을 것 같았어.'

'응, 그래. 사실은 나도 그런 생각을 했어. 어쩌면 다른 사람들도 나처럼 가면 속에서 더 자유로움을 느낄지 모른다고. 난 사람들이 알고 있는 나로 규정되지 않고 창의적이고 용감하게 내가 원하는 삶을 살고 싶었어. 내 가면은 사실 나를 가리는 게 아니야. 오히려 내 안에 있는 수많은 진짜 나를 표현하는 거지. 아무 표정도 없는 얼굴이 사실 더 많은 표정을 담고 있거든……'

〈프랭크〉는 아이리시 영화감독 레니 에이브러햄슨의 독립영화로,

한 뮤지션 지망생이 우연히 독특한 언더그라운드 팝 밴드에 합류하게 되면서 일어나는 일들을 그린 블랙 코미디다. 영화는 그 지망생의 시선으로 전개되지만 이야기의 실제 주인공은 밴드 멤버 중 항상 커다란 사람 머리 가면을 쓰고 있는 프랭크다. 1980대 후반 실재했던 괴짜 키보드 연주자 프랭크 사이드바텀Frank Sidebottom의 이야기에 영감을 받아 만들어졌다고 하는데, 영화를 보고 나면 누구라도 '타고난 음악 천재였지만 사회적으로는 철저한 은둔자'였던 프랭크의 독특한 매력에 빠져들게 된다.

〈프랭크〉를 보고 온 날 이후 이 우습고도 슬프고, 엉뚱하면서도 사랑스러운 영화에 푹 빠져버린 우리는 늘 프랭크의 머리가 프린트된 티셔츠나 노트 따위를 찾아 헤맸지만 허사였다. 그러던 어느 날 다른 영화를 보러 간 라이트 하우스 시네마Light House Cinema에서 존이 깜짝 선물이라며 나에게 〈프랭크〉 블루레이 DVD를 사줬다. 덕분에 나는 내가 원할 때면 언제든 프랭크를 만날 수 있게 됐다.

그날 밤 우리는 DVD를 함께 봤다. 영화의 촬영지인 우리 동네 브레이의 익숙한 풍경이 그날따라 더 아련했다. 브레이 바닷가와 폐허가 된 호텔, 위클로 산자락에 위치한 고대 순례자들의 성지 글렌달록Glendalough의 울창한 초록빛 나무들과 투명하게 맑은 호수…… 내 발자취가 남아 있을 아일랜드 곳곳의 그림 같은 풍경이 하나하나 눈에 밟혔다. 다시 듣는 영화 속 음악은 역시나 좋았다. 마구 갈겨쓴 낙서에서 발견한 시어詩語 같은 가사들과 불안정한 듯 서정적인 멜로디를, 우리는 취한 듯 흥얼거렸다.

　더블린 리틀 뮤지엄에서 프랭크를 직접 보고 온 날, 자려고 누우니 그의 커다란 머리가 다시 눈앞에 어른댔다. 나는 아직 그에게 해주고 싶은 이야기가 남아 있었다.

　'프랭크!'

　'응?'

　'사람들이 억지로 네 가면을 벗기고 널 정신이상자 취급할 땐 나도 정말 속상했어. 그때 네가 정신적으로 얼마나 큰 충격을 받았는지 알아. 그래도, 그래도 있지, 난 네가 다시 용기 내서 전처럼 마음껏 노래하고 연주했으면 좋겠어.'

　'이해해줘서 고마워. 하지만 이젠 가면이 없잖아. 그래서 두려워.'

　'두려워하지 마! 가면이 없어도 넌 자유로울 수 있어. 왜냐하면 넌 자유로운 영혼을 가졌으니까. 그리고 남들이 미쳤다고 해도 상관하지 마. 나도 가끔 내가 미쳤다고 생각될 때가 있는걸. 사실 이 세상을 살아가는 사람들은 누구나 조금은 미쳤을지도 몰라. 그래야만 살아갈 수 있을 만큼 힘든 때도 있으니까. 그러니까 걱정하지 마. 네 마음이 시키는 대로 노래해⋯⋯.'

　프랭크의 머리를 생각하다가 까무룩 잠이 들었다. 꿈속에서 나는 그의 커다란 머리를 품 안에 꼭 안고 있었다. 아기를 재우듯 부드럽게 토닥이면서.

더블린 리틀 뮤지엄 근처 가볼 만한 문화 공간

아일랜드 내셔널 갤러리National Gallery of Ireland

방대한 예술 작품뿐만 아니라 다양한 교육 프로그램과 문화 이벤트를 만날 수 있는 대중 친화적인 박물관이다. 아일랜드 출신 예술가들의 작품들을 포함해 14세기부터 20세기에 걸쳐 완성된 유럽 각국의 예술 작품들을 무료로 감상할 수 있다.

주소 Merrion Square West, Dublin2
운영시간 월 11:00~17:30, 화~토 09:15~17:30(목요일은 20:30까지),
　　　　일 11:00~17:30
웹사이트 nationalgallery.ie

사이언스 갤러리Science Gallery

트리니티 대학 교정에 위치한 사이언스 갤러리는 일반인도 부담 없이 '과학'에 접근할 수 있는 흥미로운 전시를 보여준다. 전시 외에도 토론, 워크숍, 음악 공연, 영화 상영 등 다양한 문화 이벤트가 비정기적으로 열리며, 맛있는 샌드위치와 케이크, 커피를 파는 카페와 디자인 숍이 함께 있다.

주소 The Naughton Institute, Trinity College Dublin, Pearse Street,
　　　　Dublin2
운영시간 전시 | 화/수/금 11:00~18:00, 목 11:00~20:00, 토/일 12:00~18:00
웹사이트 dublin.sciencegallery.com

아이리시 위스키 뮤지엄Irish Whiskey Museum

사실 아일랜드에서 기네스 못지않게 유명한 것이 바로 위스키다. 아이리시 위스키의 진가가 궁금하다면 위스키 뮤지엄을 방문해보자. 위스키 전문가의 가이드 투어로 아이리시 위스키의 역사와 위스키에 얽힌 흥미로운 이야기를 들을 수 있다. 위스키를 시음할 수 있는 바와 구매 가능한 숍이 함께 있으며, 웹사이트를 통해 티켓을 미리 예매할 수 있다.

주소 119 Grafton Street, Dublin2
운영시간 월~목 10:00~18:00, 금 10:00~23:30, 토/일 10:00~22:30(겨울
　　　　시즌에는 오픈 시간이 10:30으로 늦춰짐)
웹사이트 irishwhiskeymuseum.ie

파란 눈 사위의
장모 사랑

호스와 말라하이드의
봄날에 나눈 대화들

"어머니가 여기에 같이 오면 좋아하실까?"

그즈음 존이 가장 많이 한 질문이었다. 2016년 6월, 엄마가 우리를 보러 아일랜드에 오시기로 확정하면서 나와 존의 마음은 조금씩 바빠지기 시작했다. 엄마가 주무실 방에 놓을 서랍장과 램프도 사야 하고, 집 안 여기저기 손봐야 할 곳도 있었기 때문이다. 결혼하고 처음 와보는 딸네 집이 깔끔하고 단정한 엄마 눈에 난민 센터처럼 보일까 봐 우린 벌써부터 걱정이 많았다. 하지만 걱정은 10퍼센트 정도, 우리는 90퍼센트의 설렘으로 엄마를 기다리고 있었다.

"어머니 도착할 때 포르셰같이 근사한 차를 렌트해서 공항에 마중 나가는 건 어때?"

당연히 농담인 줄 알고 쳐다본 그의 눈빛이 너무 진지해서 난 그만 웃음을 터트리고 말았다. 존이 휴무였던 지난 금요일, 말라하이드Malahide로 향하는 차 안에서였다. 모처럼 날씨가 화창해서 영화관에 가는 대신 바람을 쐬러 가는 쪽으로 금방 계획을 바꾼 뒤였다.

"무슨 포르셰야, 포르셰는! 좋아하시기는커녕 돈 낭비했다고 엄청 혼만 날걸?"

내 말에 존도 고개를 끄덕였다.

"그건 그래. 그때까지 조금 큰 차를 살 수 있으면 좋을 텐데……."

깜찍한 피아트의 뒷좌석이 그리 편해 보이지는 않았지만, 엄마가 그런 데 까다로운 분은 아니었다.

"걱정 마. 우린 집 청소만 깨끗이 해놓으면 돼."

금요일 오전의 도로는 여유롭고 한가했다. 선글라스를 썼는데도 쏟아져 들어오는 햇빛에 눈이 시렸다. 보기엔 여름 햇살 같은데 창문 틈새로 넘어와 뺨에 닿는 바람은 여지없이 쌀쌀했다. 아일랜드는 차가 많이 막힐 때도 거북이걸음을 할지언정 완전히 멈춰 서 있는 경우는 거의 없다. 차가 멈추지 않고 계속 가고 있는데도 존이 차 막힌다고 짜증을 내면 가소로울 뿐이다.

말라하이드 해안 도로는 호스Howth 해안 도로와 함께 존과 내가 가장 사랑하는 드라이브 코스다. 8백 년이 넘은 아름다운 고성과 넓은 공원, 산책하기 좋은 해변이 있는 말라하이드 시내도 사랑스럽다. 아기자기한 로컬 카페와 레스토랑, 숍을 구경하는 것도 재밌고, 호수처

말라하이드 바닷가와 공원에서 주말 오후의 여유를 즐기는 사람들.

아기자기한 로컬 카페와 가게를 구경하는 재미가 있는 말라하이드 타운.

럼 잔잔한 항구와 바람이 불 때마다 합창하듯 종을 울리는 작은 요트들, 이를 마주 보고 타원형으로 늘어선 집들이 한 프레임 안에서 그림 같은 풍경을 만들어낸다. 아무리 오래 보고 있어도 질리지 않을 정도다. 물론 존과 내가 '아일랜드 최고'라고 자평하는 인도 레스토랑에서 커리를 먹는 순서도 빼놓을 수 없다.

"어머니가 이 레스토랑도 좋아하실까? 흠……."

주문한 커리를 앞에 두고 잠시 고민스러운 신음을 뱉어내던 존이 갑자기 슬며시 미소를 지으며 말했다.

"그런데 그거 기억나? 어머니랑 서울 시내에서 우연히 처음 마주쳤을 때 말이야. 정말 기적 같았는데……. 아니, 그건 분명 기적이었어."

물론 기억하고 있다. 나에게도 잊지 못할 사건이었으니까. 2012년 크리스마스가 며칠 남지 않은 광화문 거리. 해 저물녘 가로수에 걸린 크리스마스 장식등이 빛을 더할 때, 함박눈이 내리기 시작했다. 학생 비자 만료 후 한국으로 돌아간 나를 만나기 위해 존이 기타를 팔아 한국행 티켓을 샀을 때, 우린 이미 결혼을 약속한 상태였다. 그래서 당시 한국행은 사실상 한국의 관습을 따라 '부모님의 허락을 받는' 절차를 밟기 위한 목적이 컸다. 완강히 반대하던 부모님도 '이젠 어쩔 수 없다'며 포기하셨지만 여전히 불편하고 어색한 감정을 숨기지 못하셨다. 게다가 우리는 바로 전날 밤 엄마한테 "이번 주 토요일 저녁에 삼촌이랑 이모들 만날 건데 이참에 너네도 인사 드리러 와라"는 전화 통보를 받고 잔뜩 긴장한 상태였다.

눈발이 점점 더 굵어지며 거리와 나뭇가지에도 조금씩 눈이 쌓이고 있었다. 광화문 사거리에서 서대문 쪽으로 큰길을 막 건넜을 때, 버스 정류장에 서 있는 한 여자가 눈에 들어왔다. 순간 난 얼음처럼 멈춰 서버렸다.

"맙소사, 엄마야."

"하하하, 누구 말하는 거야?"

"저기 버스 정류장, 연두색 코트 입고 베레모 쓴 여자."

"거짓말!"

"나도 믿기지 않지만, 진짜야!"

그때야 존도 눈을 동그랗게 뜨고 내가 가리키는 여자를 진지하게 바라보았다.

"가서 인사하자."

"그래야……겠지?"

나는 반가움을 압도하는 어색함을 밀어내며 존의 손을 잡고 버스 정류장을 향해 걸음을 옮겼다. 100미터같이 느껴지는 10미터.

"엄마!"

슬로모션처럼 엄마가 고개를 천천히 돌려 나를 봤다.

"어, 네가 웬일이니? 난 시네큐브에서 영화 보고 집에 가는 길이야."

"아, 그렇구나……. 참, 엄마, 여긴 존. 존, 인사 드려. 우리 엄마."

존이 먼저 어설픈 한국말로 "안녕하세요" 하며 악수를 청하자 그때야 존을 발견한 엄마가 깜짝 놀란 눈빛으로, 하지만 정중하고 우아한 몸짓으로 인사를 받았다.

"아, 그래요! 만나서 반가워요. 이렇게 추울 때 와서 고생하네. 그럼 토요일 저녁때 만나요."

그때 엄마가 탈 버스가 도착했고, 엄마는 버스에 오르며 몸을 돌려 우리를 한 번 더 바라보았다.

"너희 엄마 지금 웃고 계신 거 맞지?"

"맞네, 걱정만큼 출발이 나빠 보이진 않네."

존은 지금도 그날의 기억을 종종 꺼내곤 한다. 그때 엄마를 인구 천만 명에 육박하는 대도시인 서울 한복판에서 마주칠 기적 같은 확률과 그날의 만남이 얼마나 긴장감을 누그러뜨리고 새로운 용기를 주었는지에 대해……

커리를 먹은 후 우리는 다음 목적지인 호스로 향했다. '경관 도로
Scenic Road'라고 적힌 간판을 따라 해안 도로로 접어들면, 바다를 보며
가로수가 예쁜 길을 달릴 수 있다.

"호스도 좋아하실까? 호스 빌리지를 같이 산책하고 싱싱한 해산물
요리를 먹으러 가면 좋을 텐데, 그치? 참, 피시앤칩스도 아이리시 전
통 음식이니 한번 드셔봐야 할 텐데, 튀김은 건강에 안 좋다고 안 드신
다고 했지?"

"평소 튀긴 음식을 안 드시긴 하는데…… 그래도 한 번쯤은 맛보고
싶어 하실 거야."

아직 엄마가 오실 날은 한참 남았는데 우린 "오늘 저녁에 뭐 먹을
까?" 식의 구체적인 대화를 너무나 진지하게, 그것도 주인공도 없는
자리에서 하고 있었다.

나는 장모를 친엄마처럼 가깝게 생각하는 존이 참 고맙고 사랑스럽
다. 항상 엄마의 안부를 묻고, 내가 전화 드리는 걸 게을리하면 빨리
전화해보라고 재촉하고, 엄마가 아일랜드에 오시는 날을 나보다 더
손꼽아 기다린다. 나는 엄마와 존의 관계에 큰 변화를 가져온 한 가지
사건을 기억한다.

우리가 결혼 후 처음으로 한국을 방문해 부모님 댁에 머물 때였다.

출항을 앞두고 있거나 출항을 마치고 돌아온 고깃배들이 가득한 저물녘의 호스 항구.

첫날 저녁에 엄마는 "결혼하고 사위가 처음 집에 오면 씨암탉을 잡아주는 거"라며 정성스레 닭백숙을 만들어주셨다. 닭백숙을 받아 들고 처음엔 어쩔 줄 몰라 하던 존이 국물까지 남김없이 먹어 치운 후 "아무도 나를 위해 이렇게 상을 차려준 적이 없어"라고 내 귀에 속삭였을 때, 난 콧등이 시큰해졌다. 그의 모습에서 어려서 어머니를 잃고 따뜻한 보살핌을 그리워했을 어린 소년이 보였다.

더 놀라운 건 엄마의 변화였다. 처음에 엄마는 한 달이나 외국 사위와 한집에서 지내야 한다는 사실에 걱정이 이만저만이 아니었다. 사위에 대한 예의로 저녁상을 차려주고 친절하게 대해주셨지만 여전히 어색하고 불편한 눈치였다. 그런데 아침마다 까치머리에 반바지 차림으로 거실에 나와 큰 소리로 "굿모닝!" 인사하고, 저녁땐 드라마 보는 엄마 옆에 앉아 같이 TV 화면을 들여다보고 있는 파란 눈의 사위에게 서서히 마음을 열기 시작한 것이다.

일주일쯤 지난 어느 날, 엄마가 수년 전 영국과 아일랜드 여행을 갔을 때 쓴 여행 일지를 존에게 보여주며 아일랜드에 대해 영어로 열심히 대화를 시도하는 걸 봤다. 또 한 번 콧등이 시큰해졌다. 내가 한 번도 상상해보지 못한 존과 엄마의 모습이었다.

어느 순간 벽이 허물어진 후로 존과 엄마는 급속도로 친해졌다. 존은 매일 아침 나에게 배운 새로운 한국말을 엄마한테 써먹으며 점수를 땄고, 엄마는 노인복지관에서 배운 영어 실력을 총동원해 존에게 영어로 말을 걸었다. 당시 아빠가 요양병원에 의식 없이 누워 계실 때였는데, 존도 늘 같이 병원에 가서 아빠의 팔다리를 주물러 드리곤 했다. 그렇게 한 달이 흘러 존이 먼저 한국을 떠나던 날, 엄마는 존을 배웅하며 두 팔 벌려 안아주셨다. 아들딸한테도 해준 적 없던 '빅 허그'였다. 존도 빅 허그로 엄마에게 작별 인사를 건넸다.

다음 날 저녁, 엄마가 거실에서 친구와 통화하는 내용을 내 방에서 우연히 엿들었다.

"그래, 어제 우리 사위 먼저 돌아갔잖아. 아니, 생각보다 안 불편하던데? 외국인이라 그런가, 순수한 면이 있어서 은근히 귀엽더라구!"

겨우 영상 4~5도에 머무는 차가운 날씨였지만 항구를 산책하는 사람들이 많았다. "물개에게 먹이를 주지 마시오"라고 붉은 글씨로 쓰인 경고문 앞에서 관광객들은 아랑곳없이 식빵 조각을 던져주었고, 더 이상 먹이를 잡으러 먼 바다로 나가지 않는 늙고 살진 물개들이 주변을 맴돌며 얼굴을 내밀 때마다 환호성을 질렀다.

우리는 모처럼 햇살을 즐기려는 사람들 무리에 합류해 빨간 등대가 있는 곳까지 산책했다. 펍과 레스토랑이 모여 있는 호스 빌리지로 돌아왔을 땐 바람을 오래 맞은 손과 뺨이 얼얼했다. 몸도 녹이고 배도 채울 겸 '라이츠 파인드레이터Wrights Findlater'라는 펍에 들어갔는데, 막상 훈훈한 실내에 들어서니 시원한 맥주가 당겼다. 우리는 창 쪽을 향해 나란히 앉아 맥주를 마시며 설핏 기운 해의 기다란 등 자락을 바라보았다. 항구의 배들과 바다, 하늘의 실루엣이 부드러운 저녁 햇살 속에

호스 빌리지에 저녁이 내리면 사람들은 싱싱한 해산물 요리를 먹기 위해 하나둘 레스토랑으로 찾아든다.

서 아름답게 빛났다.

"어머니가 술은 안 드시지만 그래도 기네스는 한 잔 하시겠지?"

4년 전 눈 오는 겨울날 광화문 사거리에서 걸린 마법에 여전히 빠져 있는 듯 존이 말했다.

호스와 말라하이드 주말 나들이

비쇼프 브로스 Beshoff Bros

아일랜드에서 유명한 '피시앤칩스' 체인점으로, 유난히 호스에 있는 지점이 인기가 많다. 호스 지점에서는 테이크아웃만 가능하며, 날씨가 좋은 날에는 가게 앞에 있는 잔디밭에 앉아 피크닉 나온 기분으로 즐길 수 있다. 단 야외에서 음식을 먹을 때는 호스의 갈매기들을 조심할 것! 히치콕의 〈새〉라는 영화가 생각날 정도로 무시무시하다.

주소 12 Harbour Road, Howth, Co. Dublin
운영시간 11:00~22:00
웹사이트 beshoffbros.com

호스 마켓 Howth Market

주말인 토요일과 일요일, 호스 기차역 맞은편 작은 광장에서 열리는 10년 전통의 호스 마켓은 호스를 찾는 각 나라 관광객들로 늘 붐빈다. 핫도그, 중국식 볶음면 등 즉석에서 만든 음식부터 홈메이드 베이커리, 수제 비누, 화장품, 액세서리, 의류 등 판매하는 품목이 다양하다.

주소 3A Harbour Road, Howth, Co. Dublin
운영시간 토/일 09:00~18:00(일부 가게는 평일에도 영업)
웹사이트 howthmarket.ie

비쇼프 더 마켓 Beshoffs The Market

비쇼프에서 호스 역 근처 바닷가에 문을 연 해산물 시장 겸 오이스터 바. 신선한 해산물과 유기농 채소들을 팔고 한쪽에서는 비쇼프의 피시앤칩스를 기네스 맥주와 함께 마실 수 있다. 문어, 굴 등의 해산물 구이가 주요 메뉴.

주소 17-18 West Pier, Howth, Co. Dublin
운영시간 숍 | 월~토 08:30~18:00, 일 09:00~18:00
　　　　　　 레스토랑 | 월~금 09:00~17:00, 토/일 09:00~20:00
웹사이트 beshoffs.ie

카잘 Kajjal (인도&파키스탄 레스토랑)

조금 생뚱맞지만 카잘을 소개하지 않을 수 없는 이유는 명실공히 아일랜드 최고의 인도&파키스탄 레스토랑이기 때문. 더블린에도 자매 레스토랑이 두 곳 있지만 말라하이드 지점이 가장 맛있다. 아이리시 전통 음식도 먹을 만큼 먹어봤다면 매콤한 인도 음식으로 기분 전환을 해보는 건 어떨까? 주말에는 예약하고 가는 것이 안전하다.

주소　　　7 Strand Ct. Malahide, Co. Dublin
운영시간　월~토 12:00~23:00, 일 12:00~22:30
웹사이트　kajjal.ie

깁니스 펍 Gibney´s Pub

말라하이드의 터줏대감이라 할 만큼 오래된 펍으로 지금도 현지인들의 꾸준한 사랑을 받고 있다. 새로운 펍과 카페, 레스토랑이 끊임없이 생겨나는 말라하이드에서 아이리시 전통 음식과 신선한 기네스를 고집한다. 넓은 실내와 비어 가든, 라이브 음악을 들을 수 있는 공연장이 함께 있다.

주소　　　6 New Street, Malahide, Co. Dublin
운영시간　월~목 10:30~23:30, 금/토 10:30~00:30, 일 11:30~23:00
웹사이트　gibneys.com

당신의 꿈이
회귀하는 어떤 집

아이리시 작가 메이브 브레넌의
흔적을 좇아

존과 함께 연극을 한 편 보러 갔다. 〈메이브의 집Maeve's House〉이라는 제목의 일인극이었다. 영국 웨스트우드의 뮤지컬이나 사뮈엘 베게트처럼 잘 알려진 작가의 작품도 아니고, 이름도 처음 듣는 원로 배우 에이먼 모리시Eamon Morrissey가 직접 극본을 쓰고 연기한다고 했다. 배우는 자신의 실제 경험을 바탕으로 쓴 이야기를 할아버지가 옛날이야기 들려주듯 조곤조곤 독백으로 풀어나갔는데, 그 이야기의 첫 실마리는 자신이 살았던 집이었다.

1966년 어느 날 뉴욕의 지하철 안에서 『뉴요커』를 읽고 있었어. 뉴욕에 정착한 지 오래되지 않았을 때였지. 거기 아일랜드 출신 작가 '메이브 브레넌'의 칼럼이 실려 있었는데, 메이브가 어릴 때 살던 더블린의 집에 대해 묘사한 대목을 읽다가 머리카락이 쭈뼛 서는 것 같았어. 체리필드 애비뉴^{Cherryfield Avenue} 48번지! 메이브가 살았던 집이 다름 아닌 내가 뉴욕으로 이주하기 전에 살던 바로 그 집이었던 거야!

"라넬라!" 존이 팔꿈치로 나를 툭툭 치며 속삭였다. "게다가 체리필드 애비뉴면 네가 살았던 집이랑 아주 가까운걸!"

존과 결혼하기 전, 나는 라넬라^{Ranelagh}의 작은 원룸에서 혼자 두 달을 살았다. 학생 비자가 끝나는 시점에 한국으로 돌아가기 전까지 남은 두 달은 돈이 좀 들더라도 내가 늘 마음에 품고 있던 동네에서 혼자 자유롭게 살아보고 싶었다. 그 꿈의 동네가 바로 라넬라였다. 더블린의 리피 강 이남에 위치한 라넬라는 안전하고 교통이 편리할 뿐 아니라 예술적인 세련미와 옛것의 우아함이 공존하는 동네다.

어쩌면 2년간의 아일랜드 생활 중 가장 행복했던 시간은 이곳에서 보낸 짧은 두 달이었는지도 모른다. 어학원 과정을 모두 마친 후라 매일매일이 자유였고, 존과의 연애도 한창 무르익고 있었다. 내 방은 이층짜리 조지언 양식의 건물 1층 뒷마당과 연결되어 있었는데, 아침이면 마당의 나무들에 찾아드는 온갖 새들이 재잘거렸다.

에이먼은 메이브처럼 어린 시절을 아일랜드에서 보내고 뉴욕으로 이주했다. 그도 1940~1960년대에 영국, 미국, 호주, 캐나다로 새로운

메이브 브레넌이 어린 시절을 보냈고, 나도 잠시 살았던 동네 라넬라.

희망을 찾아 떠났던 아이리시들의 거대한 이주 물결에 휩쓸린 듯하다.

1934년 미국 워싱턴에 아일랜드 대사로 파견된 아버지를 따라 미국에 정착한 메이브 브레넌은 당시 뉴욕의 저명한 잡지 『뉴요커』의 칼럼니스트이자 작가로 활동하고 있었다. 에이먼은 메이브의 글 속에 묘사된 라넬라의 집과 그녀의 삶, 그리고 어떤 시점에서 중첩되는 자신의 기억 속 라넬라의 집과 이주 예술가로서의 삶을 극의 주재료로 엮어나간다.

연극을 보고 온 날 밤, 존은 자기 전에 '메이브 브레넌'이란 이름을 키워드로 열심히 구글링했다.

"와…… 삶이 진짜 영화 같네. 봐봐, 이렇게 매력적이고 재능도 많은 여자가 말년에는 정신병과 우울증을 앓으며 외롭게 죽었대."

존이 보여준 흑백 사진 속의 메이브는 젊은 시절의 오드리 헵번과 흡사했다.● 깡마르고 가녀린 몸매에 또렷한 이목구비가 예민하면서도 우아한 느낌을 주는 여자였다. 패션지 『하퍼스 바자』에 글을 썼다는 이력이 말해주듯 사진마다 패션 리더의 아우라가 물씬 풍겼다. 하지만 그녀의 화려한 외모와 이력 이면에는 '알코올 중독자 남편'과 '이혼', '잡지사 빌딩의 화장실에서 잠을 자며 뉴욕 42번가 빌딩을 떠돌았던 말년'의 이야기가 숨어 있었다. 이 극적인 삶을 살았던 아이리시 작가에 대한 궁금증은 점점 커져갔다.

그러던 어느 날 존이 '깜짝 선물'이라며 내 앞에 책 한 권을 불쑥 내밀었다. 메이브 브레넌의 『애정의 봄날들』The Springs of Affection』이었다. 그녀의 사후에 출간된 책으로 메이브가 『뉴요커』에 기고했던 짧은 이야기들을 모은 것이다.

다음 날 나는 그 낯선 책의 첫 페이지를 조심스레 열어 탐험을 시작했다. 「큰 화재 후의 아침」은 그녀의 기억 속에 있는 어린 시절의 라넬라 집에 대한 묘사로 시작되고 있었다.

● 실제로 메이브는 한때 트루먼 카포티와 함께 『뉴요커』와 『하퍼스 바자』에서 일한 적이 있어서 그의 소설 『티파니에서 아침을』의 여주인공 홀리가 메이브를 모델로 했을 것이라는 추측도 분분하다.

메이브 브레넌이 『뉴요커』에 기고했던 짧은 글들을 묶은 책 『애정의 봄날들』.

다섯 살 때부터 거의 열여덟 살이 될 때까지 더블린의 라넬라에 있는 작은 집에 살았다. 그 길을 따라 늘어선 집들은 모두 붉은 벽돌집이고 집마다 작은 뒷마당이 딸려 있었다. 뒷마당의 반은 시멘트가 깔려 있고 나머지 반은 잔디였는데 그 사이에는 낮은 돌담이 있었다. 처음 이사 왔을 때는 내 키가 너무 작아서 돌담 너머를 볼 수 없었지만 몇 년 지나자 꽤 쉽게 보였던 것이 기억난다. 담 높이는 아마 152센티미터 정도 됐을 것이다. 이 돌담은 정원에서 정원으로 연결되는 일종의 공동 담벽으로 그 길 끝까지 길게 이어졌다.

그녀의 집 정원으로 이어지는 담장 너머에는 커다란 테니스 클럽이 있었는데 메이브는 여동생과 담장 끝에 서서 사람들이 테니스 치는 모습을 구경하곤 했던 모양이다. 하지만 그녀의 집과 테니스 클럽 사이에는 주유소가 가로막고 있어서 제대로 보긴 어려웠다. 그러던 어느 날 밤 주유소에 큰불이 난다. 주유소는 잿더미가 되고 재산을 잃은 사람들은 하룻밤 새 닥친 재앙에 망연자실하지만, 타오르는 거대한 불꽃에 매료된 소녀는 다음 날 아침 그 소식을 아직 모르는 동네 사람들에게 자신이 독점한 특종을 전하며 영웅이 된 듯한 흥분을 맛본다. 그리고 비참한 몰골로 주저앉은 주유소 옆, 운 좋게 화재를 비켜간 테니스 클럽에는 전날과 다름없이 말끔하게 유니폼을 차려입은 사람들이 모여 테니스를 친다. 아이러니한 우리네 삶의 풍경과 어린 시절 누구나 한 번쯤 경험해보았을 '길티 플레저guilty pleasure'에 대한 사실적인 묘사가 적나라해서 흡입력 있다.

이 소설을 포함해 처음 일곱 개의 짧은 이야기는 매우 자전적이다. 심지어 자신의 이름 '메이브'를 주인공 이름으로 쓴 글도 있다. 집에 찾아온 사과 장수를 거절하지 못하고 사과를 산 엄마가 매일 찾아오는 사과 장수를 피하느라 고군분투하는 모습을 어린 딸의 시선으로 그린 「바다의 노인」, 여기서 어린 딸은 바로 메이브 자신이다.

이어지는 다섯 편의 이야기는 허버트와 로즈 부부의 결혼 생활에 대한 이야기다. 로즈는 사사건건 자신의 부족함을 탓하며 깎아내리는 남편이 두렵고, 허버트는 아내가 대문에 들어설 때 미소 짓는 자신의 허위가 혐오스럽다. 게다가 하나뿐인 아들은 단지 부모에게서 벗어나기 위해 신부가 되려고 한다. 깨어진 가족 관계와 그로 인한 숨 막히는 일상이 매우 사실적으로 묘사되는데, 어둡고 쓸쓸한 이야기인데도 그녀의 정제된 문장들은 씹을수록 맛깔나고 깊은 울림이 있다. 원서로 문학작품을 읽을 때 부딪히는 아리송한 문학적 표현과 문화적 이해의 장벽을 감안하더라도, 그녀의 글은 너무나 아름다워서 가슴이 뛰었다. 심플하면서도 우아하고, 예리하면서도 따뜻했다.

그 후로 꽤 오랫동안 나는 메이브를 잊고 있었다. 어느 날 아침, 읽을거리를 찾아 책장을 두리번거리다가 『애정의 봄날들』의 초록색 책등 위에 눈길이 멈췄다. 망설임 없이 이 책을 가방에 넣었다. 더블린으로 가는 기차 안에서 책을 읽는 동안, 존과 연애하던 시절의 추억이 새록새록 되살아났다. 낡고 삐걱대는 싱글 침대에 나란히 앉아 내가 난생처음 만들어본 스파게티를 함께 먹은 일, 빨간 나무 대문 앞에서 헤어지는 게 아쉬워 긴 키스를 나눴던 일…….

그날 저녁 존에게 메이브의 책을 다시 읽기 시작했다고 얘기했다. 그리고 문득 내가 살던 집이 보고 싶다는 말도. 존이 즉흥적인 제안을 했다.

"그럼 이번 주말에 라넬라에 가자. 네가 살던 집도 가보고 메이브가 살던 집도 찾아보고!"

그리고 토요일, 우리는 점심을 먹고 라넬라로 차를 몰았다. 내가 살던 빨간 대문 집은 전혀 달라진 게 없었다. 어쩌면 내 방에는 내가 쓰던 낡은 싱글 침대와 작은 나무 스탠드가 그대로 있을지도 모른다. 그리고 허리가 동그랗게 굽은 집주인 할머니는 여전히 월요일 아침마다 집세가 들어 있는 봉투를 수거하러 잰걸음을 놀리겠지…….

메이브의 집은 내가 살던 라넬라의 집에서 겨우 세 블록쯤 떨어진 곳에 있었다. 체리필드 애비뉴 48번지. 메이브가 '붉은 벽돌집'으로 묘사한 그 집은 새 주인에 의해 연한 핑크색 페인트로 덧칠되어 있었다.

나는 '48'이라는 숫자가 적힌 파란 대문 앞에 서서 그녀가 매일 지나다녔을 거리를 한동안 바라보았다. 그리고 독립운동가였던 메이브의 아버지 로버트 브레넌이 영국 경찰을 피해 이 집 저 집으로 도망 다니며 숨어 지내던 당시, 메이브와 그 가족들의 삶을 상상했다. 영국 군인들이 들이닥쳐 방금 말끔히 청소한 공간을 쓰레기장처럼 뒤집어놓고 갈 때마다 흐느껴 우는 어머니의 고통을 지켜봐야 했지만, 그래도 그 속에서는 그녀만의 소소한 일상이 흘러갔을 것이다. 어쩌면 라넬라의 집은 그녀를 늘 긴장시키지만 유일하게 아버지를 만날 수 있는 희망의 장소였을 것이다. 그리고 열일곱 살에 미국으로 떠난 이후 고국에 대한 그리움이 깃들 때마다 소환할 수 있는 유일한 자신의 흔적이었을 것이다.

미국의 문학비평가 제이 파리니^Jay Parini는 『뉴욕 타임스』에서 그녀의 작품에 대해 이렇게 평했다.

　마치 혀가 이 빠진 자리를 자꾸만 찾아가듯, 브레넌의 상상력은 강박적이다시피 같은 공간으로 회귀한다. 동일한 장소로 보이는 그 집들에서 그녀는 봉인된 작은 상처들과 희미한 기쁨들, 이루지 못한 꿈들을 되살려낸다.

메이브 브레넌이 살았던 체리필드 에비뉴. 맨 아래 사진의 오른쪽 파란 대문 집이 그녀가
살았던 집이다.

9년째 고국을 떠나 아일랜드라는 외국 땅에서 살아가고 있는 나에게 메이브처럼 끊임없이 회귀하는 공간, 마음속의 집은 어디일까? 지금 살고 있는 브레이의 아파트? 결혼 전 한국에서 혼자 살던 서교동의 오피스텔? 한국에 갈 때마다 묵는 친정 엄마의 집? 아니면 여행하면서 머물던 어떤 집들? 글쎄, 잘 모르겠다. 어쩌면 나에게 그런 집은 실재하지 않는 어떤 무형의 공간일지도 모른다. 어쨌든 오늘 밤은 남편과 함께 브레이의 집으로 간다.

메이브 브레넌의 대표적인 책들

아쉽게도 한국어로 번역 출간된 책이 아직 한 권도 없지만 메이브 브레넌은 아일랜드 문학, 특히 여성 작가의 계보에서는 빼놓을 수 없는 중요한 작가다.

『장광설의 여인 Long-Winded Lady』

『뉴요커』에 정기적으로 기고했던 칼럼을 묶은 책. 메이브 자신이 개인적으로 경험하고 느낀 뉴욕의 일상을 솔직하게 그려낸다. 이민자의 시선으로 바라본 뉴욕의 다양한 얼굴이 생생하게 담겨 있다.

『애정의 봄날들 The Springs of Affection』

21편의 단편이 실린 소설집. 메이브가 나고 자란 더블린을 배경으로 다양한 인간 군상의 이야기가 펼쳐진다. 어린 시절의 기억을 바탕으로 한 자전적 이야기부터 오랜 결혼 생활로 권태기에 빠진 부부의 복잡다단한 심리 상태를 그린 작품까지, 더블린 중산층의 삶을 예리하게 관찰해 포착해낸 깊이 있는 시선이 놀랍다.

『방문자 The Visitor』

어린 시절을 보냈던 할머니의 집으로 돌아가 살게 된 스물두 살의 아나타시아 킹의 이야기를 담은 짧은 소설. 할머니는 자기 아들과의 결혼 생활을 견디지 못해 도망친 아나타시아의 어머니와 어머니를 따라간 아나타시아에 대한 원망을 버리지 못하고 있다. 6년이 지나 다시 돌아온 아나타시아와 할머니의 쉽지 않은 관계가 다양한 감정의 소용돌이를 타고 펼쳐진다.

감자,
너 없인 못 살아!

아일랜드 감자에 대한
단상

"홈스테이 맘이 맨날 감자 요리만 해줘요. 아침엔 삶아주고, 저녁땐 으깨주고…… 아, 이제 지겨워 죽겠어요!"

아일랜드에 처음 온 해에 같은 어학원에 다니던 한국 남학생이 했던 말이다. 그땐 그냥 웃고 넘겼는데 지금 생각하면 충분히 그 마음이 이해된다. 어지간히 감자를 좋아하는 사람이라도 매일 주식으로 먹으려면 질리지 않을 도리가 없다. 하지만 감자가 아일랜드 사람들의 식탁에서 얼마나 큰 비중을 차지하는지 알고 나면, 그 홈스테이 주인의 부족한 정성만을 탓하기가 애매해진다.

아일랜드 사람들은 매끼 식탁에 감자 요리가 빠지면 섭섭할 만큼 감자를 많이 먹는다. 감자는 가장 일상적이고 평범해서, 그래서 더욱

슈퍼마켓이나 파머스 마켓에서 흔히 볼 수 있는 아일랜드 감자들.

중요한 식재료다. 우리는 보통 '동양인은 밥, 서양인은 빵'이라고 이분
화해서 생각하는데, 내가 보기에 아일랜드인의 주식은 빵보다 감자
가 아닐까 싶다. 일상적인 만큼 요리법도 단순하다. 주로 통째로 삶거
나Boiled Potato, 삶은 감자에 버터를 넣고 으깨거나Mashed Potato, 길쭉길쭉
하게 썰어 튀겨 먹고(이곳 사람들은 프라이드 포테이토라고 하지 않고 칩
스Chips라고 부른다), 올리브오일을 뿌려 오븐에 구워Roasted Potato 먹기도
한다.

 슈퍼마켓에 가보면 대부분의 채소와 과일이 프랑스, 스페인, 네덜란
드 등 다른 유럽 나라에서 건너온 것임을 발견하게 되는데, 감자만은

대체로 아일랜드가 원산지다. 한국 사람들이 쌀을 포대로 사듯 아일랜드 사람들은 감자를 포대로 사다놓고 먹는다. 레스토랑도 마찬가지다. 아일랜드에 있는 모든 레스토랑은 그 종류를 막론하고 메뉴에 감자 요리가 한두 가지씩 있기 마련이다(혹시 감자 요리가 없는 레스토랑을 발견하는 사람이 있다면 내가 기네스를 한 잔 사겠다!).

존과 나도 감자를 자주 먹는다. 흔하고 값싸고 요리하기도 간편하니 마다할 이유가 없다. 하지만 진짜 이유는 바로 '맛'이다. 세계 곳곳을 여행하면서 이런저런 감자 요리를 많이 먹어봤지만, 아직까지 아일랜드 감자만큼 맛있는 감자는 먹어본 적이 없다. 특히 나처럼 파슬파슬 분이 많은 감자를 좋아하는 사람이라면, 분명 아일랜드 감자를 처음 맛보는 순간 사랑하게 될 것이다.

마땅히 요리할 재료도 없고 요리하기도 귀찮을 때, 심지어 감자 삶는 시간도 기다리기 싫을 땐 그냥 생감자 몇 개를 전자레인지에 넣고 10분쯤 돌린다. 분이 많은 종류라면 거의 다 익을 즈음에 껍질이 군데군데 조금씩 갈라지기 시작한다. 타이머가 울린 후 자체 열기로 뜸을 들이는 동안 껍질이 갈라진 부분이 점점 더 벌어지면서 그 사이로 하얀 분이 포르르 일어나는데 그 모습이 신기하고 재밌다. 이제 감자를 꺼내 먹으면 된다. 칼로 자르기만 해도 껍질이 저절로 홀렁홀렁 벗겨지고 속살이 파사삭 무너져 내린다. 막 쪄낸 감자는 소금만 살짝 뿌려 먹어도 맛있다. 존은 감자가 뜨거울 때 버터를 한 숟가락 얹어 으깨 먹는 것을 가장 좋아한다.

오븐에 구운 베이크드 포테이토(위)와 집에서 존의 레시피로 삶은 감자.

"내가 어릴 때만 해도 아일랜드는 아주 가난했어. 더구나 시골에 먹을 게 뭐가 있겠어? 릴리 이모가 항상 그러셨지. 삶은 감자랑 버터 한 조각이면 세상 진미 안 부럽다고……."

한번은 이런 아일랜드 감자의 특성을 고려하지 않고 된장찌개를 만들다가 깜짝 놀랐다. 호박, 양파, 감자를 넣고 찌개를 끓였는데, 나중에 보니 호박이랑 양파만 남고 감자는 형체도 없이 사라지고 없었다. 감자가 익는 동안 푸슬푸슬 무너지면서 국물 속으로 다 흩어져버린 것이다. 이 감자 실종 사건 이후로는 국이나 찌개를 끓일 때 항상 감자를 제일 마지막에 넣고 잠깐만 후르르 끓여낸다.

모든 아일랜드 감자가 분이 많은 건 아니다. 보통 삶아서 껍질째 먹는 베이비 포테이토는 조금 무르고 단맛이 난다. 분이 많은 종자 중에는 껍질이 조금 두껍고 보라색이 나는 루스터Rooster와 루스터보다 드물고 가격이 좀 비싼 종으로 형태가 아주 동글동글하고 껍질에 핑크빛이 도는 커스핑크Kerr's Pink가 있다. 커스핑크는 정말 포크로 자르려 하면 다 부서져버릴 정도로 분이 많다. 너무 물기가 없어서 목이 멜 정도다. 존은 늘 자기 고향 특산품이기도 한 커스핑크를 최고의 감자로 꼽는다. 존을 길러주신 릴리 이모는 이 분 많은 감자를 '볼스 오브 플라워Balls of Flower'라 부르셨단다.

나는 포슬포슬한 아일랜드 감자를 먹을 때마다 한국에 계신 엄마가 생각난다. 내가 어릴 때 엄마는 종종 간식으로 감자를 쪄주곤 했다. 모락모락 김이 피어오르는 냄비를 열고 엄마가 가장 먼저 하시던 말은 "아, 요번 감자는 파삭파삭하니 맛있겠다!"라거나 "에이, 이번 감자는 너무 물러서 틀렸네"였다. 나도 엄마처럼 분 많은 감자를 좋아해서 파삭파삭한 감자를 만나는 날은 엄마와 둘이 식탁에 앉아 두 개고 세 개고 배가 부를 때까지 먹었다. 그냥 소금만 찍어 먹어도 그렇게 맛있을 수가 없었다. 운 좋게 분 많은 감자를 만난 날이면 엄마는 감자를 잔뜩 넣고 칼칼하게 끓인 감자고추장찌개나 양파, 멸치와 함께 간장에 졸여 감자조림을 만드셨다. "고추장찌개랑 감자조림은 파삭파삭한 감자로 만들어야 맛있지" 하시면서…….

아일랜드에서 엄마와 전화 통화를 할 때 내가 "오늘 파삭파삭한 감자를 먹었어"라고 얘기하면 엄마는 늘 "아이고, 맛있겠다!"고 하셨다. 한번은 엄마한테 아일랜드 감자를 가져다 드리고 싶어서 한국에 갈 때 짐 속에 루스터 한 봉지를 몰래 넣어 갔다가 공항 세관에 걸려 압수당한 적도 있다.

그런데 드디어 엄마께 아일랜드 감자를 맛 보여드릴 기회가 생겼다. 여러 해 동안 아빠 병간호를 하느라 아일랜드에 한 번도 못 오셨던 엄마가 아빠를 하늘로 보내드리고 일 년 후 딸이 사는 모습을 보기 위해 긴 비행을 결심하신 것이다. 2016년 여름, 엄마가 아일랜드에 도착하는 날 존과 나는 슈퍼마켓에 가서 커스펑크 감자를 한 봉지 샀다. 그리고 엄마를 마중하러 공항으로 출발하기 1시간 전, 존은 커다란 들

동글동글하고 연한 핑크색이 도는 커스핑크.

통을 꺼내 감자를 삶기 시작했다.

"정확한 물의 양과 시간이 중요해. 먼저 냄비에 감자를 넣은 다음 몸통이 살짝 잠길 만큼 물을 붓고 끓이지. 물이 끓기 시작하면 10분마다 포크로 찔러보며 익은 정도를 확인해야 해. 중간 크기의 감자 네다섯 개 기준으로 20분쯤? 그다음이 제일 중요해. 포크가 어느 정도 들어간다 싶으면 물을 따라 버리고, 냄비 뚜껑을 닫은 채 뜨거운 증기 속에서 나머지 부분을 서서히 익히는 거야. 이게 바로 감자의 분을 많이 나게 하는 비결이지!"

존이 자기만의 레시피에 따라 감자를 익히다가 마지막 뜸을 들이는 동안 정말 분홍 껍질들이 마술처럼 홀라당 벗겨지며 감자의 뽀얀 속살이 모습을 드러냈다. 우리는 둥근 접시 세 개를 식탁에 정갈하게 펼쳐놓고 엄마를 맞으러 공항으로 출발했다.

아일랜드 대표 감자칩 맛보기

테이토Tayto

이름도 귀여운 테이토는 포장지마다 반갑게 손을 흔들고 있는 동글동글한 감자 아저씨의 친근한 모습 때문에 잊기 힘든 브랜드다. 가장 인기 있는 제품은 '치스앤어니언' 맛. 물론 아이리시 브랜드에서 '솔트앤비네거'가 빠질 수 없다. 솔트앤비네거를 처음 맛보는 사람은 강한 식초 맛이 낯설 수도 있지만 먹을수록 점점 빠져드는 특이한 매력이 있다.

쾨오스Keogh's

2백 년 넘게 가족 비즈니스를 이어가고 있는 'Peter Keogh & Sons' 회사가 자부심으로 만드는 아일랜드 대표 감자칩이다. 가족 농장에서 직접 기른 품질 좋은 감자로 인공 첨가물을 전혀 쓰지 않고 튀겨낸다. 아일랜드 천일염으로 살짝 간한 기본 맛부터 아이리시들이 최애하는 솔트앤비네거, 체더치즈, 사우어크림, 바비큐 맛까지 다양하다. 여러 종류의 생감자도 같은 이름의 브랜드로 출시한다.

내 생애
첫 요트 항해

스페인어 클럽 친구들과
더블린 만의 낭만을 나누다

    그라나다에서 '스페인어 한 달 연수'를 마치고 아일랜드로 돌아오자마자 반가운 메일을 한 통 받았다. 세르반테스 스페인어 문화원에서 함께 수업을 듣던 셰이와 데니스가 스페인어 그룹 과외를 함께하자고 제안한 것이다. 두 사람이 적극 섭외한 '믿을 만한 선생님'이라니 마다할 이유가 없었다. 은퇴한 아이리시 아저씨 세 명과 아일랜드에서 스페인어를 배우겠다고 달려든 한국 여자 하나의 생뚱맞은 조합.

    이렇게 나의 특별한 스페인어 클래스가 시작됐다. 일단 다섯 명이 매주 두 번 세 시간씩 함께할 수 있는 공간이 필요했는데, 데니스가 멤버로 있는 '풀백 요트 클럽'^{Poolbag Yacht Club}이 빌딩의 2층 세미나 공간을, 그것도 무상으로 흔쾌히 내주었다. 더블린 만^灣의 푸른 바다 위로

스페인어 수업을 했던 풀백 요트 클럽(위)과 클럽의 테라스에서 바라본 더블린 만.

크고 작은 배들이 들고 나는 경관을 곁에 두고 공부할 수 있다니 특별한 행운이 아닐 수 없었다.

스페인어 수업을 들으러 가는 길은 늘 행복했다. 스페인어 공부도 재밌었지만, 그보다도 내 마음속에 들어온 네 사람 때문이었다. 첫사랑과의 이른 결혼과 이혼, 또 다른 연인과 5년의 동거를 끝내고 이제는 혈혈단신 기나긴 요트 항해를 준비 중인 데니스, DCU^{Dublin City University} 교수를 지낸 경력에도 늘 겸손하고 친절한 학자 타입의 셰이, 가정적인 사업가로 은퇴 후 스페인 별장에서 아내와 많은 시간을 보내고 있는 테리, 마드리드 출신으로 소탈한 함박웃음이 매력적인 스페인어 선생님 롤라. 더블린에서 나고 자란 더블리너 친구들은 그들이 직접 체험한 아일랜드의 산 역사나 나도 가본 적 있는 어떤 거리와 장소에 대한 비하인드 스토리 등 내가 미처 몰랐던 아일랜드의 속내를 은밀히 공유해주었고, 스페인어는 물론 스페인의 문화와 역사 전반에 관한 풍부한 지식으로 스페인에 대한 나의 관심을 더욱 깊고 넓게 확장시켜주었다.

스페인어 수업을 위해 모인 어느 날, 데니스가 깜짝 제안을 했다.

"이번 주 토요일에 내 요트로 더블린 만을 항해할 생각인데 같이 갈 사람?"

호탕한 성격의 데니스는 자신이 보물처럼 아끼는 새 요트의 항해에 우리를 초대했고, 뜻밖의 기회를 놓칠 수 없었던 우리는 모두 같이 가기로 의기투합했다.

　가을이 깊어가는 10월 말의 토요일이었다. 바다 위에서 한 시간 넘게 바람과 맞서려면 옷을 단단히 입어야 한다는 데니스의 경고에 나는 그해 처음으로 두터운 겨울 패딩을 꺼내 먼지를 털었다.

　아일랜드의 풍경을 말할 때 빼놓을 수 없는 것이 바로 크고 작은 항구에 정박해 있는 하얀 요트 무리다. 바다가 고요한 날의 평화로운 쉼, 맑은 날 햇살에 반짝이는 물결과 어우러지는 우아한 댄스, 비바람 치는 날 돛에 달린 작은 종들이 요란한 소리를 내며 위태롭게 휘청거리는 모습으로, 요트는 내가 한국이 아닌 아일랜드에 있다는 걸 깨닫게 해주곤 했다. 그렇게 오랫동안 눈요기만 하던 하얀 요트를 직접 타볼 수 있게 된 것이다!

오전 11시 반쯤 '풀백 요트 클럽'에 도착하니 먼저 온 데니스가 클럽 바에서 커피를 마시고 있었다. 나도 그의 모닝커피 테이블에 합류해 이런저런 얘기를 나누는 사이 셰이와 롤라가 도착했다. 테리는 스페인 여행 중이라 아쉽게도 불참했다. 데니스는 초짜 선원 셋을 데리고 그의 요트로 향했다. 데니스가 집보다 소중하게 여기고 연인처럼 사랑하는 요트 '쿄레레Ceolaire'(아이리시어로 '작은 새'라는 뜻)가 희고 매끈한 몸매를 드러내며 우리를 맞았다.

"바람이 알맞게 불어서 항해하기 딱 좋은 날이야! 첫 항해에 날씨가 이 정도로 도와주다니 당신들 행운아인걸? 하하하."

날씨가 흐려 항해하기 괜찮을지 걱정하던 내 마음을 읽은 듯 데니스가 말했다. 그러고는 선장다운 카리스마로 우리를 한곳에 모아 배를 타고 내릴 때, 그리고 배 안에서 숙지해야 할 주의사항을 설명해준 다음 구명조끼를 하나씩 나눠주었다.

드디어 배에 오른 우리에게 데니스는 각자 앉을 자리를 지정해주었고, 배에 묶여 있던 닻줄을 풀었다. '쿄레레'가 정박한 요트들 사이를 천천히 빠져나가자 넓고 푸른 바다가 시야 가득 펼쳐졌다. 배가 항구에서 어느 정도 멀어졌을 때 데니스는 모터를 끄고 운전대를 셰이에게 넘겼다.

"셰이! 네가 먼저 키를 잡아봐."

"정말? 내가 해봐도 되는 거야?"

"하하하, 모두 한 번씩 해볼 거니까 걱정 마."

셰이가 긴장과 설렘이 교차하는 표정으로 키 앞에 섰다.

"저기 바다 위로 솟아 있는 빨간색 깃발 보이지? 저 푯대를 향해 가면 돼. 절대로 푯대에서 눈을 떼면 안 돼!"

그사이 데니스는 돛을 올리고 풍향계로 바람의 방향과 속도를 수시로 확인하며 배가 바람을 잘 탈 수 있도록 리드했다. 서너 번째 푯대 곁을 지났을 때 데니스가 롤라를 불렀다.

"이번엔 롤라! 셰이, 롤라에게 키를 완전히 넘길 때까지 자리를 뜨면 안 돼!"

롤라는 새로운 장난감을 얻은 아이처럼 입이 귀에 걸릴 만큼 커다란 미소를 띠며 다음 푯대를 향해 키를 움직였다.

데니스가 경고하긴 했지만 직접 경험하는 바닷바람은 생각보다 훨씬 매서웠다. 겨울 패딩에 겨울 목도리, 모자까지 두 겹으로 뒤집어썼는데도 바람이 불 때마다 피부까지 닿는 듯한 한기에 어깨가 뻐근할 정도로 몸이 움츠러들었다. 처음에 설레던 마음은 어디로 갔는지, 얼른 모터를 작동시켜 좀 더 빨리 항구로 돌아가고 싶은 마음이 들기 시작했다. 하지만 데니스는 "진짜 항해의 묘미는 모터의 힘이 아닌 자연 바람에만 의지해서 가는 것"이라고 알려주었다. 원하는 방향이나 속도로 못 갈 수도 있고 그래서 새로운 바람을 오래 기다려야 할 때도, 부득이 경로를 바꾸어야 할 때도 있지만, 그 모든 불확실성과 인내의 과정에서 항해하는 자만이 누릴 수 있는 대자연과의 교감, 고독한 자

오른쪽 위 사진에서 왼쪽이 쿄레레의 선장 데니스이고 오른쪽이 첫 번째 주자로 키를
이어받은 셰이다. 설렘과 긴장 속에서 내 생애 첫 요트 항해가 시작되었다.

유가 있다고 했다.

"다음은 마야!"

막상 내 이름이 불리니 바짝 긴장됐다. 하지만 선장의 명령인 만큼 웅크리고 있던 몸을 일으켜 키를 잡았다. 데니스의 도움 올 빋아 다음 돛대를 향해 조금씩 키를 움직였다. 막상 배가 내가 원하는 방향으로 나아가기 시작하니 긴장감은 사라지고 가슴이 두근대기 시작했다.

'쿄레레'는 아주 느린 속도로, 하지만 보이지 않는 바람과 화합해 왼편에 멀리 보이는 호스의 절벽과 등대를 향해 나아갔다. 바다 위에서 바라보는 더블린의 모습은 또 다른 느낌이었다. 더블린 만에서 던리어리, 달키, 호스로 이어지는 육지의 실루엣이 낮은 구름과 푸르스름한 물빛에 물들고 있었다. 세상에는 이처럼 어느 정도 거리를 두고 보아야 발견할 수 있는 아름다움이 있다. 인생에서도 내 고정관념이나 익숙한 습관 때문에 보지 못했던 아름다움을 발견하고 싶다는 생각이 들었다. 그때, 내 마음의 대답처럼 반짝 해가 났다.

바다 한가운데서 갖는 휴식. 셰이가 집에서 우리 모두를 위해 넉넉히 만들어 온 샌드위치 보따리를 배낭에서 꺼냈고, 데니스는 보온병에 담아 온 커피를 우리에게 나눠주었다. 세상에서 가장 낭만적인 점심 식탁이 배 위에 차려졌고, 배 밑에서는 잔잔한 물결이 햇빛을 받아 눈부시게 반짝이고 있었다.

마운트조이 교도소에 울려 퍼진
블랙독 밴드의 연주

2017년 5월의 일이다. 존이 일하는 마운트조이 교도소^{Mountjoy Prison}에서 '트래블러스 데이^{Traveller's Day}●'를 기념하는 콘서트가 열렸다. 요리 강사인 존이 특유의 마당발 솜씨로 기획한 음악 이벤트다. 나도 그 이벤트에 뮤지션으로 참여할 기회를 얻었는데, 존이 나에게 "아일랜드 교도소를 경험할 수 있는 특별한 기회"라며 기획자의 솔깃한 입김을 불어넣은 덕분이다.

사실 내 별명인 '블랙독'(내 이름 '현구'의 한자 해석을 검을 현^玄, 개 구^狗로 해서 블랙독이다)을 밴드 이름으로 붙여놓고 나한테 '퍼커션' 자리를 맡겼을 때만 해도 모든 것이 장난 같았다. 그런데 벌써 4개월째 '케네디스^{Kennedy's}'라는 아이리시 펍에서 일요일 저녁마다 블랙독 밴드의

● 여기서 '트래블러'는 여행자가 아니라 한곳에 정착해서 살지 않는 사람들을 말한다. 보통 '집시'라고 부르지만 아일랜드에서는 집시라는 말이 이들의 생활방식을 낮춰보는 명칭으로 여겨 흔히 '트래블러'로 지칭한다.

싱어이자 기타리스트인 제임스, 그리고 존과 함께 공연하고 있다. 그런데 이번에는 교도소다. 한국의 교도소에도 발 한 번 디뎌보지 못한 내가 아일랜드 교도소 안에 들어가 수감자들을 위한 연주를 하게 되리라고 누가 상상이나 해봤을까!

남자 성인 범죄자를 수감하는 마운트조이 교도소는 리피 강 북쪽 마운트조이 지역에 있다. 단일 교도소로는 아일랜드 최대 규모다. 도시 중심에 이런 규모의 교도소가 자리 잡고 있다는 사실을 처음 알았을 땐 적잖이 놀랐다. 우리나라였다면 분명히 집값 떨어질까 봐 걱정하는 동네 주민들의 반대 시위가 빗발쳤을 테니 말이다.

아일랜드 정부는 교도소 수감자를 위한 교육 프로그램을 다양하게 실시한다. 사회 재적응을 위한 일종의 재활 프로그램으로, 수감 기간 중 교도소 안에서 이루어지는 프로그램과 복역을 마치고 곧 출소할 사람이나 사회로 복귀한 사람을 대상으로 교도소 밖의 시설에서 진행하는 프로그램이 있다. 대학은 물론 대학원 학위를 받을 수 있는 과정도 있다고 하니, 추운 거리에서 잠을 청하는 노숙자보다 훨씬 나은 복지를 누리고 있다는 생각이 든다.

이곳에서 일 년에 서너 번씩 진행하는 음악 콘서트 등 문화행사는 수감자들의 숨통을 틔워주는 중요한 역할을 한다. 실수든 고의든 범죄를 저지른 사람들은 대부분 정서가 불안정하고 폭력 충동에 취약한데, 교도소라는 좁고 답답한 공간, 통제된 환경은 이런 성향을 더욱 부

더블린 북쪽 동네 마운트조이에 위치한 마운트조이 교도소 입구.

추긴다. 이들에게 가장 필요한 것은 강력한 처벌 이전에 정서의 치유, 자신과 타인에 대한 신뢰 회복이다. 여기서 큰 효력을 발휘하는 것이 바로 예술이다. 수감자들은 미술, 음악, 문학 등의 전통적인 분야부터 요리나 영화 같은 실용 분야까지 다양한 창작 활동에 참여할 수 있다.

존은 마운트조이 교도소에서 '요리'와 '음악'을 가르친다. 수강 신청은 선착순으로 마감하는데, 요리 수업은 늘 인기가 많아서 정원이 금세 찬다.

"인권이 많이 개선됐다곤 하지만 교도소에서 나오는 음식이 어련하겠어? 게다가 다 장정들이니 배도 금방 고플 테고……. 그런데 요리 수업에 오면 평소에 못 먹는 음식을 먹을 수 있으니까, 그리고 답답한 방에서 벗어나 조금이나마 자유로운 공기를 맛볼 수 있으니까 이런 교육 시간이 간절하겠지."

　존은 수감자 학생들의 마음을 잘 이해하는 교사다. 그들이 교도소에 들어온 이유가 무엇이건 수업 시간만큼은 '인간 대 인간'으로 대하려고 노력한다. 물론 살인, 강간을 저지른 사람들을 편견 없이 대하는 건 쉽지 않은 일일 것이다. 그는 학생들에게 다음 시간에 만들고 싶은 음식을 자율적으로 결정하게 하고, 수업 시간에 만들어 먹고 남은 음식이 있으면 방으로 가져갈 수 있게 허락한다. 그럼에도 모든 학생이 존의 노력에 고마운 마음으로 반응하는 건 아니다. 다음 수업을 위해 냉장고에 넣어둔 달걀이나 고기가 없어지는 건 약과고, 한번은 식칼 하나가 사라져 전 수감동이 비상에 걸린 적도 있다. 학생들 사이에 거친 말싸움이 일어나는 건 다반사고, 최악의 경우에는 신체적인 폭력으로 번지기도 한다. 마약에 취해 있는 경우도 적지 않다. 아이러니하지만 실제로 교도소는 마약 유통이 가장 활발한 곳이다.

　하루는 퇴근 후 돌아온 존의 얼굴이 유난히 지치고 굳어 보였다.

　"오늘 내 수업에 들어오던 한 수감자가 홀딱 벗고 옥상 위에 올라가 소란을 피웠어. 그 때문에 수업은 취소되고, 그 사람을 내려오게 하느라 전 교도소가 초비상에 걸리고……."

　그 수감자는 약에 완전히 취해 있었다고 한다. 위태롭게 난간 끝에 서서 비틀거리며 혀가 꼬여 알아듣기 힘든 말로 계속 무언가를 외쳐댔는데, 존이 이해할 수 있었던 한마디는 "요리 수업에 가야 하니까

이제 내려가겠다"는 말이었다고 한다.

교도소 수업은 학위나 취업을 위해 지식과 기술을 가르치는 학교 수업과는 성격이 좀 다르다. 여기서는 사회적 단절과 개인의 상처에서 비롯된 불안하고 폭력적인 성향을 치유하고 자신감과 사회성을 회복하는 데 더 비중을 둔다. 존의 역할도 기술을 가르치는 데 그치지 않고 '요리'와 '음악'이라는 매개체를 통해 그들의 마음을 돌보는 것이다. 정신적인 부담이 크기에 항상 긍정과 희망으로 에너지를 충전하지 않으면 금방 방전되고 만다. 그래서 존은 "하나님이 주신 일이라는 믿음이 없으면 못 버틸 것 같다"고 입버릇처럼 말하곤 한다.

연주 당일, 마운트조이 교도소의 행정 실무를 담당하는 제인이 우리를 '의료동' 건물로 안내했다. 수감자가 건강에 문제가 생겼을 때 진료를 받는 곳인데, 수감자들끼리 싸워서 상처를 입고 오는 경우가 더 많다고 한다. 외상 치료 후에도 연이은 보복 사건이 생길 것을 우려해 약자 쪽을 당분간 그곳에 머물게 하기도 한다.

의료동 2층의 작은 방으로 들어섰다. 우리는 제인과 함께 탁자와 의자를 공연장 형태로 정리했다. 제임스와 존, 나, 아이리시 파이프 연주자인 피아크라까지 뮤지션 네 명이 앉을 의자를 반원으로 정렬하고, 우리와 마주 볼 수 있게 관중석 의자를 배치했다.

정리가 끝날 즈음 서너 명이 쭈뼛쭈뼛 모습을 나타냈다. 이십대 초반으로 보이는 젊은 청춘들이었다. 폭력적이기만 할 것 같던 수감자들의 수줍음이 낯설었다. 그들은 운동복 바지에 손을 찌른 채 맨 뒷줄 의자를 차지하고 앉았다. 10분 정도 더 기다리자 스무 명쯤 되는 사람들이 작은 방 안을 꽉 채웠다. 제인은 우리를 한 명 한 명 소개했다. 내 이름과 함께 '코리아'에서 왔다는 소개가 이어지자, 수감자들이 갑자기 크게 환호하며 탁자를 두들겼다.

음향 시스템도 우리의 연주도 완벽하지 않았지만, 음악을 진심으로 즐기는 청중이 있어 그 시간은 온전하게 아름다웠다. 1시간 30분 정도의 짧은 시간이었지만, 나는 음악을 통해 그들에게 전해지는 위로를 느꼈다. 그날 하루도 네모난 벽돌 건물 밖으로 나갈 수 없어 답답했을 이들에게 우리의 음악이 자유롭고 신선한 공기가 되어 흘러가는 것을 보았다.

공연을 마치고 악기를 정리하는 동안 몇몇이 우리에게 다가와 악수를 청했다. 그러고는 "멋진 공연이었다"며 엄지손가락을 치켜들었다. 제인은 방문 앞에 서서 수감동으로 돌아가는 사람들에게 간식으로 준비한 과자 봉지를 하나씩 나눠주었다. 사람들은 이미 받고도 안 받은 척, 한 봉지 더 받으려고 작은 몸싸움을 벌이기도 했다.

나는 그렇게 얻어낸 과자 두 봉지를 품에 안고 좁은 문을 빠져나가는 사람들의 뒷모습을 한동안 바라보았다. 그리고 감히 기도했다. 그들이 교도소에서 보내야 하는 세월이 그들의 인생에서 의미 없이 썩어버리는 시간이 되지 않기를, 부디 새로운 삶을 다짐하고 준비하는 인생의 전환점이 될 수 있기를······.

이별을 아름답게 마주하는
그들의 방법
아이리시 웨이크

존이 전화를 끊고 나서 말했다.

"쿨리에 있는 친척분이 돌아가셨대."

이름은 앤드루 맥도널드. 존의 외가 쪽 대고모의 아들이라고 했다. 가난한 시골 소년으로 태어나 스스로 돈을 벌고 실력을 닦아 더블린 최고의 의대를 졸업한 인재로, 우리나라로 치면 '개천에서 용 난' 케이스다. 더구나 의사가 귀했던 당시 쿨리 사람들이 아플 때 찾아갈 수 있는 그 지역의 유일한 의사였다고 하니, 그들에게는 어쩌면 대통령보다 더 중요한 사람이었을지도 모른다.

마침 다음 날 차를 고치러 쿨리에 내려갈 계획이었던 우리는 먼저 존의 친구네 카센터에서 차를 고친 후 맥도널드 씨의 웨이크Wake 예식에 참석하고 오기로 했다. 아일랜드는 우리나라와 달리 장례식을 치르기 전 하루 또는 이틀, 고인의 자택에서 친척 친지와 이웃, 친구들이 고인과 마지막 인사를 나누는 시간을 갖는데, 이것을 '웨이크'라 부른다. 이미 생명은 꺼졌지만 아직 육신의 몸은 썩지 않은, 그래서 사람들이 기억하는 고인의 모습을 마지막으로 볼 수 있는 기회이자 고인에 대한 각자의 추억을 서로 나누는 시간이다. 땅에 묻기 전 먼저 가슴에 묻는 절차라고나 할까. 사망 선고와 함께 차디찬 병원 영안실로 옮겨지는 한국의 방식보다 훨씬 인간적이고 따뜻하다는 생각이 든다.

한 가지 망설여지는 건 죽은 사람을 직접 봐야 한다는 것이었다. 외국 영화 속에 등장하는 웨이크나 장례식 장면은 익숙했지만 그건 어떤 배우가 시체 연기를 하고 있다는 사실을 바탕으로 본 것이고, 실제로 사람의 시신을 본 적이 한 번도 없었기에 자꾸만 무서운 생각이 들었다. 얼굴을 제대로 쳐다볼 수나 있을까? 하지만 한편으로는 죽은 사람을 마주한다는 게 어떤 느낌일지 궁금하기도 했다.

"우리 어머니가 암이라는 걸 알려준 사람도 그분이었어."

쿨리로 향하는 차 안에서 존은 맥도널드 씨에 관한 한 가지 이야기를 들려주었다. 1960년대 말 호주로 막 이주한 그의 가족이 아직 아는 사람 하나 없을 때 존의 어머니가 계속 아프셨다. 현지 의사에게 진찰을 받아봤지만 정확한 원인을 찾아내지 못했다.

"어머니는 당신이 세계 최고의 의사라고 믿었던 맥도널드 씨에게 현지 병원에서 나온 모든 검사 결과를 우편으로 보냈어. 그리고 답장이 왔는데 아무래도 암인 것 같다며 자신의 소견서를 그곳 의사에게 보이라고 적혀 있었지. 결국 어머니의 병명은 골수암으로 판명됐어. 아쉽게도 회복하지 못하고 돌아가셨지만……."

호주라는 낯설고 거대한 이국땅에서 병마와 힘들게 싸우다가 생을 마감했을 그의 어머니가 영화의 한 장면처럼 아득하게 그려졌다. 아직 살아 계시다면 나의 시어머니가 되었을 한 여자, 그리고 여전히 그곳에 남아 있는 존의 형제자매들. 한국도 아일랜드도 아닌 또 다른 땅에 그렇게 내 인연의 끈이 닿아 있었다.

점심때쯤 쿨리에 도착해 한 로컬 펍에서 파슬파슬한 쿨리 감자와 양상추 샐러드를 먹고 바닷가 근처를 느리게 산책하며 시간을 보냈다. 쿨리에 내려올 때면 늘 그렇듯 존은 생각이 가득한 표정으로 먼 바다를 오래도록 바라보았다.

"쿨리에만 오면 과거에 대한 기억들이 복잡하게 밀려와서 기분이 이상해져."

고향 친구들을 만나 수다와 웃음을 멈출 새 없다가도 집에 돌아갈 때면 침울한 표정으로 말이 없어지는 그를 처음에는 이해하기 어려웠다. 사람들이 알고 있는 존의 모습은 늘 '해피'한 사람이다. 사람한테 먼저 말 걸기를 좋아하고, 웃음소리도 호탕하고, 뭔가 일을 만들어 추진하길 좋아하는 활달한 사람……. 내가 처음 만났을 때 존의 모습도 그랬다. 그래서 나와 많이 다른 사람이라고 생각했다. 하지만 그와 점점 가까워질수록 그도 나와 비슷하게 감성의 촉수가 무척 예민한 사람이라는 걸 발견했다. 밝은 모습 못지않게 어두운 심연이 그에게 있다는 것도. 그는 지금 저 깊은 감정의 바다 어딘가에 있는 듯했다.

잘 가꾼 정원이 딸린 정갈한 이층집. 고인의 집은 주변의 낮고 소박한 아일랜드 시골집 사이에서 눈에 띄게 고급스러웠다. 수십 킬로미터 전부터 '닥터 맥도널드 씨의 웨이크 퓨너럴'이라고 쓰인 방향 표지판이 군데군데 눈에 띄는 것만으로도 쿨리 커뮤니티에서 고인의 인지도가 어느 정도였는지 짐작할 수 있었다.

색색의 꽃과 다양한 모양의 나무들이 아름답게 어우러진 정원을 가로질러 입구로 갔다. 대문은 활짝 열려 있었고, 집 안은 손님들로 가득했다. 사람들은 고인의 가족들에게 예의를 갖추기 위해 목소리를 낮춰 이야기를 나누고 있었지만, 아흔 살이 넘도록 장수한 어른을 보냈으니 호상인데다 오랜만에 만난 친구, 친척들과 회포를 푸느라 두런두런 반갑고 들뜬 분위기였다. 식탁 위에는 샌드위치, 쿠키, 과일, 차와 커피 등의 다과가 정갈하게 차려져 있었다.

"저쪽 방에 계신대. 인사 드리러 가자."

존이 내 손을 잡고 이끄는 방으로 갔다. 맥도널드 씨가 쓰던 방 한가운데에 관이 놓여 있고, 그의 아내가 고인의 모습을 보러 들어오는 손님들을 맞고 있었다. 눈시울이 붉게 젖은 그녀가 우리를 온화한 미소로 맞아주었다.

존이 먼저 관으로 다가갔다. 그는 고인의 얼굴을 한동안 바라보다가 자기 손을 고인의 손 위에 얹고 짧은 기도를 드린 후 돌아 나왔다. 다음은 내 차례였다. 나는 조심스럽게 관 앞으로 다가가 용기를 내어 그 안에 잠자듯 누워 있는 시신을 바라보았다. 그는 세상을 뜨기 얼마 전 나의 외할머니처럼 작고 마른 몸을 가지고 있었다. 온기가 빠져나간 얼굴은 창백하다 못해 푸르스름했고, 얌전히 포개진 두 손은 바짝 마른 나뭇가지 같았다. 뻣뻣하게 굳어 있는 사람의 육체……. 차마 만져볼 용기는 나지 않았다. 그저 어설프게 눈을 감고 두 손을 모은 채 그의 영혼이 편히 안식하기를 기도했다.

영혼이 떠난 사람의 육체는 생각보다 더 많이 초라하고 슬펐다. 쿨리 유일의 의사였던 맥도널드 씨는 명성과 많은 자녀, 아름다운 집을 남긴 채 한 줌의 흙으로 돌아갈 채비를 하고 있었다. 차갑게 식은 그를 곁에 두고 온기를 품은 사람들이 그를 추억하는 시간. 과거와 현재가 공존하고 허무와 새로운 꿈이 교차하는 그 낯선 공기가, 그곳을 떠난 뒤에도 잔향처럼 오래도록 마음 곁을 떠돌았다.

아일랜드에서
가을 나기

어느 해 가을,
한국의 그리운 이들에게 쓴 편지

10월의 아일랜드. 이곳은 요즘 가을을 건너뛰고 겨울이 온 것 같습니다. 오늘은 한겨울에 입으려고 장만해둔 두터운 바람막이를 꺼내 입었는데도 쌀쌀하게 느껴집니다. 사람이 많이 다니지 않는 길가나 공원 벤치 주변에는 벌써 낙엽이 소복이 쌓였습니다. 하지만 이곳에서는 한국처럼 샛노랗고 새빨간 단풍을 보기 힘듭니다. 아마 비가 자주 내리고 햇빛이 부족해서가 아닐까 싶습니다.

건조한 바람과 따가운 햇빛 속에서 총천연색으로 물들어가는 나무들과 밟을 때마다 '사각' 소리가 나는 바싹 마른 낙엽들을, 아일랜드에 오기 전엔 늘 때가 되면 향유할 수 있는 것인 줄 알았죠. 아일랜드의 낙엽들은 바싹해질 새가 없습니다. 몸을 좀 말릴까 싶으면 어김

없이 다시 빗물 샤워를 하게 되니까요.

그러고 보면 '천고마비의 계절'이라는 가을의 명칭도 참 한국적이란 생각이 듭니다. 벼가 누렇게 익어가는 들판에서 한가롭게 풀을 뜯다가 드높은 가을 하늘을 바라보며 기분 좋게 되새김질하는 말의 모습은 아일랜드에서는 상상하기 어렵습니다. 아, 물론 저의 편협한 생각일 수도 있겠지요. 분명 날씨 좋은 가을날엔 아일랜드의 들녘에서도 그런 말들을 만날 수 있을 테지요. 하지만 제가 기억하는 아일랜드의 들판은 맑은 날이나 흐린 날이나 늘 바람이 가득합니다. 눈이 부실 만큼 강한 햇살에 속아 벌컥 차문을 열고 나섰다간 즉각 덮쳐 오는 날선 바람에 소름이 오소소 돋고 맙니다. 그러다가 햇빛이 쏟아지는 하늘 한편에 회색 구름이 낮게 깔리기 시작하면, 다시 부지런히 차를 몰거나 준비해둔 우산을 꺼내는 것이 좋습니다. 곧 거짓말처럼 비가 쏟아질 테니까요. 하지만 또다시 거짓말처럼 해가 반짝 비치며 하늘이 미안한 마음에 무지개 한 자락을 높이 띄워줄지도 모릅니다.

이런 변화무쌍함 때문인지 아일랜드의 들판은 저에게 '평화'보다 '자유'라는 단어로 다가옵니다. 그런 점에서는 몽골의 들판과 비슷하지 않나 싶습니다. 국토 면적은 작아도 인구 밀도가 낮다보니, 도심을 조금만 벗어나도 끝없는 들판입니다. 한국처럼 밭매는 아낙이나 트랙터를 모는 농부도 별로 보이지 않고, 보이는 건 말과 소와 양들뿐이지요. 더구나 이곳에서는 가축을 방목해서 키우기 때문에 훨씬 자유롭고 행복해 보입니다. 게다가 비가 많이 와서 토양의 질도 좋아 풀 맛도 좋다고 하더군요. 그런데 폭우가 쏟아질 때도 주인이 지붕 밑으로 불러들여 비를 피하게 하는 것 같진 않습니다. 비바람을 온몸으로 맞으면서도 여유롭게 풀을 뜯습니다. 하늘과 맞닿은 들판 끝까지 다 제 것인 양 호기롭게 말이죠.

한국에 있을 때는 가을을 많이 탔습니다. 무더웠던 밤공기의 미세한 변화, 서서히 변해가는 나뭇잎의 빛깔, 그리고 눈에 띄게 높아지는 하늘……. 추운 겨울 끝의 희망이라 봄을 가장 좋아했지만 늘 가을이 일 년 중 가장 아름다운 계절이라고 생각했습니다. 그리고 이상하게도 10월은 어김없이 힘들었습니다. 아마도 센티해지는 감정 변화로 생기는 가을앓이였겠지요. 생각이 많아지고 눈물도 많아지고 사람이 그리워지고 동시에 훌쩍 떠나고 싶어지는, 그저 모든 것이 눈물 나게 아름다워서 슬퍼지곤 했습니다.

지금 생각하면 아일랜드에서는 특별히 '가을 탄다'는 느낌 없이 가을을 보내는 것 같습니다. 여름이 지나간다 싶으면 벌써 전기장판이 생각나니까요. 온돌에서 생활하는 한국과 달리 아일랜드의 집들은 기본적으로 서늘하거든요. 그렇게 가는 여름과 다가오는 겨울 사이에서 서성이다보면 어느새 아일랜드의 짧은 가을은 사라지고 말지요. 그렇다고 아일랜드의 가을이 아름답지 않은 것은 아닙니다. 아일랜드의 날씨에 대해 늘 불평해도 아일랜드가 특별히 아름다운 나라라는 데 이의를 달 사람이 있을까요? 비가 자주 오다보니 심지어 도심에서도 늘 맑게 씻긴 공기를 마실 수 있습니다. 한국처럼 미세먼지를 고민

할 필요가 없다는 것만큼은 얼마나 좋은지요!

그런데 올 가을은 감정 세포들이 유난히 활발한 것 같습니다. 겨울 점퍼에 두꺼운 목도리를 두르고 카페에 앉아 커피를 호호 불어 마시면서 가을을 타네요. 별처럼 무수한 생각에 잠을 설치고, 작은 일에도 많이 슬프거나 많이 감동합니다. 무엇보다 한국에 계신 엄마가 너무 보고 싶습니다. 아, 어쩌면 한국에 갈 날이 가까워지고 있어서인지도 모르겠습니다. 3주 후면 비행기를 타거든요. 이상하게도 한국에 언제 갈지 기약이 없을 때보다 비행기 티켓을 손에 쥐고 있을 때 그리움이 더 빨리 자라는 건 무슨 이유일까요?

며칠 전에는 우연히 공원에서 밤나무를 발견했습니다. 아일랜드 사람들은 밤을 안 먹기 때문에 밤나무가 있다는 사실을 몰랐거든요. 아, 그런데 밤나무 아래에 밤이 잔뜩 떨어져 있는 겁니다. 얼마나 반갑던지요. 생긴 것도 동글동글한 것이 꼭 우리나라 공주 알밤 같아서 삶아 먹어볼까 하고 얼른 몇 움큼 주워 왔지요. 다음 날 아침 냄비에 바글바글 삶아서 반을 짝 갈라보니 살이 노랗고 파슬파슬한 것이 아주 맛있어 보였습니다. 기대가 점점 부풀었지요.

"존! 이리 와서 이것 좀 먹어봐! 밤이야, 밤!"

존도 불러 옆에 세워놓고 찻숟가락으로 떠서 입에 넣었는데 맛이 좀 썼어요. 겉보기엔 멀쩡한데 말입니다. 다른 녀석을 하나 더 반으로 갈라 다시 한입 넣고 존에게도 한입 넣어주고는 맛을 음미하려는 순간, 엄청나게 강한 쓴맛이 혀를 쏘았습니다. 퉤퉤! 존도 저도 누가 먼저랄 것 없이 뱉어버리고 말았습니다. 개수대에서 입까지 헹궈냈는데도 계속 쓴맛이 나기에 얼른 치약으로 이를 구석구석 닦았습니다. 그런데도 입이 계속 쓴 겁니다. 존은 괜찮다고 하는데 저는 오히려 목까지 따끔거리기 시작했습니다. 밤에 독성이 있나? 밤이 아니라 밤을 닮은 이상한 열매인가? 목구멍으로 넘긴 거라곤 손가락 한 마디 정도의 양이니 설마 독성이 있다고 해도 별일은 없겠지, 별별 생각이 다 들더군요. 나중에는 속까지 메슥거리며 저를 괴롭혔습니다. 다행히 이 해괴한 증상은 그날 오후가 되면서 차차 가라앉아 해프닝으로 끝났지만, 그 때문에 따뜻하고 달콤한 밤에 대한 그리움이 더욱 커져버리고 말았습니다.

다음 달에 한국에 가면 꼭 맛있는 밤을 사다가 삶아 먹을 작정입니다. 그런데 한국에 가면 반대로 지금 이곳의 무언가가 그리워지겠지요. 고구마와 렌틸콩을 푹 끓여 로즈마리로 향을 낸 수프나 분이 많이 나는 아일랜드의 감자 같은 것들이…… . 무엇보다 두고 가는 남편이 금세 그리워지겠지요. 그러니 그리움을 피해갈 방법은 없는 것 같습니다. 특히 아일랜드에 살기 시작한 이후로는 이곳에 있든 한국에 있든 또 다른 어떤 나라에 있든 전 늘 무언가를 끔찍이 그리워하며 살게 된 걸요. 그래서 살기가 좀 더 힘들어진 것인지, 그건 잘 모르겠습니다. 그저 그리움이 우울이 되지 않고 더 깊은 사랑이 되어 그리움의 대상들에게 닿을 수 있기를, 그렇게 성숙해지기를 기도할 뿐입니다.

Chapter 2

슬론차!
문화예술의 나라에서
축배를

더블린 여행 지도

N

글래스네빈 세미터리
내셔널 보타닉 가든

존 캐버너프
(그레이브 디거스)

드럼콘드라

R131

우드스탁

R147

R101

R806

R101

R803

R805

제임스 조이스 센터
게이트 시어터

러브 수프림
어 슬라이스 오브 케이크
그린도어 베이커리
초콜릿 팩토리 아트 센터

릴리풋 서점
릴리풋 스토어
카블스톤
레프리콘 국립박물관
애비 시어터
리버티 홀

애런 스트리트 이스트
와인딩 스테어 서점

장식예술과 역사 국립박물관
R148

올리버 세인트 존 고가티 바
브레이즌 헤드
템플 바
헬리스 바
아이리시 위스키 뮤지엄

시청
사이언스 갤러리

기네스 오픈 게이트 브루어리
월턴 뉴 스쿨 오브 뮤직
코누코피아
호지스 피기스 서점

기네스 스토어하우스
R810
뷰리스 카페
도슨 라운지

R804
게이어티 시어터
아일랜드
내셔널 갤러리

더블린 리틀 뮤지엄
아일랜드 전통 음악
아카이브

아이리시 유대인 박물관
R811

로타나 카페
R138

R111

해롤즈 크로스

구멍가게보다 많은 거기,
아이리시 펍

아일랜드 하면 가장 먼저 떠오르는 것은 무엇일까? 아마도 커피보다 더 새까만 몸통 위에 카푸치노보다 더 촘촘한 크레마가 덮인 흑맥주, '기네스Guinness'가 아닐까 싶다.

아일랜드를 처음 여행하는 사람이라면 이런 질문을 한 번쯤 하게 될 것이다. "도대체 이 나라에는 펍이 왜 이렇게 많아?" 맞다! 아일랜드는 어느 곳을 가든 가장 눈에 많이 띄는 것이 펍이다. 밥집보다 많고 카페보다 많다. 거짓말 안 보태고 평균 두 블록에 하나는 있는 것 같다.

기네스를 비롯한 맥주, 위스키 등 주류 산업이 아일랜드 경제에서 매우 중요한 위치를 차지하는 것은 사실이지만, 경제적 이유를 차치하고라도 펍이 가지는 의미는 특별하다. 아일랜드에서 '펍'은 단순히

'술 파는 가게'가 아니라, 세대에서 세대로 이어지는 소중한 가문의 전통으로 여겨진다. 또 편의 시설이 취약한 시골에서는 지역 커뮤니티의 중요한 만남과 소통의 장소가 된다.

더블린은 국제도시답게 다국적 문화를 빠르게 흡수하고 있지만, 여전히 가장 인기 있는 모임 장소는 전통 펍이다. 물론 친구 두서넛과 밥을 먹거나 차를 마실 때는 레스토랑이나 카페에서 만나기도 하지만, 생일 파티나 요즘 대세인 밋업meet up(온라인 커뮤니티를 통해 알게 된 같은 취미나 관심사를 가진 사람들의 오프라인 모임) 같은 단체 모임이라면 단연 펍이 대세다. 하긴 비바람이 잦은 자연환경에서 사람들이 야외활동을 즐기기보다 실내로 모여드는 건 자연스러운 현상이 아닐까 싶다. 특히 춥고, 비가 자주 내리고, 밤이 일찍 찾아오는 아일랜드의 길고 우울한 겨울을 펍에서 나누는 왁자지껄한 농담과 웃음 없이 나기란 상상하기 어렵다.

하지만 조용하고 편안한 곳을 좋아하는 사람이라면 펍의 분위기에 적응하기 힘들 수도 있다. 일반적으로 펍은 엄청나게 시끄럽다. 옆 사람과 말할 때도 거의 소리 지르듯 해야 할 때가 많다. 게다가 아일랜드 사람들은 펍 안에서든 밖에서든 잔을 들고 서서 마시는 데 익숙하다. 사람이 많을 때는 펍 앞의 인도까지 점령한다. 20분만 지나면 다리가 아프고 팔도 아프다. 한겨울에 민소매 드레스와 하이힐 차림으로, 무거운 파인트 잔을 한 손에 들고 밖에 서서 술을 마시는 아이리시 여자들을 보면 그저 놀라울 뿐이다. 그리고 아이리시들은 처음 만난 사람들끼리도 두루 말을 섞으며 가볍고 격식 없는 대화를 주고받는다. 솔직히 나처럼 낯가림이 있는 사람에게는 꽤 용기가 필요한 일이다.

어쨌든 이렇게 사람들이 모이다보니, 자연스럽게 다양한 주제의 이야기들이 피어나고 크고 작은 모의가 이루어진다. 예술가들은 예술을 논하고, 문학가들은 문학을, 사업가들은 사업을 논하는 곳. 한마디로 프랑스 파리에 카페가 있다면, 더블린에는 펍이 있다.

밴드 공연, 코미디 쇼, 스토리텔링Storytelling(일반적으로 어떤 콘셉트를 전달할 때 이야기 화법으로 풀어내는 방식을 말한다. 여기서는 '아일랜드의 전설과 민화를 청중 앞에서 연기하듯 들려주는 방식'의 뜻으로 쓰였다), 플리 마켓 등 다양한 이벤트가 열리는 장소, 그래서 관광객에게 가장 많은 볼거리를 선사하는 곳도 바로 펍이다. 특히 관광특구인 템플바Temple Bar와 그래프턴Grafton 거리 주변으로 유명한 펍들이 몰려 있다. 그리고 많은 펍이 매일 밤 아일랜드 전통 음악을 비롯해 다양한 밴드 공연을 쉬는 날 없이 선보인다. 게다가 대부분 무료다!

템플바 구역의 상징이자 더블린의 대표적 명소인 템플 바The Temple Bar, 제임스 조이스가 즐겨 찾았다는 데이비 번스Davy Byrnes와 베일리 바Bailey Bar, 더블린의 전통과 현대가 공존하는 포터 하우스The Porter House, 10평 남짓한 지하의 작은 펍 도슨 라운지The Dawson Lounge, 아일랜드 국민밴드 더블리너스가 사랑한 오도너휴스O'Donoghues, 아일랜드에

1 베일리 바. **2** 템플 바. **3** 오도너휴스. **4** 케이스 바.

서 가장 오래된 펍으로 스토리텔링과 아이리시 전통 음식을 즐길 수 있는 브레이즌 헤드The Brazen Head 등 사실 유명하다는 펍을 일일이 소개하자면 책 한 권으로도 모자란다.

물론 외국에 오래 살다보면 눈이 휘둥그레져서 열심히 셔터를 누르던 처음의 감동과 흥분은 서서히 퇴색한다. 그다음부터는 관광객이 몰리지 않는 장소, 로컬들 사이에서 입소문을 타는 곳, 전혀 알려지지 않았지만 그냥 내 맘에 드는 곳을 찾아 나서는 거다. 그때부터 그 도시에 사는 진짜 재미가 시작된다.

한번은 존이 글래스네빈 세미터리Glasnevin Cemetery 옆에 있는 '그레이브 디거스Grave Diggers'(무덤 파는 사람들)라는 펍에 가보고 싶다고 했다. "공동묘지에서 땅을 파던 인부들이 중간에 쉴 때나 일 끝내고 기네스 한 잔씩 하러 가던 펍이래. 더블린에서 아주 오래된 펍 중 하나이기도 하고." 그래서 원래 이름은 '존 캐버너프John Kavanagh'인데, '그레이브 디거스'로 더 잘 알려져 있다고 했다.

존이 일을 일찍 마친 하루, 우리는 더블린 북쪽에 있는 그레이브 디거스로 차를 몰았다. 한눈에도 오랜 단골로 보이는 사람들 몇몇이 바맨과 웃음 섞인 대화를 주고받고 있을 뿐, 평일 오후의 펍은 조용했다. 바에 앉아 있는 사람들 앞에는 약속이나 한 듯 잘 익은 기네스가 한 잔씩 놓여 있었다. 오래된 펍에서 풍기는 묵은 나무 냄새와 발효된 보리 냄새가 어우러져 묘하게 아늑했다. 우리도 기네스를 시켜 한 손에

글래스네빈 세미터리와 이웃하고 있는 '존 캐버너프'. '그레이브 디거스'로도 불린다.

잔을 들고 펍 밖으로 나오니 담장 너머로 바로 글래스네빈 세미터리가 한눈에 들어왔다. 누군가의 땀과 수고로 세워졌을 수많은 묘들이 세월의 때를 입고 그곳에 있었다. 지금은 거의 사라진 직업이지만 모든 노동을 손으로 하던 시절, 공동묘지에서 무덤을 파는 '그레이브 디거스'는 하나의 특화된 직업이었다. 하지만 사회적으로 인정받는 직업은 아니었다. 한국의 농부들이 농사일을 하다가 잠시 쉴 때 막걸리로 목도 축이고 출출한 속도 달래는 것처럼, 그들도 그렇게 기네스를 마셨다. 아일랜드의 궂은 날씨를 견디며 고단한 노동을 하던 이들에게 기네스 한 잔이 건네는 위로는 어떤 것이었을까?

기네스 회사가 새로운 맥주 양조장 '오픈 게이트 브루어리Open Gate Brewery'를 열었다는 소식을 듣고 찾아간 때는 크리스마스 분위기가 서서히 무르익고 있는 11월 중순이었다. 세인트 제임스 게이트에 있는 기네스 스토어하우스에서 겨우 두 블록 떨어진 거리다. 거대한 전시관으로 꾸며놓은 기네스 스토어하우스와 달리 '오픈 게이트 브루어리'는 양조장 한편에 펍이 함께 있는 복합공간으로, 목요일부터 일요일까지 저녁에만 펍을 열고 양조장 내부를 공개하는 형태다. 입구에서 인터넷으로 예약한 입장권을 보여주면 맥주병 뚜껑을 하나씩 주는데, 그 토큰으로 바에서 네 가지 맥주를 직접 골라 맛볼 수 있다. 그다음부터 마시는 맥주는 따로 돈을 내야 한다.

펍 내부는 생각보다 그리 크지 않았다. 하지만 수많은 파이프로 복잡하게 연결된 커다란 맥주 탱크들이 푸른 형광 조명을 받고 있는 모습이 공상과학 영화처럼 그럴듯했다. 각각의 맥주 탱크에서 어떤 맛과 향의 맥주가 익어가고 있을지 궁금했다.

맞은편 바에서는 젊고 명랑한 바텐더들이 벽에 걸린 복잡한 메뉴판을 어리둥절하게 쳐다보는 손님들에게 각 맥주의 특징을 설명하느

기네스 회사가 수제 맥주 시장에 야심차게 뛰어들며 문을 연 오픈 게이트 브루어리.

라 목소리를 높이고 있었다. 우리도 바로 가서 메뉴판을 탐구하기 시작했다. 메뉴판에 빼곡한 맥주의 이름이 기네스 빼고는 모두 낯설었다. 오픈 게이트 브루어리에서 생산하는 맥주는 요즘 세계적으로 유행하는 '크래프트 비어', 일명 수제 맥주다. 전통의 맛을 일관되게 지키며 대량 생산하는 유명한 브랜드 맥주와는 달리 독특한 맛과 개성, 신선함을 생명으로 소량 생산하는 것이 특징이다. 아일랜드도 최근 젊은 층을 중심으로 수제 맥주 시장이 서서히 성장하는 추세다. 아일랜드의 '전통'을 대표하는 기네스 회사가 적극적으로 수제 맥주 시장에 뛰어들었다는 것이 이를 증명한다. 이제 기네스뿐 아니라 에일, 라거, 휘트 등 다양한 종류, 다양한 이름을 가진 맥주들이 기네스의 상징인 하프 로고를 달고 로컬 펍으로 진출하고 있다.

우리는 라거, 에일, 스타우트(흑맥주), 벨기에 스타일 휘트 비어를 골고루 시켰다. 맥주마다 볼륨감과 목 넘김, 첫맛과 뒷맛, 향이 모두 다르니 재미있다. 맛에 예민한 내가 술을 잘 마셨다면 이런 맛보는 직업이 딱인데, 불행인지 다행인지 어떤 술이든 한 잔만 먹어도 얼굴이 군고구마가 되니 체면상 포기한 지 오래다. 이렇게 태생부터 술과는 친하지 않은 나지만, 누구에게든 아일랜드의 맛있는 맥주에 대해서는 오래도록 얘기할 수 있을 것 같다. 물론 아이리시 남편이 우리나라 맥주 '카스'를 최애한다는 것은 비밀로 하고 말이다.

기네스 양조의 비밀을 찾아, 기네스 스토어하우스 Guinness Storehouse

아일랜드 여행에서 아일랜드를 대표하는 기네스가 빠진다면 그야말로 김 빠진 맥주처럼 맹맹한 여행이 될 것이다. 여느 아이리시 펍이나 다른 나라의 펍에서는 결코 맛볼 수 없는 신선한 기네스를 마실 수 있지만, 전 세계를 사로잡은 이 흑맥주 맛의 비밀을 알고 싶다면 기네스 스토어하우스 투어를 이용해보자. 기네스의 역사, 양조의 비법 등이 소개된 전시관을 둘러보고 나면 옥상에 있는 바에서 양조장에서 갓 뽑아낸 신선한 기네스를 마시며 더블린 시내의 전망을 즐길 수 있다.

주소 St. James's Gate, Dublin8
운영시간 월~일 09:30~17:00
웹사이트 guinness-storehouse.com

더블린에서 수식어 '가장'이 붙는 아이리시 펍

가장 오래된 펍, 브레이즌 헤드 The Brazen Head

리피 강을 가로지르는 매튜 브리지 앞에 위치한 브레이즌 헤드는 1198년부터 지금의 자리에서 펍 비즈니스를 시작한, 명실공히 '아일랜드에서 가장 오래된 펍'이다. 오랜 역사만큼 펍이 품고 있는 이야기 자체도 흥미진진하며, 인테리어부터 음식까지 아일랜드 전통 방식을 고집한다. 아일랜드 전통 음악 라이브 공연, 아이리시 전설과 민속 동화를 들려주는 스토리텔링 이벤트도 열린다.

주소　20 Bridge Street Lower, Dublin8
운영시간　월~목 10:30~00:00, 금/토 10:30~00:30, 일 12:30~00:00(음식
　　　　서비스 12:00~21:30)
웹사이트　brazenhead.com

가장 높은 곳에 있는 펍, 조니 폭스 Johnnie Fox´s Pub

조니 폭스는 아일랜드의 역사 깊은 펍 중 하나로 '더블린에서 가장 높은 곳에 있는 펍'으로 알려져 있다. 흰 외벽을 알록달록한 꽃으로 장식한 펍의 문을 열고 들어가면, 마치 옛날 영화 세트장에 들어온 것처럼 눈길이 닿는 곳마다 백 년이 넘은 물건들로 가득하다. 아이리시 스튜, 양배추를 곁들인 베이컨 등 다양한 아일랜드 전통 음식을 맛볼 수 있다.

주소　Glencullen, Co. Dublin
운영시간　월~목 11:00~23:30, 금/토 11:00~00:30, 일 12:00~23:00
웹사이트　johnniefoxs.com

가장 작은 펍, 도슨 라운지 The Dawson Lounge

'아일랜드에서 가장 작은 펍'으로 알려져 있는 도슨 라운지는 더블리너들의 비밀 장소 같은 곳이다. 작은 문을 통해 지하로 내려가면 옹기종기 놓인 서너 개의 테이블과 모퉁이 바가 나타나고, 친절한 바맨이 당신을 반길 것이다. 간판을 눈여겨 찾지 않으면 그냥 지나치기 쉽다.

주소　25 Dawson Street, Dublin2
운영시간　월~목 14:00~23:00, 금/토 12:30~00:30, 일 12:30~23:00

아일랜드가 온통 초록으로
뒤덮이는 날

세인트 패트릭스 데이

쌀쌀하기 그지없는 바람, 따뜻하고 눈부신 햇살, 간간히 지나가는 짧은 소나기가 변덕의 삼중주를 연주하는 어느 봄날.

"해피 패디스 데이!"

아침에 깨자마자 존이 두 손을 번쩍 들고 아침 인사를 했다. '패디스 데이'는 '세인트 패트릭스 데이St. Patrick's Day'를 줄여 부르는 아일랜드식 애칭이다.

"해피 패디스 데이!"

나도 아이리시처럼 인사해본다. 3월 17일, 나라 전체가 온통 초록으로 뒤덮이는 날, 바로 세인트 패트릭스 데이다.

사람이 붐비는 곳을 그다지 좋아하지 않는 우리는 이런 대대적인 행사가 있는 날이면 오히려 사람들이 별로 가지 않는 곳을 찾아 시간을 보내곤 한다. 어떤 해는 오전에 더블린에 가서 사람들이 많아지기 전에 후다닥 분위기만 느끼고 집에 왔고, 또 어떤 해는 브레이에 머물면서 동네 퍼레이드를 보고 동네 펍에서 맥주를 마시며 브레이 주민 놀이를 했다.

그런데 문득 아일랜드에 9년이나 살면서 세인트 패트릭스 데이에 그 유명한 더블린 퍼레이드를 본 적이 없다는 걸 깨닫는 순간, 아쉬운 마음이 들었다. 관광객일 때는 특별한 여행의 추억을 만들기 위해 무슨 축제나 이벤트가 있으면 열심히 참가하게 되는데, 현지인이 되고 보니 오히려 이런 행사에는 관심이 줄어들고 내가 단골로 가는 카페의 새로운 커피 콩 맛이 궁금해진다. 그래서 우리는 아주 오랜만에 더블린의 초록 인파에 섞이기로 마음먹었다.

지나가는 사람들이 모두 초록색을 입고 있다. 정확히 말하면 '초록색'이 들어간 무언가를 입거나 걸치거나 쓰거나 바르거나 들고 있다. 초록색 모자, 초록색 티셔츠, 초록색 바지, 초록색 치마, 초록색 신발, 초록색 가방, 초록색 매니큐어, 초록색 립스틱…… 평소 초록색을 즐기지 않는 사람이라도 기어이 옷장과 서랍을 뒤져 어딘가에 묻혀 있던 초록색 물건을 꺼냈거나, 아니면 고민할 것 없이 편의점이나 2유로숍에 가서 '세인트 패트릭스 데이'용 옷이나 장신구를 샀을 것이다. 붉은 수염이 달린 초록 모자, 아일랜드 국기 색인 초록·오렌지·화이트

옷이든 장신구든 초록색이 들어간 것 하나쯤 찾아서 걸치고 나가지 않으면 어색해지는 날,
세인트 패트릭스 데이.

의 삼색 콤비 뽀글이 가발, 샴락(아일랜드를 상징하는 세 잎 클로버) 무늬
가 프린트된 스타킹 등 주로 우스꽝스러운 것들이다. 친구들인지 단
체로 초록색 샴락 무늬 양복 세트를 맞춰 입은 청년 무리가 불콰한 얼
굴로 손에 캔 맥주를 하나씩 들고 있다. 하긴 눈치 안 보고 대낮부터
술에 취할 수 있는 모처럼의 하루를 젊고 무모한 이들이 놓칠 리 없다.

지금은 핼러윈 데이처럼 독특한 의상을 입고 거리를 활보하며 하루
종일 음주 가무를 즐기는 날이 되었지만, 세인트 패트릭스 데이는 사
실 종교적 의미가 깊은 아일랜드의 국가 공휴일이다. 그 이름에서 알
수 있듯이 세인트 패트릭스 데이는 '성聖 패트릭'의 이름에서 유래했고
3월 17일은 바로 그가 죽은 날이다. 성자 패트릭은 아일랜드 땅에 기
독교 복음을 들고 온 최초의 선교사로, 뿌리 깊은 아일랜드 가톨릭 신
앙의 씨앗이 된 사람이다.

현지인들 중에도 패트릭이 아이리시라고 생각하는 사람이 많은데
사실 그는 영국 웨일스(또는 스코틀랜드) 출신이다. 그것도 처음에는
자신의 뜻으로 아일랜드에 온 것이 아니라 열여섯 살에 노예로 끌려
와 6년간 강제 노역을 했다. 가까스로 배를 타고 도망치는 데 성공하
지만, '아일랜드 땅에 복음을 전하라'는 하나님의 강한 계시를 받고
선교사가 되어 아일랜드로 돌아간다. 그리고 남은 평생을 이방인으
로 가난과 박해 속에서 기독교 복음과 사랑을 전하며 살다가 죽는다.

현재 패트릭은 아일랜드 교회가 가장 사랑하고 존경하는 성자 중

하나로, 그가 남긴 기도문과 신앙 고백이 담긴 일기는 지금도 서점가의 스테디셀러로 많은 이들에게 영감을 주고 있다. 이런 성자 패트릭을 기억하고 그가 아일랜드에 남긴 정신적 유산을 기리는 날이 바로 세인트 패트릭스 데이다.

그런데 왜 '초록색'일까? 많은 사람들이 아일랜드가 일 년 내내 잔디가 푸른 '초록빛의 나라'로 유명하기 때문이 아닐까 생각하는데, 사실 세인트 패트릭스 데이의 상징이 초록이 된 것은 아일랜드의 역사적 배경과 관련이 있다. 16세기 영국이 아일랜드를 지배하던 시절, 헨리 8세는 영국을 상징하는 파란색 바탕에 아이리시 하프를 그려 넣은 깃발로 자신이 아일랜드의 국왕임을 주장했다. 당시에는 세인트 패트릭을 기념하는 색도 파란색이었다고 한다. 이후 1641년 북아일랜드에서 아일랜드의 독립을 쟁취하기 위한 대혁명이 일어났을 때, 독립군을 이끌던 오언 로 오닐^{Owen Roe O'Neill}이 영국의 통치에 반대하는 의미로 하프가 그려진 초록색 깃발을 들었다. 그리고 프랑스 혁명의 영향을 받아 1790년에 아일랜드에서 종교 분쟁을 통합하려는 운동이 일어났을 때도 사람들은 초록색 셔츠와 코트, 모자를 유니폼으로 맞춰 입고 거리로 나섰다. 이런 역사의 흐름 속에서 초록은 자연스럽게 아일랜드의 자유와 독립, 통합을 상징하는 색이 되었고, 이것이 세인트 패트릭스 데이를 축하하는 초록 물결의 시초가 되었다.

축제의 하이라이트는 단연 퍼레이드다. 아일랜드 곳곳에서 자체적으로 크고 작은 퍼레이드가 열리지만 뉴스의 메인을 장식하는 것은 역시 수도 더블린에서 열리는 퍼레이드다. 재미있는 사실은 세인트 패트릭스 데이를 기념하는 퍼레이드가 아일랜드가 아닌 미국에서 시작되었다는 것이다. 일자리와 새로운 삶을 찾아 미국으로 떠난 아이리시들이 그들의 조국을 기억하고 민족적 자긍심을 되새기기 위해 시작한 퍼레이드는 아일랜드는 물론 캐나다, 호주, 뉴질랜드 등 세계 곳곳에 흩어져 있던 아이리시들에게 영감을 주었고, 점차 세인트 패트릭스 데이의 중요한 전통으로 자리 잡았다. 한국에서도 매년 세인트 패트릭스 데이를 기념하는 퍼레이드와 기념행사가 서울 시내 서너 곳에서 열리고 있다.

생각해보니 내가 처음으로 세인트 패트릭스 데이에 대해 알게 된 계기도 2004년 호주 시드니에서 우연히 만난 초록 물결의 퍼레이드였다. 막연히 시드니에서 열리는 축제 중 하나인가보다 생각하며 퍼레이드를 구경했는데, 나중에 알고 보니 그날이 바로 아일랜드의 최대 명절인 세인트 패트릭스 데이였다. 이후 초록 물결은 늘 나에게 '아일랜드'라는 나라를 기억하는 방식이 되었다. 그 퍼레이드가 생각날 때면 문득 궁금해진다. 그날 축제를 즐기던 수많은 아이리시 이민자들 사이에 혹시 존의 가족도 있었을까? 존이 시드니에 살 때 맞이한 세인트 패트릭스 데이는 이곳 아일랜드에서 보내는 것과 느낌이 달랐을까?

우리는 정오에 시작되는 퍼레이드를 보기 위해 아침 일찍부터 교통이 통제된 거리를 자유롭게 걸었다. 사람은 붐볐지만 차가 오는지 두리번거릴 필요 없이 마음 놓고 걸을 수 있다는 사실만으로도 엄청난 해방감을 느꼈다.

피어스 스테이션Pearse Station에서 오코넬 스트리트까지 걸으며 퍼레이드를 잘 볼 수 있는 자리를 찾아봤지만, 이미 출입 통제 펜스를 따라 인간 띠가 두어 겹씩 둘러진 상태였다. 예상은 했지만 그렇다고 2시간 전에 와서 자리 펴고 앉아 있을 자신은 없었다. 내가 선택한 결과니 주어진 상황에서 최대한 즐길 수밖에!

나와 존은 오코넬 스트리트, 해가 잘 드는 중앙 가로수 턱에 걸터앉아 집에서 싸 온 땅콩버터 샌드위치를 먹었다. 쌀쌀한 바람이 쉴 새 없이 옷 속을 파고들었지만, 그래도 햇볕 아래 있으니 조금은 견딜 만했다.

12시가 조금 넘어 퍼레이드가 시작되었다. 악단의 연주와 관중의 요란한 환호에 분위기가 금세 달아올랐다. 두터운 인간 벽 틈을 파고들어봤지만 너도 나도 손을 뻗어 휴대폰으로 사진을 찍는 통에 깨금발을 하고 머리를 기웃거려도 기껏해야 볼 수 있는 건 각 그룹 선두가 들고 가는 깃발 꽁지가 다였다. 존은 5분 만에 포기하고 저만큼 뒤로 물러나 섰고, 나는 20분쯤 버티다가 나가떨어졌다.

모처럼 맘먹고 더블린까지 왔는데 퍼레이드를 제대로 못 봐서 아쉬웠지만 '우리로서는 최선을 다했다'는 데 만족하기로 했다. 존과 나는 퍼레이드를 구경하는 인파를 뒤로하고 우리끼리 뒤풀이를 하러 도슨

화려한 의상과 소품으로 개성을 뽐내며 더블린 시내를 지나가는 퍼레이드 참가자들과
퍼레이드를 기다리는 사람들.

스트리트^{Dawson Street}에 있는 아이비^{The Ivy} 펍으로 향했다.

존은 "세인트 패트릭스 데이에는 기네스를 마셔야 해"라며 기네스를, 나는 하우스 맥주를 시켰다. 원래 이 집은 밑동이 둥글고 넓은 잔에 기네스를 담아주는데 이날은 하프 마크가 찍힌 오리지널 기네스 잔에 담아주며, 바맨이 덧붙였다.

"오늘은 안 돼요. 무조건 이 잔이어야 해요!"

어느 나라나 늘 전통과 변화라는 상충하는 요소가 부딪치고 화해하면서 새로운 문화의 방향을 형성해 나간다. 세인트 패트릭스 데이도 해가 바뀔수록 종교적 의미는 점차 희미해지고 재미와 사교의 의미가 더 강해지고 있다. 종일 파티를 즐기며 자유를 만끽하는 사람들이 있는가 하면 아침부터 술주정과 무질서가 난무하는 성자의 기일을 보며 혀를 차는 사람들도 있다. 또 한편에선 해마다 수많은 관광객을 불러들이는 효자 관광 상품으로 이날을 바라보기도 한다.

일단 생명력을 얻은 축제는 시간이 흐름에 따라 스스로 새로운 옷을 덧입는다. 그러므로 그 변화를 환영하건 환영하지 않건 세인트 패트릭스 데이도 어떤 모습으로든 조금씩 달라질 것이다. 개인적으로 바라기로는 어떤 모양, 어떤 색깔로 이 축제를 즐기든, 아일랜드를 목숨처럼 사랑했던 성자 패트릭의 숭고한 정신만은 사람들의 마음속에 꼭 기억되었으면 좋겠다.

전통을 넘어
'지금'에 뿌리내리다

아일랜드 전통 음악

켈틱 음악에 뿌리를 둔 아일랜드 전통 음악은 크게 아이리시 탭 댄스와 어우러지는 빠른 선율과 반복적인 리듬의 곡, 그리고 시를 낭독하듯 느리고 서정적인 멜로디의 곡으로 나뉜다. 음악의 스타일도 독특하지만, 더 인상적인 것은 아일랜드 사람들이 그들의 전통을 즐기는 방식이다. 단순히 취미로 아일랜드 전통 악기나 댄스를 배울 수 있는 곳도 쉽게 찾을 수 있고, 템플바 주변은 물론 시내 곳곳에 아이리시 음악을 라이브로 들을 수 있는 펍들도 많다. 타워 레코드에 가면 아일랜드 전통 음악 섹션이 중심에 자리 잡고 있고, 아이리시 음악 앨범만 판매하는 가게, 아이리시 음악 소식을 전문적으로 다루는 잡지도 있다.

아일랜드 전통 음악과 관련된 CD, DVD, 악보 등을 전문적으로 취급하는 음반 가게들.

우리나라로 치면 '국악'인 셈인데, 대중가요와의 컬래버레이션, 퓨전 국악 등 대중에게 다가가려는 국악인들의 다양한 노력에도 불구하고 아직까지 우리나라에서 국악을 일상에서 즐기는 사람은 많지 않은 것 같다. 주변의 유럽 국가들을 여행하며 경험한 개인적인 느낌도 크게 다르지 않다. 스페인을 여행할 때는 플라멩코, 포르투갈에서는 파두를 감상하기 위해 크고 작은 콘서트를 찾아다녔는데, 관객 대부분이 나와 같은 외국 관광객이었다. 그런데 아일랜드 전통 음악은 관광객뿐 아니라 아일랜드 사람들 스스로가 즐긴다. 아니, 아이리시 음악을 가장 좋아하는 사람들은 바로 아이리시다. 영국과 미국의 주류 음악, 이민과 글로벌화로 인한 타 문화의 영향 속에서도 아이리시 음악이 생활 속에 깊이 뿌리내릴 수 있었던 힘은 그들의 이런 순수한 사랑에서 비롯된 것이 아니었을까.

그런 점에서 매년 1월 말에 열리는 아이리시 트래디셔널 뮤직 페스티벌, '트래드페스트TradFest'는 아이리시들이 얼마나 전통 음악을 사랑하는지 확인할 수 있는 음악 축제다. 2006년에 시작해 2019년 현재까지 14년을 이어온 이 음악 축제는 규모와 내용 면에서 모두 알차게 성장해 현대적인 축제로 발전했다는 점에서 매우 고무적이다.

축제는 더블린의 심장인 템플바 지역을 중심으로 열린다. 과도한 상업성과 지나친 음주, 밤거리 치안 등이 문제로 지적되긴 하지만, 명실공히 더블린의 문화 중심지인 템플바 거리가 아이리시 음악으로 가득차는 축제의 시간은 황홀할 정도로 아름답다. 나흘이나 닷새가량 짧은 기간 동안 열리지만 춥고 지루한 겨울의 우울을 날려버리기에 충분하다.

트래드페스트가 열리는 장소도 흥미롭다. 더블린의 '라이브 음악 전당'인 '웰런스Whelan's'를 비롯해 포터 하우스, 올리버 세인트 존 고가티Oliver St. John Gogarty 등 라이브 음악으로 잘 알려진 펍은 물론, 더블린 캐슬, 세인트 패트릭 대성당, 시청 홀 등 역사적인 랜드마크를 콘서트 장소로 개방한다.

2018년 시청 홀에서 열린 피들(아일랜드 전통 음악에 사용되는 바이올린의 다른 이름) 연주자 '태라 브린Tara Breen'의 콘서트에 갔을 때 내가 느낀 감동도 음악적인 감동을 넘어 그들의 음악 유산과 건축 유산이 들숨과 날숨처럼 조우하는 어떤 순간에 대한 것이었다. 시청 홀은 1916년 '이스터 라이징Easter Rising'(아일랜드 부활절 봉기) 때 아이리시 시민군이 기지로 사용했지만 독립운동이 실패하면서 영국 정부의 청사로 바뀌었다가, 1922년 아일랜드의 독립과 함께 다시 더블린 시민들의 품으로 돌아왔다. 18세기 건축 양식을 대표하는 둥근 돔 형식의 높은 천장과 이를 받치고 있는 12개의 기둥, 여기에 화려함과 우아함을 더한 중앙 홀의 프레스코 벽화……. 이 아름다운 건물에 배어 있는 깊은 역사의 자취가 피들과 만돌린의 저릿한 선율과 함께 내 마음속을 타고 흘렀다. 1시간 남짓 진행된 콘서트가 끝나자 사람들은 카네기 홀 공연 못지않게 열렬한 기립 박수를 보냈다. 그녀는 웅장한 석조 기둥 사이로 쏟아지는 눈부신 햇살을 받으며 앙코르 곡을 연주했다.

다음 날에는 분위기와 성격이 전혀 다른 콘서트를 보러 갔다. 포터 하우스에서 열리는 '퓨리스The Fureys'의 공연이었다. 아일랜드에 와 있던 친언니와 조카 채환이, 존과 함께였다. 채환이는 세 번째, 언니는 첫 아일랜드 방문이었다. 형부가 함께 왔다면 얼마나 좋아했을까. 늘 형부와 함께 아일랜드의 펍에서 기네스 잔을 부딪치며 '건배'를 외치는 상상을 했었다. 1년 반 전 후두암 진단을 받고 투병할 때만 해도 언젠가 그 꿈을 이룰 수 있을 거라고 믿었건만 형부는 1년이 채 못 돼 서둘러 우리 곁을 떠났다. 이번 언니의 아일랜드 방문은 언니에게 개인적인 치유의 여행이기도 했다.

존이 "아일랜드 전통 음악의 레전드"라고 소개한 '퓨리스'는 아일랜드 전통 음악과 발라드한 포크 송, 서사가 강한 가사를 결합한 곡들로 장장 40년 동안 국내외에서 사랑받아온 정통 아이리시 밴드다. 공

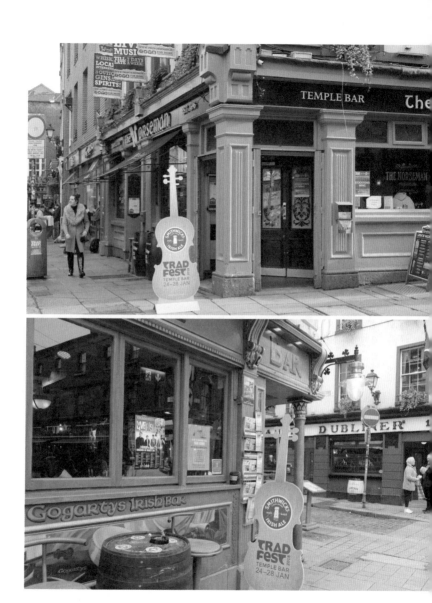

'트래드페스트' 기간이 되면 템블바에 있는 대부분의 펍들이 아일랜드 전통 음악을 위한
공연장으로 변신한다.

연 시작 30분 전에 도착했는데 무대 가까운 자리는 이미 만석이었다. 어쨌든 유명한 밴드의 공연을 3유로에 본다는 건 흔치 않은 기회이므로, 우리는 즐거운 마음으로 무대와 멀리 떨어진 3층 끄트머리 탁자에 자리를 잡고 차가운 맥주를 한 잔씩 시켰다. 베이스, 기타, 아코디언, 바우런, 밴조의 음색이 다이내믹하게 어우러진 경쾌한 연주에 우리도 절로 흥이 나서 발을 굴렀다.

"아일랜드 음악인들은 좋겠다. 나이가 들어도 사람들이 편견 없이 좋아해주잖아."

언니의 이야기를 들고 보니 맞는 말이다. 아일랜드에서 콘서트를 보러 가면 50대, 60대, 심지어 70대에 접어든 음악인들도 현장에서 왕성하게 활동하는 모습을 흔히 볼 수 있다. 언니는 무대를 좀 더 가까이에서 보고 싶다며 자리에서 일어났다. 잠시 후 돌아온 언니는 얼굴이 발갛게 상기되어 있었다.

"와, 정말 놀라운데?! 나이 많은 분들이랑 젊은 사람들이 다 같이 노래를 따라 하면서 춤추고 있어."

생각해보니 우리는 부모님과 '함께 노는' 즐거움을 모르고 자랐다. 다분히 교육적인 목적으로 갔던 클래식 음악회 말고는 부모님과 콘서트에 함께 가본 적이 없다. 그러니 부모님과 맥주집에 간다는 건 더더욱 상상할 수 없는 일이었다. 아빠와 형부 모두 노래 부르는 걸 참 좋아했는데, 살아 계실 때 다 같이 노래방이라도 가볼걸, 함께 신나게

매일 저녁 아일랜드 전통 음악을 라이브로 들을 수 있는 카블스톤. 굳이 광고하지 않아도
사람들이 약속한 듯 찾아온다.

놀아볼걸……. 이제는 할 수 없는 일들이 못내 아쉽다.

처음 아일랜드에 왔을 때는 이들의 콘서트 문화를 이해할 수 없었다. 왜 술을 마시며 떠드는 펍에서 콘서트를 하는 걸까? 더구나 아이리시들은 펍이 아닌 공연장에서도 늘 맥주나 와인을 마시며, 한마디로 '자기들끼리 놀면서' 음악을 듣는다. 사람들이 공연에 집중하지 않고 제 할 얘기 다 하면서 음악을 듣다니…… 뮤지션에 대한 예의가 없다고 생각했다. 그런데 콘서트를 몇 번 보면서 조금씩 이해되기 시작했다. 완벽한 사운드 시스템, 화려한 조명을 갖춘 무대는 뮤지션을 우상으로 빛나게 하지만 관객은 단지 '청중'으로 남는다. 그런데 아일랜드 사람들은 음악과 함께 논다. 일어나 박수 치라는 뮤지션의 요구가 없어도 알아서 일어나 박수 치고 춤추고 논다.

전통 음악도 마찬가지다. 우리나라 전통 음악처럼 아이리시 음악에서도 한의 정서가 느껴진다. 오랜 세월 다른 나라의 지배 아래에서 억눌린 자유에 대한 갈망, 가난한 생활과 거친 자연환경 속에서 경험하는 삶의 고단함, 그럼에도 불구하고 살아 있음을 웃음으로 풀어내려는 그들만의 유머가 음악에 담겨 있다. 그런데 그들은 그것을 '조상의 한'이라는 과거형으로 이해하지 않고 현재를 살아가는 자신의 이야기로 노래한다. 춤이란 건 클럽에서나 추는 줄 알았던 내가 아일랜드에서는 음악이 흐를 때마다 자연스럽게 몸을 흔들게 되다니, 어느새 나에게도 아일랜드의 음악 DNA가 전이된 모양이다.

아일랜드 전통 음악이 궁금하다면

아일랜드 전통 음악 아카이브 Irish Traditional Music Archive

아일랜드 전통 음악에 관한 모든 자료가 보관되어 있는 곳이다. 축음기, 레코드테이프, 악보, 드로잉, 사진 등 관련 자료가 보관되어 있고, 팝업 전시, 레코딩, 여름 캠프 등 다양한 이벤트와 전시가 열린다. 자세한 내용은 홈페이지 참조. 디지털 아카이브를 통해서도 자료를 찾아볼 수 있다.

주소 73 Merrion Square Street, Dublin2
운영시간 월~수/금 10:00~17:00, 목 10:00~20:00, 토/일 휴무
웹사이트 itma.ie

카블스톤 The Cobblestone

더블린의 핫한 동네인 스미스필드에 있는 '카블스톤'은 아일랜드 전통 음악을 라이브로 듣고 싶어 하는 이들에게 단골로 추천되는 펍이다. 운영자인 톰 멀리건의 가족은 5대째 이곳에서 아일랜드 전통 음악을 연주해왔다. 매일 오후 5~6시 즈음부터 시작되는 음악 세션은 격의 없고 친밀한 분위기 속에서 무르익는다. 홈페이지에서 전통 음악 세션과 특별한 연주 프로그램 시간을 확인할 수 있다.

주소 77 King Street North, Smithfield, Dublin7
운영시간 월~목 16:00~23:30, 금 16:00~00:30, 토 13:30~00:30,
　　　　　 일 13:30~23:00
웹사이트 cobblestonepub.ie

아이리시 집밥
'카버리'가 생각날 때

　외국에 사는 사람으로서 가장 그리운 음식은 뭐니 뭐니 해도 엄마 음식, 즉 '집밥'이다. 그중에서도 아일랜드에서는 먹기 힘든 곤드레밥이나 취나물, 비름나물, 시래기나물 등 나물류의 구수함과 쌉싸래한 향기에 대한 기억은 늘 향수병을 자극한다.

　그런데 살다보니 아일랜드 음식이 그리워지는 날이 왔다. 존과 떨어져 한국에서 보낸 석 달 동안 존이 보낸 아일랜드 음식 사진을 보는데 갑자기 파슬파슬한 아일랜드 감자가 못 견디게 먹고 싶어졌다. '음식'이란 이처럼 먹는 행위를 넘어 어떤 정서적 기억 혹은 관계적 맥락과 더 깊이 닿아 있다는 걸 종종 느낀다. 그리고 다른 나라에 정착해서 살아간다는 건 그 나라의 음식에 익숙해지고, 나아가 그 나라의 문화

1 아이리시 브렉퍼스트. 2 피시앤칩스(사진에서는 칩스 대신 매시트 포테이토). 3 아이리시 스튜.

와 관습이 내 정서의 일부로 자리 잡는다는 의미이기도 하다.

　다른 나라로 여행을 떠날 때, 혹은 한국에서 오래 머물다가 돌아오거나 다른 나라로 여행을 갔다가 돌아왔을 때, 존과 나는 카버리● 음식을 먹으러 간다. 여행을 시작하고 마무리하는 우리만의 의식이랄까. 단순하고 투박하지만 그래서 더 정다운, 집밥 같은 음식을 먹으면 누군가 나를 따뜻하게 배웅해주고 가식 없이 환영해주는 느낌이 든다.

　펍이나 호텔 레스토랑의 벽 혹은 문 앞에 놓인 알림판에 '카버리'라는 단어가 있다면 아일랜드 전통 음식을 제공하는 곳이다. 보통은 점심식사로 제공되며, 메뉴는 그날그날 달라진다. 카버리의 메인 요리는 주로 셰퍼드 파이(매시트 포테이토를 올려 구운 고기 파이), 아이리

● Carvery, 카버리는 즉석에서 고기를 썰어 감자, 당근, 양배추 등 여러 가지 익힌 채소와 함께 한 접시에 담아주는 음식을 통칭하는 말로, 주로 펍이나 호텔에서 주말 점심으로 제공한다. 영국에서 매주 일요일 교회 예배가 끝난 후 함께 나누던 점심 문화가 확산되어 영국과 아일랜드에서 가장 전통적인 식사 방식으로 정착했다.

카버리 음식으로 유명한 '보몬트 하우스'의 화려한 음식들.
1 샐러드 코너. **2** 시푸드 차우더. **3** 햄버거 스테이크. **4** 슈림프 샐러드.

시 스튜(주재료로 고기와 감자를 넣어 오래 끓인 스튜), 칠면조나 돼지고기·소고기·닭고기 구이, 그날의 생선요리 중 몇 가지로 구성되고, 대체로 삶은 당근과 파스닙, 완두콩, 양배추, 굽거나 으깬 감자가 곁들여진다. 한마디로 '아이리시 집밥'이다. 따뜻한 국물이 당긴다면 아쉬운 대로 수프를 추천한다. 아일랜드 사람들이 가벼운 식사나 전채 요리로 즐겨 먹는 채소 수프나 감자 수프 중 한 가지는 어느 식당에나 반드시 있다. 주문할 땐 직접 식판을 들고 음식이 담겨 있는 진열대 앞으로

가 원하는 음식을 말하면, 하얀색 유니폼을 입은 요리사가 접시에 음식을 담아준다.

존과 내가 최근에 알게 된 펍 '보몬트 하우스Beaumont House'도 카버리 음식으로 꽤 유명한 곳이다. 더블린 9 지역에 위치하고 있어 관광객에게는 접근성이 좀 떨어지지만 동네에서는 이미 소문난 펍이고, '2017년도 아일랜드 최고의 카버리 펍'으로 뽑히기도 했다. 아일랜드의 전체 식당 중 'the largest, the longest carvery', 즉 가장 다양한 카버리 메뉴를 선보이는 곳으로도 알려져 있다. 현재 펍이 있는 자리가 기네스 맥주의 창업자인 아서 기네스Arthur Guinness의 맨션이 있던 자리라는 사실도 흥미롭다.

기대하지 않았던 휴무를 얻어 기분이 좋아진 존이 점심을 사주겠다기에 우리는 평소에 궁금했던 보몬트 하우스로 차를 몰았다. 나는 으깬 당근과 파스닙, 터닙(순무의 일종), 양배추, 구운 감자를, 존은 두

보몬트 하우스Beaumont House

'가장 크고 가장 긴 카버리 펍'으로 알려진 보몬트 하우스는 2016~2017년 최고의 카버리 펍으로 선정된 경력을 자랑한다. 도심에서 꽤 떨어진 곳이라 일정이 짧은 여행자가 일부러 찾아가기에는 부담스러울 수 있지만, 글래스네빈 세미터리나 보타닉 가든을 방문할 계획이 있다면 동선에 넣어봐도 좋겠다.

주소　1 Shantalla Road, Beaumont, Dublin9
운영시간　월~목 09:00~23:30, 금 09:00~00:30, 토 09:00~00:00,
　　　　　일 09:00~23:00

툼한 햄버거 패티와 익힌 채소를 주문하고, 전채 요리로 채소 수프와 칵테일 새우까지 곁들여 거나한 점심을 먹었다.

아일랜드 음식에 대해 얘기하다보니 한 가지 일화가 생각난다. 존과 결혼한 후 처음으로 한국에 같이 갔을 때였다. 나는 당연히 친정집에서 지내다 와야지 생각했는데 우리의 방문 계획을 들은 엄마는 외국 사위와 한집에서 지내는 것을 부담스러워하셨다. "너넨 숙소를 따로 잡아서 지내는 게 어떠냐"고 하시는데 서운함이 왈칵 몰려왔다. 처음부터 환영받는 결혼은 아니었고, 언어 차이와 문화 차이를 고려하면 나도 속으로 걱정되긴 마찬가지였지만 그래도 결혼한 딸 부부의 첫 방문이 아닌가. 그런데 일주일쯤 지나 엄마한테 전화가 왔다.

"그냥 여기 와서 지내라. 뭐, 함께 있다보면 불편한 점도 줄겠지."

그렇게 받아낸 허락이었기에 존도 꽤나 긴장한 듯했다. 며칠 동안 생각이 많아 보이던 존이 한 가지 제안을 했다.

"한국에서 내가 가족들한테 아일랜드 음식을 만들어 대접하면 어떨까?"

괜찮은 생각 같았다. 존과 우리 가족 사이의 어색한 분위기도 깨고 점수도 딸 수 있는 좋은 기회가 될지 몰랐다.

우리는 언니네, 동생네 가족까지 함께 모일 수 있는 주말 저녁을 잡아 모두 엄마 집으로 초대했다.

"좋은 고기를 사다가 커티지 파이를 만들 거야. 아이들도 분명 좋아할걸?"

커티지 파이^{Cottage Pie}는 다진 소고기 또는 양고기에 양파, 당근, 완두콩 등 잘게 썬 채소를 그레이비 소스에 함께 버무려 익히고, 으깬 감자(매시트 포테이토)를 뚜껑처럼 올려 오븐에 굽는 아일랜드 전통 요리다. 원래 소고기를 넣은 것은 커티지 파이, 양고기를 넣은 것은 셰퍼드 파이라고 하는데, 요즘은 굳이 구분하지 않고 부른다. 그리고 보통 '파이'라고 하면 겉이 바삭바삭한 패스트리를 먼저 떠올리지만 커티지 파이에는 패스트리가 없다. 가족 만찬 하루 전날 존과 나는 커티지 파이를 만들 재료를 사기 위해 함께 장을 봤다. 우리는 1등급 한우를 과감히 고르고 감자, 당근, 브로콜리와 샐러드용 채소를 조금 샀다.

드디어 대망의 토요일, 존은 이른 오후부터 부엌을 차지하고 프로 셰프답게 일사분란하게 저녁 준비를 시작했다. 나는 존을 도와 채소를 썰고 샐러드를 만들기로 했다. 그사이 동생과 언니 가족이 도착했고 덩달아 부엌의 도마질 소리도 빨라졌다. 오래전에 이미 수납 공간으로 변신한 오븐은 간만에 제 기능을 할 채비를 갖췄다. 그래도 엄마는 우리가 못 미더운지 존에게 필요한 조리 도구를 챙겨주며 더 필요한 게 없는지 끊임없이 묻는 통에 거의 쫓아내다시피 거실로 모셔야 했다.

오븐 타이머가 요란하게 울리고, 김이 모락모락 나는 커티지 파이가 식탁 위에 올랐다. 생크림처럼 부드럽게 올라앉은 매시트 포테이토가 살짝 갈색이 돌도록 알맞게 익었다. 존이 먼저 접시에 파이를 한 국자씩 떠서 얹으면 난 그 곁에 샐러드와 익힌 채소를 담았다. 그러고 보니 엄마 집에서 엄마 아닌 다른 사람이 음식을 하기는 처음이다. 존이 만든 낯선 이국의 음식을 앞에 두고 엄마는 환한 미소를 지었다.

"굿 잡, 존!"

"유어 웰컴, 엔조이!"

한국말로 한다면 "사위, 음식 만드느라 수고 많았네", "어유, 무슨 말씀을요, 장모님. 맛있게 드세요" 정도 되는 정중하고 어색한 인사였을 텐데, 영어로 하니 단번에 격식이 무너진다. 이럴 땐 영어라는 게 참 쓸모 있다. 아일랜드 음식도 그렇다. 한 사람 앞에 접시 하나면 끝이다. 한국 음식처럼 수십 가지 접시를 한 상에 차리지 않아도 되니 설거지도 그만큼 간편해진다.

존의 커티지 파이는 대성공이었다. 그레이비 소스와 어우러진 소고기와 감자가 부드러우면서도 느끼하지 않아 우리 입맛에도 잘 맞았던 모양이다. 엄마는 물론 조카 세 명을 포함해 모든 가족이 깨끗이 접시를 비우는 것을 보며 존의 얼굴에 함지박만 한 웃음이 걸렸다.

나는 알고 있다. 그때 존이 한국의 가족과 나누고 싶었던 건 단지 한 끼 식사가 아니라 바로 '아일랜드' 자체였다는 걸. 그날의 식사를 통해 한국의 가족들은 아일랜드라는 나라와 조금 더 가까워지고, 언어와 문화, 생김새가 다른 존을 바라보는 마음도 조금은 더 편안하고 유연해졌으리라. 음식의 힘은 생각보다 놀랍다.

아이리시 남편이 추천하는 카버리 맛집

요트 바 앤드 레스토랑 The Yacht Bar and Restaurant

리피 강 동쪽 더블린 만을 끼고 있는 클론타프는 더블린의 인기 주거 지역으로, 지역 단골을 대상으로 하는 식당과 카페가 많다. '요트 바'도 오랫동안 지역 주민의 사랑을 받아온 펍으로, 주말이면 12시 30분부터 제공되는 카버리 점심을 먹기 위해 12시부터 긴 줄이 이어진다. 카버리 외에도 다양한 아일랜드 음식을 맛볼 수 있다.

주소 73 Clontarf Rd, Clontarf East, Dublin3
운영시간 월~목 10:30~23:30, 금/토 10:30~00:30, 일 11:00~23:00
웹사이트 theyachtbar.ie

올리버 세인트 존 고가티 Oliver St. John Gogarty

템블바 구역의 중심에 위치한 연두색 펍으로, 빨간색의 펍 템블 바와 쌍벽을 이루는 관광 명소다. 색색의 만국기가 펄럭이는 화려한 외관과 커다란 음악 소리 때문에 찾기 어렵지 않다. 관광객으로 늘 붐비는 것이 단점이긴 하지만 하루쯤 다국적 여행자들 틈에 섞여 귀에 익은 아이리시 포크 송과 전통 음악을 들으며 푸짐한 카버리 음식을 즐겨보는 것도 나쁘지 않다.

주소 58-59 Fleet Street, Temple Bar, Dublin2
운영시간 월~토 10:30~02:30, 일 12:00~01:30(카버리 런치 12:00~16:00)
웹사이트 gogartys.ie

피프티원 바 The 51 Bar

2015년 '레인스터 카운티 올해의 카버리' 상을 받은 펍이다. 보통 카버리는 전통적으로 일요일에 가족과 함께 즐기는 점심 메뉴이지만, '피프티원 바'는 매일 낮 12시부터 2시까지 근처 직장인을 위해 카버리 점심을 차린다. 로스트비프, 로스트터키, 베이컨, 구운 소시지 등 메인 메뉴를 시키면 익힌 당근과 양배추, 으깬 감자와 감자튀김을 곁들여 담아준다.

주소 51 Haddington Rd, Dublin4
운영시간 월~목 10:30~23:30, 금/토 10:30~00:30, 일 12:30~23:30
웹사이트 the51bar.ie

나는 마켓이
좋다

주말의 수선스러움이
그리워질 때

마켓에 가는 일은 언제나 즐겁다. 격식을 차리지 않고 이 집 저 집 기웃거릴 수 있는 자유, 가게 옆 간이 테이블에 서서 혹은 길바닥에 주저앉아 웃고 떠들며 음식을 먹는 수선스러움, 다양한 언어와 다양한 음식 냄새가 공기 속으로 섞여드는 활기찬 느낌도 좋다. 입이 딱 벌어지는 자연 경관을 볼 때도 신의 솜씨에 감탄하게 되지만, 때론 시장에서 파는 한 알의 귤이나 양파의 생김새에서 더 심오한 창조의 신비를 발견한다. 정성으로 키운 농산물과 집에서 구운 빵과 케이크를 보고 있으면 집밥을 차린 식탁에 초대받은 것처럼 마음이 풍요로워진다.

생각해보면 어린 시절에도 가장 신나는 일 중 하나는 부모님을 따라 장을 보러 가는 것이었다. 대형 슈퍼마켓은 새로운 브랜드와 상품을 구경하는 재미가 있었지만, 매대에 진열된 상품의 수와 종류가 너무 많아서 금세 피곤해졌다. 그보다는 노량진 수산시장이나 양재 꽃시장처럼 한 가지 주제로 특화된 시장들과 도심에서 시골의 정취를 느낄 수 있는 동네 오일장이 훨씬 재밌었다. 그런 장터에서는 사람 냄새가 났다. 물건 구경밖에 할 게 없는 슈퍼마켓과는 달리 사람을 구경하는 재미가 있었다. 게다가 상인들이 직접 기른 자식 같은 농산물은 반듯하게 착착 포장된 마트의 상품과는 달리 사람처럼 저마다 개성이 있었다. 하지만 부모님으로부터 독립해 혼자 살다보니 장 보는 일은 재미보다 의무였다. 자연스레 돈과 시간의 효율성을 따져 가까운 동네 슈퍼마켓을 자주 이용하게 되었고, 어느새 시장의 낭만은 현실의 삶에서 희미해져버렸다.

그렇게 마음 한편에 그리움으로 남은 시장의 낭만을 다시 만난 건 막 서른이 되어 호주와 뉴질랜드로 혼자 배낭여행을 떠났을 때였다. 시드니처럼 큰 도시부터 이름도 기억하지 못하는 작은 마을까지 주말이면 각종 농산물과 먹거리를 파는 파머스 마켓은 물론, 집에 묵혀둔 구제품이나 직접 만든 핸드메이드 액세서리 따위를 가지고 나와서 사고파는 플리 마켓은 구경하다 길을 잃어도 좋을 만큼 흥미로웠다. 특히 과일과 채소, 꽃을 파는 가게 앞을 지날 때면 그 다양한 빛깔과 모양에 경이감마저 들었다. 그 뒤로 어느 나라를 여행하든 가보고 싶은 마켓의 정보를 제일 먼저 수첩에 적어두곤 했다.

아일랜드에 처음 와서 더블린의 거리들이 조금씩 눈에 익기 시작했을 때 가장 먼저 찾아본 것도 이런 마켓이었다. 템블바의 파머스 마켓과 올드 템플바 거리의 크래프트 마켓, '그랜드 소셜Grand Social' 펍에서 열리는 플리 마켓, 던리어리의 파머스 마켓과 호스의 선데이 마켓, 오랜 전통을 자랑하는 블랙락Blackrock 마켓…… 이렇게 사람 냄새, 삶의 소리로 가득한 다양한 마켓들은 낯설고 외로운 나의 첫 외국 생활에 적잖은 활력소가 되어주었다.

요즘에도 토요일 낮에 더블린 시내에 가게 되면 빼놓지 않고 들르는 곳이 있다. 토요일마다 템블바 미팅 스퀘어에서 열리는 파머스 마켓이다. 유기농 채소와 과일, 각종 올리브와 후무스(병아리콩 소스), 베이커리, 치즈와 말린 소시지, 시리얼과 견과류를 파는 가게들은 물론, 인도 커리, 멕시칸 부리토, 중국식 면볶음, 생굴과 와인, 스테이크 샌드위치, 누텔라와 바나나를 듬뿍 넣은 달콤한 크레페 등 다양한 먹거리가 넘쳐난다.

나의 단골집은 생과일과 채소를 즉석에서 갈아주는 주스 가게다. 파인트 사이즈(대략 5백 밀리리터쯤 된다)의 컵에 가득 담아주는 주스가 4유로. 가격만 따지면 비싸다는 생각이 들지만, 기계 속으로 갈려 들어가는 과일과 채소의 양을 보고 있자면 금세 만족스러워진다. 내가 가장 좋아하는 주스는 당근, 비트루트, 사과, 셀러리, 생강을 섞어 만든 '클렌저Cleanser'다. 사과와 당근의 달콤함과 빨간 비트루트의 상큼함, 셀러리의 시원함에 톡 쏘는 생강의 깔끔한 뒷마무리까지, 이제까지 먹어본 과일채소 주스 중에 단연 최고다. 게다가 마시다보면 정말 이름처럼 몸속이 깨끗해지는 느낌이 든다.

위치가 위치인 만큼 템블바 마켓은 늘 관광객으로 붐빈다. 복잡하고 정신없지만, 동시에 그것이 바로 이 마켓의 매력이기도 하다. 템블바 마켓에 생동감을 불어넣는 또 하나의 요소는 버스커들의 음악이다. 연주가 멋진 날이든 그저 그런 날이든, 라이브 음악이 있다는 사실만으로도 광장은 축제 분위기로 가득 찬다.

더블린에서 템플바 마켓 못지않게 전통과 인지도를 자랑하는 또 하나의 파머스 마켓은 '그린도어 마켓Green Door Market'이다. 오랫동안 뉴마켓 광장에서 초록 문을 지켜오다가 2018년에 더블린 12 구역의 비즈니스 센터에 새 둥지를 틀었다. 새 장소의 주변 분위기는 솔직히 예전보다 못하지만, 막상 문(여전히 문은 초록색이다!)을 열고 들어가면 옛날 그린도어 마켓의 정취를 고스란히 느낄 수 있다. 나는 큰 물류 창고 같은 널찍한 공간 여기저기에 다양한 종류의 가게들이 격식 없이 자리 잡은 그린도어 마켓의 자유분방함이 좋다. 조금 휑하면서도 쿨한 레트로 느낌이랄까. 상업적으로 고객을 끌어들이려 하기보다 정직함으로 고객의 신뢰를 얻겠다는 우직한 고집도 매력 있다.

그런가 하면 빈티지 옷이나 앤티크 제품을 주로 파는 플리 마켓도 더블린 곳곳에서 열린다. 내가 사랑 고백을 하고 싶은 플리 마켓은 매달 마지막 주 일요일에 열리는 '더블린 플리 마켓'이다. 한 달에 딱 한

1 먹음직스러운 모양으로 먼저 유혹하는 각종 빵과 케이크.(템블바)
2 즉석에서 까주는 싱싱한 굴을 맛볼 수 있다.(템블바)
3 직접 만든 수공예품을 판매하는 크래프트 마켓.(올드 템블바)

4 마켓의 분위기를 돋우는 버스커들의 연주.(템블바)
5·6 아늑한 카페 공간이 함께 있는 로컬 분위기의 그린도어 마켓.

각양각색의 먹거리부터 세월의 더께가 앉은 앤티크 소품, 예술가들의 창작품까지 한꺼번에
섭렵할 수 있는 더블린 플리 마켓.

번밖에 만날 수 없어서 더 기다려지고, 혹시나 다른 일이 생겨서 못 만날까 봐 조바심이 나는 게 꼭 사랑할 때 같다. 사실 플리 마켓에 가면 빈티지와 앤티크라는 이름을 내걸고도 그냥 중고 혹은 잡동사니만 가득한 가게가 많은데, 이곳은 진짜 '빈티지'하고 '앤티크'한 물건이 가득할 뿐 아니라 핸드메이드 제품들의 수준도 '예술'이다. 덕분에 눈 높은 멋쟁이들이 많이 오니 사람 구경은 덤이다. 원래 오랫동안 뉴마켓에서 '그린도어 마켓'과 이웃해온 사이였는데, 공간 재계약 문제 등 그린도어 마켓과 같은 이유로 둥지를 잃은 후 정착할 집을 구하는 동안 현재는 이곳저곳에서 팝업Pop-up 형식으로 마켓을 열고 있다.

2019년 7월, 마켓이 리피 강 남쪽의 리버티즈Liberties에 있는 '디지털 허브The Digital Hub'에서 열린다는 소문을 듣고 찾아간 일요일. 더블린의 가장 오래된 동네 한쪽에서 레트로 감성과 언더 문화의 자유로움, 세련된 예술 감각으로 가득한 공기를 맛봤다. 아일랜드에서 일 년 중 가장 아름다운 여름, 그 짧은 축제의 마지막인 것처럼 태양이 뜨거웠다.

그 밖에 흥미로운 더블린의 마켓들

디자이너 마켓 카우 레인Designer Market Cow Lane

매주 토요일 템블바 파머스 마켓이 열리는 미팅 스퀘어에서 2백 미터 정
도 떨어진 올드 템플바 골목에 크래프트 마켓이 선다. 핸드메이드 액세서
리, 지갑 등 가죽 공예품, 직접 그린 엽서와 그림 등을 살 수 있다. 같은 골
목에 더블린의 전통 디저트 카페인 '퀸즈 타르트Queen's Tart', 개성 넘치는
독립 서점 '거터 서점The Gutter Bookshop'을 비롯해 흥미로운 가게들이 많으
니 눈여겨볼 것. 오전 10시부터 오후 5시까지 운영한다.

주소   Cow's Lane, Temple Bar, Dublin2

던리어리 선데이 마켓Dun Laoghaire Sunday Market

매주 일요일 너른 잔디밭과 예쁜 분수가 있는 던리어리의 피플스 파크The
People's Park에서 열리는 파머스 마켓이다. 아름다운 던리어리 항구의 풍경
을 배경으로 잔디밭에 앉아 피크닉 기분을 낼 수 있다는 것이 최대 장점이
다. 한국 사람들이 운영하는 '서울 키친'도 마켓 초입을 지키고 있으니, 한
국 음식이 그립다면 시도해보길. 불고기와 닭갈비, 비빔밥 등의 메뉴가 있
다. 오전 9시부터 오후 5시까지 운영한다.

주소   2 Glenageary Road Lower, Glenageary, Dun Laoghaire, Co. Dublin

슈퍼내추럴 푸드 마켓SuperNatural Foods Market

매주 토요일 세인트 앤드루 리소스 센터St. Andrew's Resource Centre에서 열
리는 아담한 실내 마켓으로, 로컬의, 로컬에 의한, 로컬을 위한 푸드 마켓
이다. 유기농 채소를 사러 온 동네 총각, 홍차를 마시며 수다를 떠는 동네
할머니들, 한 대접 가득 담아주는 따뜻한 수프 한 그릇이 아늑한 분위기
를 자아낸다. 오전 9시부터 오후 3시 30분까지 운영한다.

주소   114, 116 Pearse Street, Dublin2

리피 강 북쪽 요즘 뜨는 핫한 동네,
스토니바터

스미스필드에서 혜정 언니를 만나 함께 커피를 마실 때였다. "더블린으로 이사한다면 스미스필드에 살고 싶다"고 하니 언니가 말했다.

"요즘은 스토니바터 쪽으로 많이 가더라고. 스미스필드는 이제 너무 비싸서……."

그런데 '스토니바터Stoneybatter'라니, 처음 들어보는 동네 이름이었다.

호탕한 스코티시 남편 제임스와 살고 있는 혜정 언니는 내가 이곳에서 '언니'라고 부를 수 있는 몇 안 되는 한국 친구다. 언니는 요리 솜씨가 뛰어나다. 그렇다보니 사람들이 자꾸 이런저런 한국 음식을 만들어달라고 부탁하기 시작했고, 그 주문이 많아져서 이젠 1인 기업으로 불러도 될 만큼 바쁜 나날을 보내고 있다. 요리가 귀찮고 솜씨도 없는 나는 못 견디게 김치가 먹고 싶을 때마다 언니한테 채식 김치를 조금씩 주문해 먹는데, 그날은 언니가 김치를 전해주기로 한 날이었다.

어쨌든 언니 말로는 스미스필드는 이제 더블린의 여느 인기 지역 못지않게 집값이니 월세니 할 것 없이 가격이 엄청 뛰었단다. 스미스필드는 원래 물가가 싸서 학생들이 많이 사는 지역이었는데, 최근엔 젊은 문화예술계 종사자들이 모여들면서 개성 넘치는 가게와 카페, 다양한 문화 이벤트가 넘치는 핫한 동네가 되었다.

그날 저녁 존이랑 저녁을 먹는데 혜정 언니가 한 말이 생각났다.

"스토니바터라는 동네 알아? 스미스필드 옆 동네라는데 요즘 뜨는 곳이라네?"

"스토니바터? 스미스필드 옆이면 아버힐인데? 아, 스토니바터가 바로 거기야. 스미스필드 광장 뒤편으로 아버힐을 포함한 위쪽 동네."

아버힐^{Arbour Hill}이라면 나도 잘 안다. 존이 일하는 아버힐 교도소가 있는 곳이기 때문이다. 사실 아버힐 교도소를 알게 된 것은 존이 그곳에서 일을 시작하기 전이다. 3년 전 존과 함께 교도소 선교활동에 참여한 적이 있는데, 우리가 가게 된 곳이 바로 아버힐 교도소였다. 성범죄자만 수감하는 남자 교도소라는 말을 듣고 처음엔 나도 모르게 소름이 돋았던 기억이 난다. 수감자들을 '큰 실수를 저질렀지만 우리와 똑같이 가치 있는 사람'으로 바라보고, 피폐한 그들의 마음에 새로운 희망을 심는 것이 우리가 할 일이었다. 그런데 어떤 범죄를 저질러 그

아버힐 교도소. 외관만 봐서는 교도소라고 믿기 힘들다.

곳에 들어갔을까를 상상하는 순간 과연 그 사람들을 사랑할 수 있을
지 자신이 없어지곤 했다.

우리는 다른 자원봉사자들과 함께 일요일마다 교도소 안에 있는
작은 교회에서 수감자들과 예배를 드렸다. 보통 열 명에서 스무 명 사
이의 인원이 모였는데, 실제로 교도소 안에서 신앙을 찾은 사람도 있
고 그저 일요일의 무료함을 달래기 위해 오는 사람도 있었다. 어쨌든
모두 교도소 밖의 사람들을 만나는 것을 즐거워했다. 먼저 존과 다른
한 명이 기타와 노래로 찬양을 이끌고, 선교단체장인 폴 목사님이 성
경 말씀을 전한 후 소그룹으로 나눠 그날의 말씀에 대해 이야기를 나

누었다. 불안한 눈빛과 몸짓, 한눈에도 거친 삶이 느껴지는 말투였지만, 동시에 친절하고 솔직하며 유머가 넘치는 사람들이기도 했다. 난 점점 그 사람들이 좋아졌다. 가해자인 동시에 상처받고 소외된 그들에게 새로운 삶의 기회가 주어지길 진심으로 바랐다.

나는 이렇게 특별한 계기로 아버힐 교도소를 알게 됐지만, 사실 그곳에 교도소가 있다는 사실을 아는 사람은 많지 않다. 아마도 '교도소' 하면 연상되는 삭막한 콘크리트 빌딩 대신 우아한 석조 건물을 등지로 삼고, 무시무시한 철조망도 눈에 띄지 않아서일 것이다. 아버힐 교도소가 있는 아버힐 로드는 서울의 덕수궁길처럼 고즈넉한 분위기마저 풍긴다. 중간중간 들어선 작은 카페들은 늘 현지인들로 가득 차서 생기가 넘치고, 길 위에서 내려다보이는 '장식예술과 역사 국립박물관National Museum of Ireland, Decorative Art and History' 안뜰의 풍경은 평화롭고 아늑하다.

이틀 후 아침, 밤새 내린 비에 말끔히 씻긴 하늘이 눈부셨다. 문득 어디론가 떠나고 싶은 생각이 드는 순간, 스토니바터가 떠올랐다. 꼭 멀리 떠나야만 여행인가, 동네 골목 여행이 얼마나 재밌는지 해본 사람은 안다. 게다가 마침 존이 아버힐에서 일하는 금요일이라 그가 퇴근할 때 만나서 함께 집에 돌아오기에도 딱 좋았다. 카메라를 배낭에 챙겨 넣었다.

구글맵이 가르쳐주는 대로 스미스필드 광장을 북으로 가로질러 좌

평범한 듯 보이는 거리 구석구석마다 매력이 숨어 있는 스토니바터. 최신 유행의 흐름을
엿볼 수 있는 핫한 동네다.

회전, 킹 스트리트를 따라 걸었다. 상가 건물만 직선으로 이어지는 넓은 도로가 지루해질 즈음, 길은 왼편으로 둥글게 휘어지며 나를 스토니바터의 중심에 데려다놓았다.

아일랜드의 대표 편의점인 '센트라Centra' 옆으로 줄줄이 이웃한 아이리시 펍과 이탈리아 식재료를 파는 귀여운 가게를 지나 조금 더 걷다보니 큰길 맞은편으로 '그린도어 베이커리Green Door Bakery' 간판이 보였다. 평범한 동네 빵집처럼 보이지만 '늦게 가면 원하는 빵을 사기 힘들다'고 소문난 곳이다. 길을 건너자마자 눈에 띈 빈티지 가게가 흥미로워 먼저 들렀다. 빈티지 옷과 액세서리가 주요 아이템이지만 다양한 유기농 잎차와 핸드메이드 카드, 펑키한 디자인의 아트 상품을 같이 취급하고 있었다. 스토니바터가 요즘 뜨는 이유를 알 것 같았다.

그린도어 베이커리에 들어서니 고소한 빵 냄새가 진동한다. 나는 빵보다 밥을 더 좋아하는 사람이지만 빵 냄새가 더 유혹적인 건 사실이다. 오늘 갓 구운 빵들이 놓인 진열대는 벌써 3분의 2가 썰렁했다. 달달한 것이 당기는 오후 2시. 나는 호두파이 한 조각을 사서 가방 안에 조심스레 넣었다. 여기서는 케이크를 한국처럼 빳빳한 종이상자에 담아주지 않고 얇은 갈색 종이봉투에 넣어주는 게 보통이라, 부서지지 않게 가져가는 게 쉽지 않다.

다시 길을 나서 매너 스트리트Manor Street 끝에서 발견한 것은 언젠가 잡지에서 본 적이 있는 작고 하얀 카페 '러브 수프림'이다. 민무늬 흰벽에 검정색으로 'Love Supreme'이라는 카페 이름만 깔끔하게 박아

크기는 작지만 다른 동네에까지 소문난 그린도어 베이커리(위)와 러브 수프림.

넣은 디자인이 마음에 들었다. 이곳에서 커피를 마셔야지…….

창가를 향해 놓인 작은 일인용 테이블에 앉아 오트밀 밀크로 만든 플랫화이트를 주문했다. 플랫화이트는 카페라테나 카푸치노보다 우유가 적게 들어가 부드러우면서도 진한 커피다. 비건^{vegan}(완전채식주의자)을 위한 우유 대용 식품이 발달한 아일랜드에서는 우유 대신 두유나 아몬드 밀크, 코코넛 밀크, 오트밀 밀크를 주문할 수 있는데 그중 오트밀 밀크는 가장 최근에 내가 발견한 신세계다. 두유의 텁텁한 맛이 없고 정말 부드럽고 고소하다.

커피 한 잔을 앞에 놓고 창밖으로 새롭게 발견한 동네의 오후 풍경을 즐겼다. 메이플 시럽이 향긋한 호두파이가 진한 커피와 잘 어울렸다. 추위 속에 걷느라 긴장했던 몸이 노곤해질 때쯤 나는 카페를 나와 다시 아버힐로 향했다.

아버힐에 있는 독립 서점 '릴리풋 프레스^{The Liliput Press}'에 들러 새로 나온 책들을 구경했다. 이곳은 1984년에 문을 연 작지만 개성 있는 서점으로, 제임스 조이스를 비롯한 유명한 아이리시 작가들의 작품은 물론 떠오르는 신인 작가들의 다양한 독립 출판물을 만날 수 있다. 건너편에 같은 이름의 작은 카페도 함께 운영하고 있는데 늘 이 동네 힙스터들로 붐빈다. 문득 재작년 한국에 갔을 때 친한 동생 영옥이와 망원동의 작은 독립 서점들을 구경하며 산책했던 기억이 떠올랐다. 책과 문학, 여행과 일상에 대해 친구들과 도란도란 이야기를 나누던 시간, 그리고 한국의 골목들이 그리워졌다.

존을 만나기로 한 박물관 주차장에서 그를 기다리며, 붙잡아두고 싶지만 흘러가는 것들에 대해 생각했다. 특히 멀리 있기 때문에 변할 수밖에 없는 관계들에 대해서도……. 저 멀리서 작고 파란 차 한 대가 클랙슨을 울리며 달려왔다. 나는 한국의 친구들에 대한 그리움을 뒤로하고 차창 너머로 장난스럽게 손을 흔드는 존을 향해 달려갔다.

그린도어 베이커리 Green Door Bakery

스토니바터가 지금만큼 뜨기 전부터 다른 동네 사람들을 스토니바터까지 찾아오게 만든 바로 그 베이커리다. 인기 메뉴를 딱히 가리기 힘들 정도로 골고루 인기가 많지만 달지 않은 빵 중에는 사워도우 브레드, 달콤한 빵 중에는 아몬드 크루아상과 브라우니가 인기. 영업시간만 믿고 느긋하게 갔다가는 원하는 빵을 못 살 수도 있으니 유의할 것.

주소   91 Manor Street, Stoneybatter, Dublin7
운영시간 월~금 07:00~18:00, 토 07:00~17:00, 일 휴무

어 슬라이스 오브 케이크 A Slice of Cake

'브런치' 유행의 바람은 더블린도 예외가 아니다. 특히 스토니바터는 관광객으로 북적이는 도심을 벗어나 친근한 동네 분위기와 세련된 맛을 동시에 즐기려는 힙스터들의 요구에 부응해 새로운 브런치 식당이 꾸준히 늘고 있다. 그중에서 '어 슬라이스 오브 케이크'는 전통적인 아이리시 아침 메뉴와 함께 퓨전 스타일의 브런치 메뉴를 선보인다. 물론 가게 이름처럼 케이크 셀렉션도 훌륭하다.

주소   56 Manor Place, Stoneybatter, Dublin7
운영시간 월~금 08:00~17:00, 토/일 09:00~17:00
웹사이트 asliceofcake.ie

러브 수프림 커피 Love Supreme Coffee

하얀색의 깔끔한 외관, 아담하고 아늑한 실내, 맛있는 커피의 삼박자가
균형을 맞춘 카페다. 로컬 커피 회사인 '코피 파인 커피 로스터스 Koppi Fine
Coffee Roasters'의 찰리와 앤이 직접 로스팅한 신선한 커피를 맛볼 수 있다.
카페 내 작은 베이커리에서 직접 구운 소시지롤도 맛있다는 소문.

주소   57 Manor Street, Stoneybatter, Dublin7
운영시간 월~금 8:00~16:00, 토/일 9:00~16:00
웹사이트 lovesupreme.ie

릴리풋 프레스 The Lilliput Press

스토니바터의 조용한 골목 모퉁이에 있는 작지만 개성 넘치는 서점이자
독립 출판사이다. 1984년 웨스트미스 Westmeath 카운티에서 처음 시작해
1989년 현재의 자리로 이전했다. '릴리풋'은 웨스트미스의 작은 마을의
이름인데, 영국 혈통이지만 더블린에서 태어난 유명한 작가 조너선 스위
프트가 웨스트미스에서 여름을 보낼 때 이곳의 이름을 따 『걸리버 여행
기』의 소인국 이름을 지은 데서 착안한 것이다. 릴리풋은 상업 출판과 전
자책의 시대에 30년 넘게 종이책의 가치와 독립 작가들의 가능성을 지키
고 발굴해온 앤터니 패럴 Antony Farrell의 일터이자 같은 마음을 지닌 모두
와 그 꿈을 공유하는 공간이다.

주소   62-63 Sitric Road, Arbour Hill, Stoneybatter, Dublin7
운영시간 월~금 10:00~18:00, 토/일 휴무
웹사이트 lilliputpress.ie

더블린의
어떤 변방

다국적·다민족 도시 더블린을
이해하고 즐기는 법

2010년 아일랜드에 처음 왔을 때 나보다 먼저 왔던 사람들이 알려준 아일랜드는 "한국처럼 민족성이 강하고 외국인이 별로 없는 나라"였다. 그래서 외국인에게 친절하고, 특히 동양인이 많지 않기 때문에 한국 사람이라고 하면 호기심을 많이 보일 거라는 얘기를 듣곤 했다. 내가 상상한 만큼은 아니었지만, 어학연수생으로 처음 왔을 때만 해도 한국 사람이 그리 많지 않았다. 영국 어학연수 비자가 까다로워지기 전이고 아일랜드와 한국 사이에 워킹홀리데이 비자가 체결된 지 얼마 되지 않았을 때라, 유럽에서 영어 공부를 하고 싶은 사람들은 대부분 영국을 선택했다.

지금 돌아보니 내가 아일랜드로 어학연수를 떠난 바로 그즈음부터 아일랜드가 '어학연수와 유럽 여행이라는 두 마리 토끼를 잡을 수 있는 곳'으로 슬슬 입소문을 타고 있었던 것 같다. 그 흐름을 누구보다 먼저 파악하고 움직이기 시작한 것은 당연히 영어 학원가였다. 한국 학생을 유입하기 위해 한국 직원을 고용하고 장기 수강생에 대한 특가 할인을 제공했으며, 영국 유학에 집중하던 한국 유학원들도 '아일랜드 유학'이란 비즈니스 키워드를 보탰다.

그러더니 언젠가부터 한국인이 눈에 띄게 많아졌다. 한국인뿐 아니라 브라질을 비롯한 남미인, 비영어권 국가의 유럽인도 계속 늘어나는 추세다. 그리스의 국가 부도를 시작으로 유럽 전체가 경제 위기로 몸살을 앓는 동안 아일랜드가 먼저 주춤했던 어깨를 펴자 많은 외국인이 일자리를 찾아 아일랜드로 움직였기 때문이다.

이런 글로벌화를 바라보는 시선은 여러 가지겠지만 나와 같은 외국인에게는 이런 다양성이 여러모로 반갑다. 외국인으로서 경험하는 상황을 공감할 수 있는 사람들이 그만큼 늘어난다는 뜻이니 아무래도 소외감을 덜 느끼게 된다. 또한 다른 문화에 대한 사회의 이해도가 전반적으로 높아지면 문화적으로도 풍성해진다. 실제로 폴란드 영화제, 그리스 영화제 등 특정 나라의 영화들을 모아 소개하는 영화제는 물론 각 나라 대사관이나 문화원에서 그 나라의 문화를 알리기 위해 주최하는 행사들이 활발해졌다.

나와 친하게 지내는 친구들의 국적만 해도 그리스, 말레이시아, 스코틀랜드, 스페인, 브라질 등으로 다양하며, 내가 이 친구들과의 관계

캄덴 스트리트에서 포토벨로로 이어지는 길.

를 통해 배우는 각 나라의 문화는 여행만으로는 온전히 체험할 수 없
는 깊이가 있다.

　미식 문화의 변화도 눈에 띈다. 음식 문화에서는 다소 뒤처진 나라
로 인식되던 아일랜드가 최근 관광객의 입맛을 끌고 있는 이유도 아일
랜드 전통 음식뿐만 아니라 여러 나라의 수준 높은 음식을 맛볼 수 있

는 곳으로 탈바꿈했기 때문이다. 이제 더블린에는 이탈리아 요리사가 만드는 이탈리아 음식, 그리스 요리사가 만드는 그리스 음식, 레바논 요리사가 만드는 레바논 음식 등 현지의 맛을 즐길 수 있는 맛집이 동네 곳곳에 퍼져 있다. 채식 문화 역시 빠른 속도로 확산되고 있다. 채식 전문 식당이 계속 늘고 있고 대부분의 식당이 채식인을 위한 메뉴를 갖추고 있다.

존과 내가 가장 좋아하는 레바논 음식점 '로타나Rotana'가 있는 동네 포토벨로 주변에는 시리아 음식점인 '다마스커스 게이트Damascus Gate', 또 다른 레바논 음식점인 '예루살렘Jerusalem' 등 유명한 중동 음식점들과 케밥을 파는 터키식 패스트푸드점, 중동식 올리브와 식재료를 파는 가게 등이 1킬로미터 근방에 몰려 있어, 거리를 걷다보면 자연스레 중동의 이국적인 분위기를 느낄 수 있다. 중동 음식은 다양한 향신료를 사용하지만 동남아 음식보다 냄새가 강하지 않고, 쌀을 곁

로타나 카페|Rotana Cafe

양고기 스튜, 닭고기 케밥, 병아리콩 팔라펠 등의 중동 음식을 대표하는 레바논 음식점이다. 더블린에서 웬 중동 음식? 하는 의심은 잠시 접어두길. 더블린에는 의외로 엄청나게 많은 중동 음식점이 있으며 로타나는 그중 단연 최고다. 무슬림 전통에 따라 할랄 고기만 사용하고 주류는 팔지 않는다. 대신 원하는 술을 가지고 가서 코르키지 비용 없이 마실 수 있다.

주소   31 Richmond Street South, Portobello, Dublin2
운영시간 월~일 11:30~23:30
웹사이트 rotanacafe.ie

그랜드 커낼을 따라 이어지는 가로수길은 존과 내가 가장 사랑하는 산책길이다.(위)
언더그라운드 문화의 향취가 물씬 풍기는 포토벨로 주변.(아래)

들여 먹는 국물이 자작한 요리와 매콤한 칠리소스도 있어서 토종 한
국인의 입맛을 가진 사람이라도 용기를 내볼 만하다.

로타나 옆으로 흐르는 운하 그랜드 커낼^{Grand Canal}부터 북쪽으로 리
치몬드^{Richmond} 스트리트, 캄덴^{Camden} 스트리트로 이어지는 주변 지역
은 최근 몇 년 새 새로운 변화의 바람을 타고 떠오른 핫스팟이다. 아무
도 일부러 찾지 않던 거리와 골목이 언더그라운드 예술가들의 손길과
영혼의 바람을 타고 독특한 색을 입었다.

그런가 하면, 한편에는 이런 분위기와는 사뭇 다른 더블린의 역사
가 숨어 있다. '유대인 쿼터'로 불리는, 아이리시 유대인들이 이주해
커뮤니티를 형성한 구역이다. 하지만 이 사실을 아는 사람은 많지 않
다. 일반 가정집과 똑같은 외관에 작은 석조 현판이 걸린 특별한 박물
관 하나가 이 사실을 증명해줄 뿐이다. 조지언 양식으로 지어진 건물
안에 둥지를 튼 '아이리시 유대인 박물관'은 작은 규모에 비해 의외로
아이리시 유대인에 대한 흥미로운 기록물과 물건이 풍성하다. 처음
이 박물관을 방문했을 때 "아이리시들은 그들의 땅에 이주한 유대인
들을 편견 없이 환대해주었다"고 적힌 기록물을 보고, 순간 가슴 한
편이 시큰해졌던 기억이 난다.

역사적으로 유대인이 아일랜드 문헌에 처음 등장한 때가 1079년이
라고 하니 인연의 뿌리가 꽤나 깊다. 이후 19세기 후반에서 20세기 초
반, 아일랜드 역사상 가장 많은 유대인이 독일, '영국, 리투아니아 등지

에서 아일랜드로 이주해 더블린을 중심으로 정착했다고 한다. 여전히 소수였지만 그들은 정치, 경제, 문화 등 여러 분야에서 활발히 활동하면서 아일랜드 사회의 구성원으로 자리 잡았다. 이때 아일랜드에 뿌리내린 유대인들은 지금도 아일랜드 곳곳에서 그들의 종교와 문화를 자유롭게 누리고 유지하며 살아가고 있다.

나는 이런 아일랜드의 크고 작은 변화 속에서 한 해 한 해를 건너고 있다. 빠르게 글로벌화하는 더블린의 문화를 곁에서 지켜보면서, 동시간대에 한국에서는 어떤 변화가 일어나고 있는지 궁금해하면서, 한국인으로서 아일랜드에서 살아가고 있는 나 자신에 대해 여전히 얼마간은 익숙하고 얼마간은 낯선 채로 말이다.

아이리시 유대인 박물관Irish Jewish Museum

더블린에도 유대인들이 모여 사는 유대인 지구가 있고, 그곳에 유대인 박물관이 있다는 사실을 알게 된다면 간과하고 있던 아일랜드 역사의 한 조각이 흥미롭게 다가올 것이다. 제2차 세계대전 당시 히틀러의 핍박을 피해 아일랜드로 넘어온 유대인들이 있었다. 그때 살아남아 대를 이어 정착한 아이리시 유대인들의 특별한 이야기가 서류, 편지, 책, 물품, 사진, 영상 등 다양한 자료와 함께 작은 박물관 곳곳에 담겨 있다.

주소   3 Walworth Road, Portobello, Dublin8
운영시간 5월~9월 | 월~목/일 11:00~15:00
         9월~5월 | 일 10:30~14:30
웹사이트 jewishmuseum.ie

아이리시
스토리텔링의 힘

　명실공히 스토리텔링의 시대다. 각종 상업 광고는 물론 공공기관 캠페인, 선거운동, 국가 정책을 홍보할 때조차 '이야기'로 풀어내지 않은 콘셉트는 구시대적인 구호가 되고 있다. 한마디로 요즘 사람들은 흥미로운 이야기가 담겨 있지 않으면 귀 기울이지 않는다.

　'이야기' 하면 아일랜드를 빼놓을 수 없다. 아는 사람은 알겠지만, 아일랜드는 제임스 조이스, 오스카 와일드, W. B. 예이츠, 사뮈엘 베케트, 조지 버나드 쇼 등 누구나 한 번쯤은 이름을 들어보았을 문학의 거장들을 배출한 나라다. 아일랜드 사람들이 그들의 문학적 유산에 대한 자부심이 큰 것은 당연하다. 하지만 내가 정말 부러운 것은 이러한 고전을 케케묵은 이야기로 남기지 않고 현재의 예술로 끊임없이

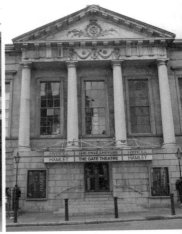

더블린의 유서 깊은 극장인 게이어티 시어터와 게이트 시어터.

재생시키는 그들의 노력과 그것을 보통 사람들의 축제로 승화시키는 힘이다.

사뮈엘 베케트 시어터에서는 일 년 내내 베케트의 작품들을 무대화한 공연이 오르고, 1871년에 문을 연 게이어티 시어터^{Gaiety Theatre}를 비롯해 게이트 시어터^{Gate Theatre}, 애비 시어터^{Abbey Theatre} 등 더블린의 유서 깊은 극장들도 수시로 유명한 고전 작품들을 재공연한다. 신기한 점은 그렇게 같은 작품을 여러 번 공연하는데도 항상 무대가 가득 찬다는 것이다.

이야기의 나라답게 아일랜드에서는 일 년 내내 문학과 도서를 테마로 한 페스티벌이 곳곳에서 열린다. 참여 작가가 자신의 소설을 바탕

리피 강변에 위치한 와인딩 스테어 서점.

으로 하나의 주제를 정해 청중과 함께 이야기를 나누는 토크쇼, 뮤지션의 음악과 시인이나 소설가의 낭독이 함께하는 콘서트, 소설의 배경이 된 거리와 장소를 직접 다니며 소설에 대해 함께 이야기하는 워킹 투어 등 그 내용도 다양하고, 참여하는 사람들의 성별, 직업, 나이도 다양하다. 한마디로 동네 축제처럼 문턱이 낮지만 행사 내용의 수준은 결코 낮지 않다. 무엇보다 작가가 종이 위에 써내려간 이야기를 자신의 생생한 목소리로 들려주는 '낭독'이라는 아날로그적인 이야기 향유 방식은 현재까지 고스란히 이어지고 있는 아일랜드 스토리텔링의 특징이다.

아일랜드 사람들의 문학 사랑을 보여주는 독특한 축제로 '블룸스

블룸스 데이가 되면 제임스 조이스의 소설 『율리시스』의 주인공 블룸이 더블린 곳곳에 출현한다.

데이Blooms Day'가 있다. 아일랜드가 배출한 20세기 최고의 작가인 제임스 조이스를 기억하고 기념하는 날로, '블룸'은 그의 대표작『율리시스』의 주인공 레오폴드 블룸Leopold Bloom의 이름에서 가져왔다.『율리시스』는 1904년 6월 16일 더블린을 방랑하는 블룸이 하루를 방대한 분량으로 담아낸 소설이다. 소설 속 배경이 된 6월 16일을 기념일로 정하고 축제로 즐기기 시작한 것이 1954년. 그해부터 매년 6월 16일, 더블리너들은『율리시스』에 등장하는 사람들처럼 옷을 입고, 소설에서 블룸이 먹었던 음식을 똑같이 먹으며, 블룸이 갔던 장소에서 그 장소를 배경으로 쓴 소설의 일부를 낭독한다. 또는 소설의 일부를 노래

블룸스 데이의 기원

제임스 조이스가 소설『율리시스』를 쓰기 시작한 것은 1904년이지만, 한동안 희곡『망명자들Exiles』을 마무리하기 위해 집필을 미뤘다가 1915년『율리시스』의 첫 에피소드를 완성한다. 그리고『율리시스』가 출판된 1922년 이후 그의 친구들이『율리시스』의 배경이 된 날인 6월 16일을 소설 속 남자 주인공 '블룸'의 이름을 따 매년 '블룸스 데이'라고 부르기 시작한다. 1924년에 조이스가 눈 치료를 위해 병원에서 블룸스 데이를 보내야 했을 때는 그의 친구들이『율리시스』의 책표지 색처럼 흰색과 파란색이 섞인 꽃다발을 보내기도 했다.
1929년에『율리시스』의 출판인 실비아 비치Sylvia Beach의 파트너인 아드리엔 모니에Adrienne Monnier가『율리시스』의 프랑스어 번역판을 출간하면서 베르사유 근교에 있는 레오파드 호텔에서 블룸스 데이 25주년을 기념하는 파티를 열었는데, 이것이 본격적인 블룸스 데이 페스티벌의 시초가 되었다. 아일랜드에서 블룸스 데이를 기념하기 시작한 것은 조이스가『율리시스』를 쓰기 시작한 지 50주년이 되는 해인 1954년부터다.

◆매년 6월 16일을 포함한 닷새 동안 더블린 곳곳에서는 낭독회, 워킹 투어, 브런치 모임 등 다양한 행사가 열리니 관심이 있다면 프로그램이 확정되는 한 달 전부터 홈페이지(bloomsdayfestival.ie)를 눈여겨보길.

나 연극으로 만들어 공연을 하기도 한다. 그렇게 그날 하루 더블린 거리 전체가 1900년대 초를 배경으로 한 영화 세트장이 된다.

하지만 『율리시스』를 꼭 읽어야만 블룸스 데이를 즐길 수 있는 것은 아니다. 치마폭이 풍성한 드레스에 화려한 깃털 모자, 중절모에 체

제임스 조이스 타워와 박물관James Joyce Tower & Museum

더블린 근교의 바닷가 마을 샌디코브의 마텔로 타워Martello Tower는 제임스 조이스가 머물렀던 공간의 모습을 엿볼 수 있는 특별한 박물관이다. 원래 마텔로 타워는 19세기 초 영국 정부가 프랑스의 나폴레옹 군대에 대항하기 위해 세운 원형 감시탑으로 같은 디자인의 타워가 아일랜드에 50개정도 있는데, 그중 샌디코브 타워는 제임스 조이스의 『율리시스』의 첫 장에 등장하면서 유명해졌다. 제임스 조이스의 삶과 작품 세계를 설명한 전시와 함께 아름다운 풍광을 즐길 수 있는 곳.

입장료 무료
주소 Joyce Tower, Sandycove, Co. Dublin
운영시간 여름철 10:00~18:00, 겨울철 10:00~16:00 (연중무휴)
웹사이트 joycetower.ie

제임스 조이스 센터The James Joyce Centre

제임스 조이스의 삶과 작품 세계를 조금 더 가깝게, 깊이 알고 싶다면 제임스 조이스 센터에서 주최하는 이벤트에 참가해보기를 추천한다. 『율리시스』, 『더블리너스』, 『피네건의 경야』 등 조이스의 대표 작품을 위주로 영화 상영, 워킹 투어, 낭독회 등 다양한 이벤트가 매주 다른 주제와 방식으로 진행되므로 먼저 웹사이트에서 스케줄을 확인해볼 것. 가이드의 설명은 영어로 진행된다.

주소 35 North Great George's Street, Rotunda, Dublin1
운영시간 월~토 10:00~17:00, 일 12:00~17:00
웹사이트 jamesjoyce.ie

크무늬 조끼와 멜빵바지로 한껏 멋을 낸 사람들 사이에서 1904년 당시의 더블린을 상상해보는 것만으로도 마음이 부풀어 오른다. 제임스 조이스가 자주 갔던 펍에서 그가 즐겼던 레드 와인과 고르곤졸라 샌드위치를 먹어보고, 샌디코브Sandycove의 제임스 조이스 타워에 올라 그가 엿새 동안 살았던 공간을 둘러보는 것, 타워 옥탑에서 열리는 낭독회에 참여해 샌디코브 해변을 내려다보며 『율리시스』의 구절들을 감상해보는 것…… 이것으로 『율리시스』를 전부 이해하지는 못하더라도 당시의 더블린 사회를 제임스 조이스의 시선으로 엿볼 수 있는 좋은 기회가 된다.

또 한 가지, 아일랜드의 스토리텔링 전통을 이야기할 때 빼놓을 수 없는 것은 여러 세대에 걸쳐 구전되어 내려온 동화, 전설 또는 신화다. '신화'라고 하면 그리스 신화가 가장 유명하지만, 아일랜드에도 자신들의 역사를 배경으로 한 다양한 신, 요정, 천사 등 친밀한 영적인 존재들에 대한 동화가 풍부하다. 실제로 이런 영적인 존재들이 실재한다고 믿는 사람들도 있는데, 이 사람들은 그들을 신과 인간의 중간적인 존재, 즉 자연령으로 설명한다. 그중에서 세계적으로 가장 잘 알려진 것은 아일랜드의 상징색인 초록색 옷을 입은 '레프리콘Leprechaun'이다.

레프리콘은 보통 초록색 옷에 초록색 모자와 신발, 붉은 머리카락과 턱수염, 키가 어린아이만큼 작은 장난꾸러기 남자 노인의 모습으로 표현되는데, 『백설 공주와 일곱 난쟁이』에 나오는 난쟁이와도 비슷하다. 어쩌면 그 상상력의 근원이 같은 곳에 닿아 있는지도 모르겠다.

어쨌든 조금은 기이한 모습의 이 요정은 언젠가부터 아일랜드의 기념품 상점은 물론 '세인트 패트릭스 데이' 등 아일랜드의 대표적인 축제에도 빠지지 않고 등장하는 아이콘이 되었다.

아일랜드 사람들은 다양한 크기의 레프리콘 모형을 대문 앞이나 정원의 작은 나무 곁에 놓아두는 것을 좋아한다. 정원이 넓은 시골집을 지날 때면 더 쉽게 볼 수 있지만 붉은 벽돌집들이 모여 있는 더블린 주거 지역에서도 종종 목격할 수 있다. 내가 맨 처음 레프리콘 모형을 본 것도 더블린의 한 조지언 양식의 집을 지날 때였다. 색색의 천을 늘어뜨려 장식한 유리창을 보니 아이리시 트래블러가 사는 집인 듯했다. 알록달록한 장식물과 웃자란 풀들이 가득한 정원 한편에, 그리고 대문 양옆으로도 하나씩, 초록색 옷을 입은 레프리콘이 서 있었다. 장난스러운 얼굴이 어딘가 심술궂어 보였다. 사랑스러운 아기 천사도 있는데 왜 굳이 심술 난 할아버지일까? 늘 살짝 꼬인 블랙 유머를 좋아하는 아이리시들의 유희 정신은 여기에서도 어김없이 드러난다.

레프리콘에 대해 생각하다가 문득 궁금해진 곳이 있었다. 시내 중심에 있어서 자주 지나다니면서도 늘 무심하게 스쳐 갔던 '내셔널 레프리콘 뮤지엄'이다. 구전되어온 아일랜드의 전설과 동화를 소개하는 박물관으로, 2010년 3월 더블린 시내 중심지인 저비스Jervis 스트리트에 문을 열었다.

박물관을 찾은 날은 가을빛이 가득한 토요일이었다. 오전 11시부

레프리콘 뮤지엄에 전시되어 있는 레프리콘 장식품과 레프리콘이 등장하는 책(위),
그리고 레프리콘이 입고 신었다는 옷과 신발.

터 1시간 간격으로 가이드 투어가 진행되는데, 나는 가장 이른 투어에 참여했다. 레프리콘이 최초로 등장한 오래된 책과 작가들의 사진, 세월이 묻어나는 레프리콘 장식품들 사이에 어린아이 사이즈의 갈색 양복 재킷과 검정 구두 한 짝이 눈에 띄었다.

"원래 레프리콘은 초록색 옷을 입고 있지 않았어요. 그리고 보통 레프리콘이 사람들의 물건을 훔치거나 금을 캐러 다닌다고 알고 있는데, 실제로는 구두를 만드는 슈메이커랍니다. 구두를 팔고 그 대가로 금을 받지요. 무지개를 따라가면 그 끝에 레프리콘이 금을 모아둔 항아리가 있대요."

가이드의 설명을 듣고 전시된 그림책을 다시 보니 정말 레프리콘들이 갈색 양복에 검정 구두, 빨간 모자를 쓰고 있다. 빨간색 유니폼의 산타클로스처럼 레프리콘도 현대 상술의 입김으로 초록색 옷을 입게 된 것일까.

이제 우리는 예닐곱 개의 방으로 이루어진 상상의 공간으로 들어간다. 레프리콘의 눈으로 본 인간의 거실, 캄캄한 숲속, 금 항아리가 놓인 비밀의 방……. 각기 다른 연극무대처럼 디자인된 방들을 이동하며 가이드는 각 공간의 배경과 분위기에 어울리는 레프리콘의 전설을 실감나는 목소리 연기로 들려주었다. 박물관을 나와서도 나는 어디선가 진짜 레프리콘을 만날 것만 같은 동심에 종일 가슴이 울렁였다.

그리고 몇 년 후 우연히 레프리콘에 대한 책 한 권을 읽게 되었다. 아이리시 작가 타니스 헬리웰Tanis Helliwell이 쓴 『레프리콘과 함께한 여름 Summer with the Leprechauns』이라는 책으로, 1985년 아일랜드의 한 오두막에서 여름을 보내는 동안 레프리콘을 직접 보았다는 작가의 경험담이 담겨 있었다.

솔직히 난 이 책의 이야기가 실제로 일어난 일이라고는 믿지 않는다. 하지만 자연령이 존재한다고 믿는 아이리시들의 풍부한 상상력, 그리고 그 존재들을 우리의 삶 속에 초대해 희로애락을 나누며 함께 살아가려는 꿈은 얼마나 발칙하고 자연 친화적인가. 이렇듯 이야기가 곧 삶이 되고 삶이 곧 이야기가 되는 아일랜드의 스토리텔링은 알면 알수록 매력적이다.

내셔널 레프리콘 뮤지엄National Leprechaun Museum

2010년에 문을 연 레프리콘 뮤지엄은 아일랜드의 대표적인 정령 '레프리콘'을 테마로 한 세계 최초의 박물관으로 알려져 있다. 아일랜드의 주요 일간지 『아이리시 타임스』는 이 박물관을 프랑스 루브르 박물관의 독보적인 존재감에 비유해 '레프리콘의 루브르'라고 명명하기도 했다. 백퍼센트 가이드 투어로 진행되며, 진행을 맡은 가이드가 스토리텔러가 되어 레프리콘의 역사와 레프리콘에 대한 진실과 거짓, 구전돼오는 이야기들을 흥미진진하게 들려준다.

주소   Twilfit House, Jervis Street, Dublin1
운영시간 월~일 10:00~18:30(마지막 가이드 투어 17:30)
　　　　◆금요일과 토요일은 18세 이상 성인을 위한 '다크 랜드Dark Land' 투어를 별도로 진행.
웹사이트 leprechaunmuseum.ie

아일랜드의 유서 깊은 서점들

호지스 피기스 서점Hodges Figgis Bookstore

1768년에 문을 연 호지스 피기스 서점은 더블린을 대표하는 유서 깊은 서점으로 『율리시스』에도 살짝 언급된 곳이다. 아름다운 초록색 외관과 오래된 서재 같은 고즈넉한 분위기까지, 잠시 시간을 보내는 것만으로도 기분이 좋아지는 곳이다. 아일랜드 및 아일랜드 작가들과 관련된 풍성한 컬렉션과 더불어 전 세계의 주목할 만한 작가들의 다양한 책을 만날 수 있다. 어린이를 위한 스토리 타임, 작가와의 대화 등 다양한 이벤트가 열린다.

주소 56–58 Dawson Street, Dublin2
운영시간 월~수/금 09:00~19:00, 목 09:00~20:00, 토 09:00~18:00,
일 12:00~18:00
웹사이트 waterstones.com

와인딩 스테어 서점Winding Stair Bookshop

더블린 리피 강변에 위치한 작은 책방 와인딩 스테어는 독특한 색깔과 분위기로 오랫동안 더블리너들의 사랑을 받아온 독립 서점이다. 가장 많은 사람들이 오가는 거리에 있지만, 서점 안으로 들어가는 순간 마음에 평화가 깃드는 신기한 공간이다. 서점 뒤편의 서가에 있는 중고책 코너는 흔히 구할 수 없는 보물을 발견할 수 있는 비밀 창고다.

주소 40 Lower Ormond Quay, Dublin1
운영시간 월/금 10:00~18:00, 화~목/토 10:00~19:00, 일 12:00~18:00
웹사이트 winding-stair.com

더블린의 건축 공간이
말을 걸다

오픈하우스 더블린

더블린에서 건축 디자이너로 일하는 그리스인 친구 마리아를 만나 점심을 먹을 때였다.

"혹시 오픈하우스라고 들어봤어?"

그녀가 물었다. 매년 가을 더블린에서 열리는 건축 축제라고 했다. 시작한 지 10년이 넘었다는데 나는 처음 들어보는 행사였다. 그녀의 말을 듣고 찾아보니, '오픈하우스'는 1992년 영국 런던에서 시작되어 지금은 세계 도시 곳곳에서 'Open House Worldwide'의 일환으로 개최되고 있었다. 무엇보다 '오랜 이야기가 축적된 역사적 유산부터 동시대적 관심 혹은 미래의 동향을 엿볼 수 있는 현대적 건축물까지, 더블린이라는 도시 속에 공존하는 다양한 공간을 일반인에게 무료로 개방한다'는 콘셉트가 마음에 들었다.

2018년 오픈하우스는 10월 둘째 주 주말에 열렸다. 무려 총 170개의 공간이 개방된다는데, 아쉽게도 축제 기간이 단 이틀뿐이라 공간별 개방 스케줄에 맞춰 동선을 잘 선택해야 했다. 나는 무엇보다 더블린의 예술가들이 작업하는 공간이 궁금했고, 시내 외곽 지역에 지역민들만 아는 숨은 아지트 같은 곳이 있다면 가보고 싶었다. 고심 끝에 브로슈어를 펼쳐 도심에 있는 창작자들의 커뮤니티 공간 '초콜릿 팩토리 아트 센터Chocolate Factory Arts Centre'와 스미스필드에 있는 핸드메이드 도자기 공방이자 커피숍 '애런 스트리트 이스트Arran Street East', 클론타프에 있는 해수 야외 수영장 '바스Bath'의 이름 위에 형광색 별을 그려 넣었다.

'초콜릿 팩토리'는 번화한 파넬Parnell 스트리트에서 살짝 비켜난 곁길, 킹스인스King's Inns 스트리트에 있었다. 주택가로 접어드는 좁고 평범해 보이는 길 중간쯤에 한눈에도 세월이 느껴지는 석조 빌딩이 등장하는데, 바로 초콜릿 팩토리가 둥지를 틀고 있는 '윌리엄 앤드 우즈Willams & Woods' 건물이다. 실제로 박하사탕과 캐러멜, 초콜릿바 등을 제조하던 공장이 예술가의 스튜디오와 개인 사업가의 연구실이 공존하는 창작 공간으로 다시 태어난 것이다. 한국에서도 최근 문화예술계 종사자들이 모여서 일하는 레지던스 형태의 창작 공간이 활성화되고

다양한 창작자들의 스튜디오가 모여 있는 초콜릿 팩토리.
1층에는 카페와 디자인 숍이 있다.

있는 것과 비슷한 흐름이다.

초콜릿 팩토리의 특징이라면, 문화예술계 종사자뿐만 아니라 창조적 마인드를 공유하는 사업가에게도 문을 열었다는 점이다. 1층에는 백퍼센트 자연 성분의 에센스 오일과 향수를 제조하는 조향사와 직접 미생물을 배양해 유산균 음료를 만드는 제조업자가 이웃하고, 2층에는 가구 공방과 커다란 이벤트 홀이, 3층에는 자연을 그리는 화가와 직물 디자이너가 공간을 공유한다. 무엇보다 원래 건물의 구조나 형태를 최대한 보존하면서 현재의 필요를 보완하는 방법으로 공간을 활용한다는 점이 인상적이다. 3층 스튜디오에 입주한 직물 디자이너의 방에는 지금은 안전상의 이유로 사용하지 않지만 한때 옥상까지 오르내리던 가파른 계단이 여전히 존재하고, 2층 이벤트 홀 천장에는 낡은 서까래가 그대로 노출되어 있는가 하면, 한쪽 벽면에는 빛바랜 푸른 페인트의 흔적이 그대로 남아 있다. 이런 흔적들을 만나면 건물이 품고 있는 오랜 시간의 이야기가 들리는 것 같다.

건물 1층에 있는 카페 '블라스Blas'도 한 지붕 식구답게 예술적이다. 언젠가 말레이시아인 친구 시니와 이곳에서 점심을 먹은 적이 있는데 음식도 꽤 맛있었다. 제각각 따로 노는 빈티지 테이블과 의자를 안 어울리는 듯 어울리게 믹스매치한 센스나 카페 안에 자리한 작은 핸드메이드 숍을 구경하는 재미는 홍대 어디쯤을 닮았다.

초콜릿 팩토리를 나와 내가 들른 곳은 도자기 스튜디오와 카페가 한 건물에 함께 있는 '애런 스트리트 이스트'다. 이름에서 예상되는 것과는 달리 실제 위치한 곳은 리틀그린Little Green 스트리트다. 1층에 있는 작고 조용한 카페로 들어서니, 자원봉사자가 지하로 내려가는 좁은 계단으로 안내해주었다. 지하방에는 살뜰하게 빚어낸 도자기 컵과 접시들이 가마에 들어갈 시간을 기다리고 있었다.

"그릇의 모양과 크기에 따라 다른데 보통 마르는 데 최소 2주 정도 걸려요. 그다음엔 초벌구이에 들어가지요."

가이드를 맡은 산드라는 다시 계단을 올라가 가마가 놓여 있는 2층 복도로 우리를 안내했다. 가마 가까이 가니 이내 후끈한 열기가 느껴졌다.

"집과 회사, 보통 사람들의 삶이 있는 생활공간 가까이에 함께 흙을 빚을 수 있는 공간이 있으면 좋겠다고 생각했어요."

'애런 스트리트 이스트'는 소비자와 직접 소통할 수 있는 작업 공간을 꿈꾸던 도예가들이 뜻을 모아 시작한 스튜디오다. 흙과 불을 사용하는 도자기 제조 과정의 특성상 보통 작업 공간은 도시 외곽에 두기 마련인데, 이렇게 도심에 도자기 스튜디오가 있다는 것이 흥미롭다.

하지만 도시 한가운데에 공간을 마련하다보니 공장식 대량 생산은 불가능했다. 이곳에서는 초벌구이용 한 대, 재벌구이용 한 대, 단 두 대의 전기 가마를 놓고 하나하나 핸드메이드로 제작한다. 생산량에는 한계가 있지만 단순한 상품이 아니라 도예를 통해 서로 소통하며 상품의 가치를 높이기 위해 노력한다.

애런 스트리트 이스트는 도예가들의 창작 스튜디오이자 일반인을 위한 도예 수업 공간,
커피를 파는 카페가 공존하는 공간이다.

빛이 잘 드는 3층 방에는 도예 수업을 위한 공간이 마련되어 있었다. 하루 체험부터 정규 코스까지 때에 따라 다양하게 운영한다고 했다. 투어를 모두 마치고 다시 1층 카페로 내려오니, 신선한 커피 원두 냄새가 빗소리에 섞여들었다. 언젠가 다시 와서 예쁜 도자기 잔에 담긴 따뜻한 커피를 마셔야겠다고 생각했다.

다음 날 아침, 존과 나는 10시에 시작하는 '바스' 오픈하우스 행사에 참여하기 위해 클론타프로 차를 몰았다. 전날 종일 내린 비 덕분에 도시 전체가 투명했다.

1864년 클론타프 만에 지어진 해수 야외 수영장 '바스'는 아이리시 호텔리어 데이비드 컬런David Cullen의 개인 소유로, 많은 수영대회와 이벤트를 유치하면서 유명해진 곳이다. 그런 바스가 1970년대부터 폐장의 위기를 겪다가 1990년에 계획된 대대적인 재건축 공사를 거쳐 다시 문을 연다는 소식에 사람들의 관심이 뜨거웠다.

바스의 모습은 생각보다 심플하고 심심할 만큼 정직했다. 바다와 맞닿은 정방형의 회색 콘크리트 수영장이 내 눈에는 그냥 커다란 콘크리트 탱크 같았다. 하지만 날씨에 따라 유입되는 바닷물의 수위를 조절하고 수조 안에 머무는 바닷물을 지속적으로 정화하는 최신 기술과 시스템을 갖췄다고 한다.

"수영장은 클럽 회원만 이용할 수 있다더라. 옛날에는 개인 소유라도 누구나 이용할 수 있게 해줬는데 지금 와서 클럽 전용이라니 기분

대대적인 리모델링 공사를 마치고 다시 문을 연 바스. 같은 이름의 레스토랑에서 바라보는
더블린 만의 전망이 아름답다.

이 별로야!"

　존의 말에 동의하지만 공짜로 이용하라고 한들 나는 그 차가운 바닷물 속에 수영하러 들어가고 싶은 마음은 들지 않았다. 한여름 평균 기온이 20도를 밑도는 나라에서 바닷물을 채워 만든 야외 수영장이라니……. 문득 이른 아침에 차를 타고 길라이니 언덕을 지날 때마다 보는 아이리시 할아버지가 생각났다. 그는 비가 오나 눈이 오나 늘 커다란 비치 타월을 어깨에 걸치고 바다로 향한다. 하긴, 나에게는 얼음장같이 느껴지는 바다지만 어쩌면 그에게는 익숙한 청량함일지도, 새로운 하루를 위해 그의 심장을 뛰게 하는 하나의 의식일지도 모른다. 도시와 시골을 막론하고 어디를 가나 바다가 눈앞에 펼쳐지는 아일랜드. 이렇게 늘 물을 곁에 두고 살아온 사람들이기에 그들의 바다 사랑은 특별할 수밖에 없다.

　생각해보면 더블린에는 파리의 에펠탑, 바르셀로나의 사그라다 파밀리아, 로마의 콜로세움, 아테네의 파르테논 신전처럼 딱 떠오르는 건축물이 없다. 다른 유럽 나라들을 여행하며 화려한 건축 양식이 눈에 익은 사람이라면 더블린의 건축물들이 다소 밋밋하게 느껴질지도 모르겠다. 하지만 나는 오히려 너무 많은 색이나 복잡한 형태로 일상을 긴장시키지 않고, 자연의 빛, 색, 모양과 자연스럽게 어우러지는 그들의 소박함과 겸손함이 좋다. 실제로 더블린에서 내가 가장 좋아하는 길은 거리에서 흔히 볼 수 있는 그런 길들이다. 색색의 대문을 가진

붉은 벽돌집들이 길 양쪽으로 서로를 마주 보고 서 있고, 그 앞으로
길게 늘어선 가로수들이 풍성한 가지를 흔들며 지나가는 사람들에
게 인사를 건네는……. 하지만 그 평범해 보이는 건물들과 늘 지나다
니는 거리 모퉁이에도 내가 모르는 비밀스런 공간의 이야기들이 숨어
있을 것이다.

문화예술 잔치로 풍성한
더블린의 가을

9월이 되면 여름 동안 가족들과 떠들썩하게 휴가를 보낸 아일랜드 사람들도 차분하게 학교로, 일터로 복귀한다. 그렇게 뜨거운 여름의 추억을 뒤로하고 열공, 열일 모드 속에 가을이 깊어갈 때쯤, 컬처 나이트, 더블린 프린지 페스티벌, 더블린 시어터 페스티벌까지 아일랜드의 수도 더블린에서는 다양한 문화예술 축제가 펼쳐진다.

2006년에 시작된 '컬처 나이트Culture Night'는 매년 9월 중순경 딱 하루 동안 더블린 곳곳에서 펼쳐지는 문화 축제다. 유명한 박물관이나 갤러리는 물론, 도시 구석구석 다양한 문화예술 공간들이 문을 열고 각자 개성에 맞는 행사를 마련한다.

아일랜드 국립극장 '애비 시어터'의 외관과 로비 벽에 걸려 있는 청동 거울.

2018년 컬처 나이트, 나는 '애비 시어터'에서 주최한 가이드 투어에 참여했다. 애비 시어터는 1904년 W. B. 예이츠가 설립한 아일랜드 최초의 국립극장으로, 1951년 공연 중 화재로 소실된 후 1966년 아이리시 건축가 마이클 스콧Michael Scott의 설계로 지금의 현대식 건물이 탄생했다. 그는 일부러 화려한 장식을 배제하고 안에 무엇이 들어 있는지 모르는 마술 상자의 이미지를 차용해, 건물 안에서 일어나는 예술 창작의 역동성과 신비를 역설적으로 강조했다. 애비 시어터 로비 벽에 걸려 있는 켈틱 디자인의 거울은 오리지널 건물에서 살아남은 유물이다. 관객들이 오가며 거울 속에 비친 자신의 모습을 바라보는 행위가 곧 무대 위에 펼쳐지는 이야기를 통해 우리 자신의 삶을 반추한다는 연극 예술의 의미와 닿아 있다. 공연장 입구 옆에 걸려 있는 동판도 주목해볼 만하다. 애비 시어터의 공동 설립자인 예이츠와 아우거스타 그레고리가 1916년 아일랜드 시민혁명에 참여했던 공연예술인 16인에게 선사한 감사패다. 숀 코널리, 바니 머피, 헬레나 몰로니, 엘렌 부슈널, 아서 쉴즈 등의 이름을 확인할 수 있다.

애비 시어터의 투어 가이드 제임스를 따라 바람 부는 거리로 나섰다. 애비 스트리트 건너편에서 바라본 극장은 정신없이 흘러가는 시간의 물살을 버티며 꿋꿋하게 서 있었다. 오랜 세월 영국의 지배 아래에서 사회적으로 불안정한 혁명의 시대를 통과하며 자유로운 예술혼을 지키기 위해 싸웠던 아이리시 예술가들을 생각하니 마음이 숙연해졌다. 제임스는 애비 시어터를 오른편에 두고 돌아 두 블록 정도 떨어진 곳에 있는 빌딩으로 우리를 데리고 갔다. 아이리시 노동자연대 본부이자 아이리시 시민군의 본부로 사용된 '리버티 홀^{Liberty Hall}'이다. 시민군과 노동자들은 이곳을 통해 모은 활동자금의 일부를 애비 시어터의 공연 제작 후원비로 사용했다고 한다. 높은 계층의 전유물처럼 소비되어온 공연예술은 이렇게 더블린의 심장부에서 시민들의 땀으로 지켜지고 새로운 차원의 예술로 나아갔던 것이다.

오코넬 스트리트의 끝자락에 이르면 오래된 석조 건물 '앰배서더 시어터Ambassador Theatre'가 나타난다. 지금은 전시관으로 사용되고 있지만 더블린에 현존하는 극장 중 두 번째로 오래된 건물로, 바로 옆에 있는 게이트 시어터와 함께 20세기 초 더블린 공연예술의 주요 무대가 되었던 곳이다. 애비 시어터가 현대적인 무대와 동시대적 공감을 일으키는 작품들로 내 마음을 사로잡는 곳이라면, 게이트 시어터는 고전적인 작품과 무대에 대한 노스탤지어를 불러일으키는 극장이다. 〈햄릿〉, 〈맥베스〉 등 셰익스피어의 작품들을 빨간 카펫이 깔린 발코니 석에 앉아 감상하는 재미는 유럽의 극장이기에 가능한 경험이다.

투어가 끝난 후 나는 존을 만나기 위해 '뷰리스 카페Bewley's Cafe'로 향했다. 버스킹과 쇼핑의 거리로 유명한 그래프턴 스트리트에 위치한 이 카페는 더블린에서 가장 오래된 카페로 늘 세계 각지에서 온 관광객들로 붐빈다. 제임스 조이스와 사뮈엘 베케트 등 유명한 더블린의 문인들이 즐겨 찾았고, 펑크밴드 더붐타운래츠의 밥 겔도프, 우리나라에서도 인기가 많은 시네이드 오코너도 좋아하는 곳으로 알려져 있다. 운 좋게 발코니 테이블에 자리를 잡으면 생기 넘치는 그래프턴 거리의 풍경을 한눈에 내려다볼 수 있다.

최근 수년간의 내부 리모델링을 마치고 다시 오픈한 뷰리스는 고전미에 세련미를 더한 고급 살롱 분위기가 난다. 덩달아 가격도 올랐다. 물론 카페 정문과 창문에 새겨진 해리 클라크Harry Clarke(아일랜드의 '미

그래프턴 스트리트에 있는 뷰리스 카페는 오랫동안 아이리시 문인들과 예술가들의
사랑방이었다. 오리지널 디자인의 벽난로와 스테인드글라스 장식이 아름답다.

술과 공예 운동'을 이끈 공예가)의 스테인드글라스, 벽난로 등 중요한 아이콘들은 원래의 모습을 보존하고 있지만, 유명한 더블린의 문인과 예술가들이 즐겨 찾던 수더분한 찻집의 느낌은 더 이상 남아 있지 않다. 예전에는 여기저기 긁힌 자국이 남아 있는 오래된 나무 난간과 빛바랜 카펫이 주는 운치가 있었는데, 지금은 모든 것이 새로 지은 5성급 호텔처럼 반짝반짝 빛난다. 그건 어쩐지 좀 슬프다.

존과 나는 일본 음식점 야마모리Yamamori에서 가지두부 튀김을 곁들여 맥주를 한 잔씩 마시고 거리로 나섰다. 이른 저녁의 온화하고 여린 빛이 거리에 가득했다. 우리는 차를 세워둔 아버힐 쪽으로 가는 길에 RTE 라디오에서 주최하는 야외 콘서트에 들러보기로 했다. 행사는 '장식예술과 역사 국립박물관' 뜰에서 열리고 있었다. 바람은 꽤 쌀쌀했지만 다행히 비가 오지 않아 코발트빛으로 청명한 저녁 하늘이 아름다웠다. 핸드메이드 액세서리, 프린트 티셔츠 등을 파는 가게들이 축제 분위기를 돋우고, 무대 위에서는 거짓말처럼 요즘 핫한 아이리시 뮤지션 '개빈 제임스Gavin James'가 특유의 말랑한 사랑 노래를 부르고 있었다.

박물관 뜰을 나와 차를 가지러 가는 길에 존이 건너편의 작은 교회 하나를 가리켰다.

"혹시 저기 가볼래? 그리스정교회인데 아직 불이 켜져 있는 걸 보니 저기서도 컬처 나이트 행사를 하나봐!"

'더블린 컬처 나이트'가 열리던 밤, 국립박물관 앞뜰이 멋진 야외 콘서트장으로 변신했다.

　정통 교리를 중시하는 가톨릭의 한 종파라는 건 알았지만 더블린에 그리스정교회 건물이 있는 건 몰랐었다. 우리는 길을 건너 노란 불빛을 향해 걸었다. 빼꼼히 열려 있는 나무 대문 사이로 까르르 웃음소리가 새어 나왔다. 안으로 들어서니 그리스 전통 의상을 차려입은 사람들이 뜻밖의 늦은 손님 둘을 반갑게 맞아주었다.

　밖에서 볼 때는 아일랜드 어디서나 볼 수 있는 평범한 교회였는데 내부는 신세계였다. 금색 바탕에 성자들의 모습을 그린 크고 작은 성화들이 벽과 천장을 빼곡하게 채우고, 촛불을 봉헌하는 제단과 예배를 주재하는 강단도 독특한 스타일로 장식되어 있었다. 화려한 반짝이 드레스를 입은 꼬마 아가씨 둘이 그리스 전통 춤을 보여주겠다며 손을 마주 잡고 오른쪽으로, 또 왼쪽으로 뜀뛰며 돌았다. 그리스다운 왁자지껄함이 따뜻하게 느껴졌다. 그들도 아일랜드라는 이국땅에서

아일랜드 안의 작은 커뮤니티, 그리스정교회의 컬처 나이트 행사.

그들만의 커뮤니티를 통해 문화를 지키고, 그 안에서 외국살이의 외로움을 위로받는 것이리라.

　문화적 자극으로 고무된 하루를 보내고 집으로 돌아가는 길. 다음 주면 '프린지 페스티벌'이 끝난다고 생각하니 슬퍼졌다가, 10월 첫 주에 시작하는 '더블린 시어터 페스티벌'을 떠올리고는 힘이 났다. 어쨌든 한동안은 극장에서 가을의 쓸쓸함을 달랠 수 있으리라.

가볍고 날렵한 작은 새처럼,
탭, 탭, 탭!

아이리시 탭 댄스,
션노스 댄스

미국 플로리다에서 발생한 태풍이 유럽 변방의 작은 섬 아일랜드까지 건너와 비바람을 부려놓기 시작하던 밤, 내내 후드득후드득 빗방울이 창문을 때렸다. 다음 날 아침 집을 나서는데 밤새 나뭇가지에서 떨어진 낙엽들이 거리를 휘휘 나뒹굴고 있었다. 젖은 몸을 바닥에 납작 붙이고 힘겹게 숨을 몰아쉬는 녀석들도 보았다. 바야흐로 겨울이 오는 길목에 잠깐 인사하러 들른 아일랜드의 가을이었다.

이렇게 특별한 이유 없이 자꾸만 쓸쓸해지는 계절이 되면 나는 스스로 내 등을 떠밀어 규칙적으로 할 수 있는 어떤 것을 찾아 나선다. 같은 날 같은 시간에 무언가를 배우거나 좋아하는 활동을 하다보면 쓸쓸한 감정에 휘둘리지 않고 삶의 일부로 자연스럽게 받아들일 수 있는 힘이 생긴다.

일단 스페인어 학원을 등록하고 한동안 쉬던 공부를 다시 시작했다. 머리 쓰는 것을 시작했으니 몸을 쓰는 것도 한 가지 하고 싶었다. 문득 춤을 배우고 싶다는 생각이 들었다. 아니, 사실 늘 해오던 생각이었다. 요가를 꾸준히 하고는 있지만 뭔가 심장 박동 수를 높이고 땀을 흘리며 신나게 할 수 있는 것이 하고 싶었다. 그런데 팝 댄스나 재즈 댄스, 힙합 댄스는 취향이 아니고, 에어로빅은 재밌으나 '운동을 위한 춤'이라는 목적의식이 싫고, 살사나 탱고, 플라멩코 같은 라틴 댄스는 항상 동경해왔으나 반드시 파트너가 있어야 한다는 태생적 한계가 부담스러웠다. 뭔가 '함께'인 동시에 '혼자'일 수 있는 춤은 없을까? 즐겁고 경쾌하면서도 내면의 고요를 무시하지 않는 춤, 더불어 역사와 문화를 배울 수 있는 춤…….

그때 문득 아이리시 댄스가 생각났다. 우리가 알고 있는 탭 댄스의 원조라 할 수 있는 역사 깊은 춤이다. 아일랜드 전통 음악의 빠른 리듬에 맞춰 발을 날렵하게 움직이는 이 경쾌한 춤을 늘 배워보고 싶었다. 발레 군무처럼 화려한 〈리버 댄스$^{River Dance}$〉● 공연도 멋있었지만, 아이리시 댄스가 진지하게 배우고 싶어진 것은 연극 〈지미스 홀〉을 보고 나서였다. 공연의 클라이맥스에서 배우들이 정열적인 스텝으로 뿜어내는 압도적 에너지에 매료된 것이다.

나는 곧 인터넷을 뒤지기 시작했다. 아이리시 댄스 워크숍을 계획하고 있는 한 댄스 아카데미 사이트가 눈에 띄었다. 초급반은 '아이리

● 아이리시 탭 댄스와 전통 음악이 어우러진 댄스 뮤지컬로 1994년 더블린에서 열린 유로비전에서 처음 소개되어 전 세계에 아이리시 댄스 열풍을 불러일으켰다. 이후 제작자 모야 도허티는 50여 명의 아이리시 탭 댄서들로 이루어진 대형 뮤지컬 쇼 〈리버 댄스〉를 만들었다. 2010년 우리나라에서도 공연했다.

시 댄스' 반과 '션노스 댄스' 반으로 나뉘어 있었다. 그런데 션노스 댄스Sean-nós dance는 처음 들어본다. 사이트에 안내된 이메일 주소로 메일을 보냈다. '아이리시 댄스와 션노스 댄스의 차이는 뭔가요?' 다음 날 담당 강사가 메일로 보내준 설명에 따르면 이렇다.

아이리시 댄스는 발레와 비슷하다. 클래식하고 유연한 동작이 많고 대부분 어린 나이에 시작해 수많은 대회를 거치며 무대에 서는 프로 댄서가 된다(경쟁도 치열하고 댄스복도 비싸다!). 신발은 발레 슈즈처럼 소프트한 슈즈와 탭 댄스용 하드 슈즈 두 가지를 다 사용한다. 션노스 댄스는 우리가 잘 아는 탭 댄스를 생각하면 이해하기 쉽다. 정통 탭 댄스보다 움직임이 가볍고 개인적이다. 한마디로 '프리 스타일 탭 댄스'라고 할 수 있다. 신발도 굽이 낮고 바닥이 단단한 하드 슈즈 한 가지만 신는다.

그러니까 〈지미스 홀〉에서 보았던 댄스는 바로 '션노스 댄스'였던 것이다. 어쩐지 나는 예쁜 드레스를 입고 발끝을 세우며 총총 뛰어야 하는 아이리시 댄스보다 자유롭고 중성적이며 개인적인 션노스 스타일이 마음에 들었다.

살다보면 사람과 사람만 인연으로 엮이는 건 아니다. 어떤 공간과 시간, 사물이나 경험도 '나'라는 실체와 특별한 순간, 특별한 인연으로 만난다. 내가 10월의 첫 일요일, 스미스필드에 있는 펍 카블스톤(141쪽 정보 참조)에 맥주를 마시러 갔을 때 화장실 입구 벽에 붙어 있

카블스톤에서 열린 션노스 댄스 수업. 퀴바의 스텝을 따라 모두들 신나게 발을 굴렀다.

는 수많은 전단지 중 하나를 눈여겨보게 될 확률은 얼마나 될까? 게다가 그 작은 전단지에 다음 날인 월요일부터 그곳에서 10주 동안 션노스 댄스 초급반 수업을 한다는 내용이 적혀 있을 확률, 그것을 읽는 순간 바로 그 수업이 '내가 찾던 것이다'라는 확신이 들 확률, 그리고 마침내 다음 날 저녁 6시 내가 실제로 댄스 수업이 신행되는 펍 안쪽 방의 문을 수줍게 두드릴 확률은? 나는 어떤 평범하나 치밀한 기적의 순간들이 모여 나를 특별한 인연의 통로로 이끌어가고 있다는 것을 느꼈다.

독특한 서부 아일랜드 억양, 창백한 피부와 주근깨, 길고 풍성한 붉은색 머리카락을 가진 춤 선생님 퀴바는 밝고 활발한 스물세 살의 대학생이었다. 외모와 성격뿐 아니라 이름도 전형적인 아이리시다. Caoimhe, 이 철자가 어떻게 '퀴바'로 발음되는지는 알 수 없지만 어쩐지 멋지게 들렸다. 집에서 게일어를 사용하는 부모님 덕분에 퀴바도 게일어를 자유롭게 구사하고 피들 연주자인 아버지의 영향으로 어릴 때부터 형제자매와 함께 아일랜드 전통 음악과 댄스를 배웠다고 한다.

첫 시간에 참석한 사람은 백발의 할아버지 두 명과 오십대로 보이는 여성 두 명, 그리고 나까지 모두 다섯 명. 나 빼고는 모두 아이리시다. 먼저 퀴바가 션노스 댄스가 어떤 춤인지 간단히 시범을 보여주었다. 탭, 탭, 탭! 퀴바의 스텝들은 몸에 딱 맞는 옷처럼 자연스럽게 리듬을 타고 흘렀다. 발을 땅에서 아주 살짝살짝 떼는 것처럼 보이는데도

'헬리스 바'는 단체 관광객 또는 어학연수를 온 학생 그룹을 대상으로 아이리시 댄스와 악기를 배워보는 체험 이벤트를 진행한다.

스텝이 찰지고 소리의 울림도 하나하나 명료했다. 기본 스텝부터 천천히 배워본다. 가장 기본이 되는 스텝은 발뒤꿈치를 찍는 힐^{Heel} 스텝과 뒤꿈치는 들고 발 앞부분을 찍는 토^{Toe} 스텝이다.

내가 두려워하는 허리와 엉덩이 웨이브가 없으니 일단 자신감은 충만했다. 하지만 생각만큼 쉽지 않았다. 스텝 자체는 어렵지 않은데, 발바닥을 빠르게 굽히고 펴는 동작을 계속하다보니 발에 쥐가 날 것 같았다. 스텝을 천천히 반복해서 따라한 다음, 음악에 맞춰 스텝을 밟았다. 문제는 빠르기였다. 아일랜드 전통 음악의 리듬이 빠르다는 건 알고 있었지만 막상 그 속도를 따라잡으려니 금방 배운 스텝의 순서는 어디로 갔는지 발이 마구 꼬이기 시작했다. 게다가 움직임이 크지 않아 별로 힘들지 않을 줄 알았는데 어느새 땀이 흐르고 숨이 차올랐다. 그런데 신났다. 어설픈 동작이지만 온몸으로 아이리시 음악을 느끼며 즐기는, 처음 경험해보는 종류의 재미였다.

그날 이후 매주 월요일 저녁 6시, 나는 카블스톤으로 향했다. 더블린에 다른 볼일이 없는 날은 저녁 6시에 시작하는 단 45분의 수업을 위해 왕복 세 시간이나 이동하는 것이 솔직히 부담스럽기도 했다. 하지만 매주 새로운 스텝을 배우고 지난 스텝을 복습하는 동안 내 두 발의 움직임은 조금씩 빨라지고 가벼워졌다. 퀴바가 매주 수업 후 올려주는 동영상을 자기 전에 반복해서 돌려보며 탭, 탭, 탭, 연습하는 나를 볼 때마다 존은 웃음을 참지 못했다.

"내가 수업료 대줬으니 나중에 버스킹해서 돈 좀 벌어올 거지?"

존은 농담으로 하는 말이었지만, 나는 어느새 거리에서 아이리시 음악에 맞춰 새처럼 가볍고 자유롭게 춤추고 있는 나 자신을 상상하고 있었다. 그리고 문득, 열 번의 수업을 모두 마치면 나 자신에게 댄스 슈즈를 선물해야겠다는 생각이 들었다. 혹시 또 알까, 마법에 걸린 빨간 구두처럼 나를 션노스 댄스의 여왕으로 만들어줄 특별한 댄스 구두를 만나게 될는지.

아이리시 악기와 댄스 배우기

영화 〈원스〉의 남녀 주인공이 함께 연주하는 장면을 촬영한 월턴 뮤직 악기 숍은 아쉽게도 영구적으로 문을 닫았지만, 건물 2층에 있는 뮤직 스쿨은 재오픈해 운영하고 있다. 바우런, 피들, 밴조 등 다양한 아이리시 악기를 배울 수 있으며, 계절별로 학기가 운영된다. 한편 아이리시 댄스는 보통 비정기적인 워크숍을 통해 수업이 이루어진다. 아이리시 댄서가 댄스 스튜디오나 펍을 빌려 개인적으로 진행하는 경우가 많으니, 관심이 있다면 펍의 안내판에 붙은 광고지를 눈여겨보기 바란다. 물론 인터넷 검색은 언제나 유효하다.

아이리시 전통 악기를 배우고 싶다면 매주 월요일에서 수요일까지 저녁 7시 30분부터 '헬리스 바'에서 진행되는 아이리시 전통 북 바우런 세션에서 아쉬운 대로 맛보기 체험을 할 수 있다.

월턴 뉴 스쿨 오브 뮤직
Waltons New School of Music

주소   69 South Great
George's Street,
Dublin2

웹사이트   newschool.ie

헬리스 바 Hely's Bar

주소   28 Dame Street,
Dublin2

웹사이트   helysbar.business.site

다트 타고 떠나는
더블린 근교 산책

더블린의 대표적인 대중교통 수단인 '다트Dart'는 더블린 시내를 관통해 북으로는 호스와 말라하이드, 남으로는 브레이와 그레이스톤즈까지 오가는 더블린 지역 통근 기차의 이름이다. 다트를 타면 탁 트인 하늘과 바다, 절벽과 항구 등 더블린 최고의 풍경을 감상할 수 있다. 열차의 몸통도 연두색, 의자도 온통 연두색이어서 왠지 풀 냄새가 날 것만 같은 다트를 타고, 하얀 포말을 일으키는 푸른 바다와 던리어리 항구에 정박된 하얀 요트 곁을 지날 때면 매일 반복되는 일상의 권태로움이 어느덧 감사로 바뀌곤 한다. 그래서 나는 가끔 번잡한 시내가 답답하게 느껴질 때, 훌쩍 다트에 몸을 싣고 마음 가는 역에 내린다. 그리고 발길 닿는 대로 걷는다. 그렇게 마음을 늦추고 걷다보면 그동

킬라이니 언덕을 지나고 있는 다트(위)와 블랙락 기차역.

안 몰랐던 이웃 동네의 매력이 하나하나 새롭게 다가온다.

블랙락 빌리지^{Blackrock Village}는 다트로 15분 정도 달리면 만날 수 있는, 더블린 남쪽의 작은 동네다. 바다를 마주하고 펼쳐진 블랙락 공원에는 너른 잔디밭과 연못, 평화로우 사책길이 조성되어 있다.

매주 토요일과 일요일에 열리는 블랙락 마켓은 블랙락 빌리지의 소중한 전통이다. 오래된 레코드판과 서적, 중고 물품을 파는 앤티크 숍

블랙락 마켓 Blackrock Market

블랙락은 바다 옆에 평화롭고 너른 공원이 있고 더블린과 근접성이 좋아서 '살고 싶은 동네' 순위에서 늘 상위를 차지한다. 매주 토요일과 일요일, 마켓이 서는 날이면 모든 가게가 문을 열고, 버스커들의 음악까지 더해져 작은 축제 분위기가 연출된다. 마켓 안의 일부 음식점은 평일에도 문을 연다.

주소   19a Main Street, Blackrock, Co.Dublin
운영시간   토/일 11:00~17:30
웹사이트   blackrockmarket.com

베어 마켓 커피 Bear Market Coffee

블랙락 마켓 옆에 곰 얼굴이 그려진 조그만 커피숍이 처음 문을 열었을 때만 해도 지금처럼 히트를 치리라고는 예상하지 못했다. 하지만 신선한 원두와 전문 바리스타의 기술로 차별화한 커피 맛이 입소문을 타면서 금방 긴 줄이 늘어서기 시작했고, 최근에는 더블린 시내에 2호점까지 냈다.

주소   19 Main Street, Blackrock, Co. Dublin
운영시간   월~금 07:00~17:00, 토 08:00~18:00, 일 09:00~17:00
웹사이트   bearmarket.ie

거칠고 아름다운 바다를 품은 샌디코브 빌리지와 '포티풋'.

부터 인도 음식, 레바논 음식, 스페인 음식을 파는 다국적 레스토랑들 그리고 아시아 마켓까지 구경거리가 풍성하다. 물론 동네 입구에서 맞아주는 버스커들의 연주도 빼놓을 수 없다.

블랙락 빌리지에서 다트를 타고 몇 정거장 더 남쪽으로 향하면 '던리어리'가 나온다. 수많은 요트가 정박해 있는 항구와 멀리 하얀 등대까지 이어지는 동쪽의 방파제 길은 일 년 내내 더블리너들에게 사랑받는 산책로다. '제임스 조이스 타워'가 있는 이웃 동네 샌디코브까지 바다를 따라 이어지는 산책로도 못지않게 아름답다. 비바람이 심하게 부는 날에는 파도가 제방 둑을 넘어 차도로 들이치기도 하는데, 그 거친 모습마저 장관이다. 샌디코브에 있는 포티풋Forty Foot은 제임스 조이스의 『율리시스』에도 등장하는 곳으로, 지난 250년간 바다 수

217

영을 즐기는 사람들의 사랑을 받아온 역사적인 장소다. 눈에 띄는 간판 따위는 없지만 동네 사람들에게 물어보면 다 안다. 한겨울에도 매일 아침 맨몸으로 바다에 뛰어드는 일흔 넘은 청춘들을 보고 있으면 나태해졌던 정신이 번쩍 깬다.

누군가 더블린에서 가장 아름다운 길을 묻는다면 나는 주저 없이 달키Dalkey에서 킬라이니Killiney로 이어지는 해변 도로를 꼽겠다. 다트로는 겨우 한 정거장 사이지만 산을 끼고 도는 언덕길이라 도보로는 1시간 남짓, 차로는 15분 정도 걸린다. 다트가 지나는 길 중에 창밖으로 보이는 풍경이 가장 멋진 구간이라 카메라 셔터 소리가 심심치 않게 들린다. 위쪽으로는 '킬라이니 힐' 공원이, 아래로는 킬라이니 해변이 자리 잡고 있어서 바다와 숲을 고루 즐길 수 있는데다 해변 도로를

던리어리 렉슬콘 도서관dlr Lexlcon Library

2014년 12월 던리어리 항구 앞에 새 도서관이 문을 열었을 때는 기대만큼 쓴소리도 많았다. "그 많은 돈을 쏟아 부어 이렇게 큰 도서관을 지을 필요가 있나?" 하는 회의론부터 "기능적인 디자인의 건물 외관이 던리어리의 미관을 망치고 있다"는 비판까지 다양했다. 하지만 지금은 던리어리 주민들의 가장 큰 자랑이자 지역의 수준을 한 단계 높인 성공적인 모델로 평가되고 있다.

주소   Haigh Terrace, Moran Park, Co.Dublin
운영시간 월~목 09:30~20:00, 금/토 9:30~17:00, 일 12:00~16:00
웹사이트 libraries.dlrcoco.ie

달키에서 킬라이니까지, 더블린 최고의 산책길이 이어진다. 그중 콜리모어 항구(달키 하버)는 존과 내가 가장 좋아하는 해돋이 전망 포인트다.

따라 이어지는 풍경이 워낙 아름다워서 늘 산책하는 사람, 조깅하는 사람, 자전거 타는 사람들로 생기가 넘친다.

달키와 킬라이니는 더블린 최고의 부촌이기도 하다. U2의 보노, 뉴에이지 음악의 선구자 엔야, 영화감독 닐 조던과 짐 셰리던 등 아일랜드의 많은 유명 인사들이 이 동네에 산다. 해안 도로에서 갈라지는 언덕 안쪽 길로 접어들면 영화 속에서 본 듯한 멋진 집들을 실컷 구경할 수 있다.

콜리모어Coliemore 항구는 작은 무인도 '달키 섬'을 가까이에서 볼 수 있는 뷰포인트다. 또 킬라이니 언덕에 서면 킬라이니 해변을 한눈에 내려다볼 수 있다. 운무가 잔뜩 낀 날이든 햇살이 눈부신 날이든, 파도가 높고 거친 날이든 미동도 없이 고요한 날이든, 그 어떤 모습도 저마다 감동적이다.

킬라이니 언덕으로 향하는 해안 도로는 달키 역 뒤편으로 이어진다. 심한 경사도 갈림길도 없으니 그저 눈을 들어 주변 경치를 여유롭게 즐기며 자신에게 맞는 리듬으로 발걸음을 옮기면 된다. 왼편으로 끝없이 펼쳐진 바다를 곁에 두고 완만한 오르막길을 천천히 걷다보면 킬라이니 힐 공원이 나온다. 너른 초록색 잔디밭과 아기자기한 오솔길, 탁 트인 경관의 조화가 완벽한 킬라이니 공원 꼭대기에는 오벨리스크가 있다. 이 오벨리스크는 1740~1741년 대기근 때 목숨을 잃은 사람들을 추모하기 위해 킬라이니 언덕 정상에 세운 탑으로, 걸음을 옮길 때마다 시야 한가득 들어오는 아름다운 바다와 언덕의 절경이

달키 빌리지의 셀렉트 스토어에서 먹은 따끈한 채소 스튜. 어쩐지 마음까지 위로받는 기분이었다.

20분의 수고를 아깝지 않게 해준다.

2017년 10월 말, 문득 가을빛이 깊어졌을 킬라이니 언덕이 궁금해 집을 나섰다. 나에겐 벌써 겨울 같은 추위였지만 그래도 더 추워지기 전에, 비가 더 잦아지기 전에, 아직 가을 낙엽의 정취가 남아 있을 때 그 길을 걷고 싶었다.

브레이에서 다트를 타고 달키 역에서 내렸다. 달키 빌리지에서 간단히 점심을 먹고 출발할 요량으로 결혼 전에 종종 가던 '셀렉트 스토어 Select Store'를 찾았다. 나는 '오늘의 채식 스튜'를 주문했다. 병아리콩과 양파, 당근, 파스닙에 여러 가지 허브를 넣고 푹 끓인 병아리콩 채소 스튜가 나왔다. 뭉근하게 익은 채소 건더기를 국물과 함께 떠서 호호 불며 먹었다. 허전했던 배 속이 따뜻해지니 마음도 덩달아 편안해졌다.

킬라이니 언덕 꼭대기에 있는 오벨리스크(위)와 영화 〈원스〉에서 오토바이를 타고 킬라이니
언덕에 오른 남녀 주인공이 함께 바라보던 바다.

평일 낮이라서인지 평소보다 사람이 많지 않았다. 그새 물기를 털어낸 낙엽들이 발밑에서 버스럭거리는 소리가 좋았다. 햇빛 아래 걸을 때는 등이 축축할 정도로 땀이 나더니 언덕 전망대에 오르자 운무가 해를 가리며 선득한 바닷바람이 불었다. 벗었던 외투를 다시 입고 벤치에 앉았다. 1시간가량 부지런히 움직인 다리에 갑자기 스르르 힘이 풀렸다.

나는 게으른 평화를 선택한 채 한동안 피곤한 다리를 쉬며 안개 속의 바다와 언덕을 바라보았다. 영화 〈원스〉의 두 남녀 주인공이 함께 바라보던 바로 그 풍경이었다. 오벨리스크에 오르려던 계획은 포기했지만 나는 충분히 행복했다. 계획을 이룬 성취감이 행복의 정도와 정비례하는 것은 아니라는 것을 아일랜드의 느린 삶이 이미 나에게 가르쳐준 덕분이다. 안개 속에서도 빛을 내던 해가 서서히 모습을 감출 때쯤, 나는 존을 만나기로 한 던리어리로 가기 위해 킬라이니 역을 향해 걷기 시작했다.

셀렉트 스토어Select Store

유기농 채소와 과일, 냉장 식품, 저장 식품 등의 식료품을 파는 가게와 카페를 겸한 곳으로 달키 동네 입구에 있다. 판매하는 제품뿐 아니라 카페에서 만들어 파는 식음료도 모두 유기농 재료를 사용한다. 백퍼센트 생과일과 채소를 바로 갈아주는 주스와 스무디의 종류만 약 십여 가지. 다양한 브런치 메뉴, 쌀쌀한 날씨에 어울리는 따뜻한 수프와 스튜 모두 맛있다.

주소 1 Railway Road, Dalkey, Co. Dublin
운영시간 월~토 08:00~18:00, 일 휴무

어느 해
크리스마스 풍경

　눈보다 비가 많은 나라여서 그런지 유럽의 다른 나라에 비해 크리스마스 관광지로는 유명하지 않지만, 아일랜드에서도 크리스마스는 최고의 명절이다. 2주나 되는 긴 휴가를 이용해 따뜻한 나라로 여행을 떠나는 사람들, 해외에서 찾아오는 가족 맞이에 분주한 사람들, 일찌감치 크리스마스 쇼핑을 시작한 사람들로 거리마다 북적인다.

　아일랜드의 크리스마스 분위기를 가장 생생하게 느낄 수 있는 곳은 쇼핑 거리인 헨리 스트리트와 그래프턴 스트리트다. 언뜻 보면 두 거리가 비슷해 보이지만 분위기가 꽤 다르다. 리피 강 남쪽의 그래프턴 스트리트 주변에는 좀 더 비싸고 고급스러운 상점들이 모여 있고, 쇼핑하는 사람들의 차림새도 더 세련됐다.

리피 강 북쪽의 쇼핑 거리인 헨리 스트리트에는 매년 12월 중순부터 길 양쪽으로 크리스마스 마켓이 길게 늘어선다. 저가의 향수와 화장품, 겨울용 장갑, 모자, 양말 등의 잡화와 대용량 캔디, 초콜릿 박스 등이 주를 이룬다. 조금 거칠고 떠들썩한 분위기가 한국의 남대문 시장과 비슷한 느낌이다. 솔직히 특색 있는 물건을 찾기는 힘들지만 그래도 사람들을 구경하는 재미가 쏠쏠하다.

내가 정말 좋아하는 마켓은 인디 예술가들의 핸드메이드 제품과 빈티지 물건이 가득한 플리 마켓이다. 2017년 처음으로 포인트 스퀘어 Point Square 쇼핑센터에서 열린 크리스마스 플리 마켓에는 예술적인 감성이 넘쳐났다. 사실 별 생각 없이 혼자 슬렁슬렁 놀러 갔다가 들어가는 순간 홀딱 반해서 시간 가는 줄 모르고 구경했다. 반세기는 되었을 비닐 레코드판, 아일랜드 풍경을 모티프로 디자인한 가방, 천연 재료로 만든 수제 비누와 화장품, 아일랜드산 양모로 뜬 모자와 목도리, 젊은 화가의 재기 발랄한 그림과 판화 작품들, 장인의 기술로 일일이 깎아 만든 나무 도마, 잉크가 희미해진 1935년도 국립극장 팸플릿까지……. 일반 공산품보다 가격이 높아 마음대로 살 수는 없지만 일단 눈요기만으로도 황홀해지고 영감을 얻는 것도 공짜이니 나쁜 거래는 아니다.

포인트 스퀘어와 멀지 않은 센트럴 스퀘어에서도 매년 알찬 크리스마스 마켓이 열린다. 포인트 스퀘어의 플리 마켓이 세련되고 예술적이라면, 이곳의 마켓에는 전통적인 볼거리가 많다. 아이들을 위한 회전

쇼핑 거리로 유명한 그래프턴 스트리트(위)와 헨리 스트리트. 크리스마스가 가까워지면
쇼핑하려는 사람들로 발 디딜 틈이 없다.

목마, 관람차부터 다양한 물건을 파는 가게들이 촘촘히 들어서 있고, 무엇보다 먹거리가 풍성하다. 커다란 원형 그릴 위에서 구워내는 큼지막한 소시지 하나면 추위로 허한 배 속을 한동안 달랠 수 있다.

내가 가장 기다리는 것은 크리스마스 시즌에만 맛볼 수 있는 멀드 와인이다. 레드 와인에 오렌지, 사과 등의 과일, 시나몬, 클로브 등의 향신료와 설탕을 넣고 뜨겁게 데워 먹는 알코올 음료로, 프랑스에서는 뱅쇼Vin chaud, 독일에서는 글뤼바인Glühwein이라 부른다. 끓이는 동안 와인의 알코올 성분이 날아가 알코올 농도는 낮지만 은은한 시나몬 향과 달콤한 과일 맛에 홀짝홀짝 마시다보면 은근히 취한다. 크리스마스에 딱 어울리는 따뜻하고 사랑스러운 음료다.

아일랜드에서만 맛볼 수 있는 크리스마스 음식도 있다. 동그란 접시 모양의 '민스 파이Mince Pie'다. 다진 고기를 소로 넣고 오븐에 구워낸 식사 대용 파이와 이름은 똑같지만, 크리스마스 시즌에 먹는 민스 파이는 고기 대신 건포도, 크랜베리 등으로 만든 과일 조림이 들어간 달콤한 디저트 파이다. '크리스마스 케이크'라고 부르는 디저트용 케이크로 각종 건과일이 잔뜩 들어 있다. 나는 사실 건과일을 별로 좋아하지 않지만, 그래도 크리스마스에는 왠지 민스 파이 하나쯤은 기념으로 먹어줘야 서운하지 않다. 보통 '크리스마스 마켓' 하면 독일, 체코, 오스트리아 등 다른 유럽 나라가 더 유명하지만, 나는 아일랜드의 이런 소박한 크리스마스 마켓이 더 좋다. 우리나라 동물원 중 최고인 서울대공원에 비해 규모나 시설은 못하지만 어린이대공원에서만 느낄

크리스마스 폴리 마켓은 달콤한 초콜릿부터 알록달록한 양말, 손뜨개 천사 인형까지 세상의
모든 예쁜 것들로 채워진다.

수 있는 정다움 같은 것이 있다.

　2017년 크리스마스를 2주 앞둔 어느 오후, 나는 홀로 크리스마스
분위기가 무르익는 더블린 거리를 걷고 있었다. 양손에 쇼핑백을 가
득 들고 걸어가는 수많은 사람들 사이로 다양한 자선단체에서 나온
사람들이 모금함을 달그락달그락 흔들며 기부를 독려했다. 사람들은
산타 모자를 쓰고 있는 깜찍한 레트리버 세 마리 곁으로 몰려들어 '유

기견보호협회' 모금함에 동전을 넣었다. 길 맞은편에는 유니폼을 입은 아이리시 소방관들이 "어린이병원 건립을 위한 기금입니다!"라고 외치며 2018년도 달력을 팔고 있었다. 그중 한 명이 나에게도 한 권 건넸다. 단단한 근육질의 상체를 드러낸 열두 명의 아이리시 소방관이 각 달의 모델로 포즈를 잡고 있는 착한 달력. 나는 지갑에 남은 동전을 긁어모아 어린이병원 건립을 도왔다.

던리어리에 도착했을 때는 이미 사위가 어두웠다. 대신 거리의 나무에 매달린 크리스마스 장식등이 모자란 빛을 보태주고 있었다. 주말이 되면 던리어리 항구의 맞은편 공터에 크리스마스 케이크와 초콜릿, 겨울 장갑과 머플러, 핸드메이드 액세서리 등 다양한 물건을 파는 작은 간이 상점들이 나란히 문을 열 것이다.

"산타에게 편지를 배달해 드립니다"라고 적힌 작은 초록색 우체통 곁을 지나 늘 가던 카페 안으로 들어갔다. 그곳에서 시간을 보내다가 퇴근하는 존을 만나 함께 집으로 갈 생각이었다. 직원들은 앞면에 루돌프 사슴이 그려진 빨간색 크리스마스 점퍼를 입고 평소보다 한 톤쯤 높은 목소리로 주문을 받았다. 나는 카페 안에서 흘러나오는 익숙한 캐럴 송을 들으며, 플리 마켓에서 산 크리스마스카드를 펼쳐 엄마께 보낼 성탄 인사를 써내려갔다.

브레이의 집으로 돌아온 우리는 언니와 조카를 맞이하기 위해 대청소를 시작했다. 먼저 각자의 옷장과 서랍을 정리한 다음, 진공청소기, 세제, 대걸레 등 각종 청소 도구를 바닥에 펼쳐놓고 함께 곳곳을 쓸고 닦았다. 청소를 끝내고 나니 집이 제법 예뻐 보였다.

내친김에 창고에서 크리스마스트리를 꺼냈다. 거실 소파 옆에 플라스틱 나무를 세우고 금색, 은색 반짝이 줄과 작은 전구들이 매달린 전기선을 트리 몸통에 감은 다음 천사, 눈사람, 별, 리본, 구슬 등의 장식품을 가지 끝에 매달았다. 전구에 불을 켜는 순간 거실이 크리스마스 분위기로 바뀌었다. 우리는 어린아이처럼 "와아~" 하고 소리를 질렀다.

존과 나는 반짝이는 크리스마스트리 곁에 앉아 크리스마스 때 무얼 하며 보낼까 생각하며 머리를 맞댔다. 돌아보면 한 해 한 해 크리스마스가 모두 특별했지만, 그해의 크리스마스는 더욱 특별한 의미가 있었다. 멀리 한국에서 친언니와 조카 채환이가 오기 때문이었다. 존과 나는 그해 8월에 형부를 먼저 하늘로 보내고 마음 아파하는 두 사람에게 조금이라도 위로와 기쁨이 되는 크리스마스를 선물하고 싶었다.

우리는 언니와 채환이가 지낼 방의 벽에다 커다란 빨간색 양말을 걸었다.

"테이토랑 초콜릿을 사다가 여기 채워 넣자. 채환이가 아주 좋아할 거야!"

존이 산타 모자를 쓰고 크리스마스 캐럴을 흥얼거리기 시작했다.

내 무덤에는
빨간 장미를 놓아줘

글래스네빈
세미터리

더블린 시 북쪽 더블린 11 지역에 글래스네빈이라는 동네가 있다. 중산층 더블리너들이 사는 조용하고 안전한 지역으로, 내가 2010년에 처음 아일랜드에 왔을 때 한 달 동안 홈스테이를 한 곳이기도 하다. 시내에서는 좀 떨어져 있지만, 꼭 가볼 만한 장소가 두 군데 있다. 하나는 아름다운 꽃과 나무 사이를 거닐며 평화로운 휴식을 즐길 수 있는 '보타닉 가든Botanic Garden'이고, 다른 하나는 아일랜드에서 규모가 가장 큰 공동묘지인 '글래스네빈 세미터리'다.

화창한 8월이었다. 주말에 일한 대신 목요일과 금요일, 이틀간 휴가를 받은 존이 어디든 가고 싶어 발을 굴렀다. 이틀 동안 쉬니까 가까운 곳으로 여행이라도 다녀오면 좋을 텐데, 갑자기 그것도 성수기에 숙소를 잡으려니 가격이 만만치 않았다. 그렇다고 그냥 집에 있기에는 날씨가 너무 좋았다. 지나가던 여름이 못내 아쉬워 다시 발길을 돌린 듯 아침부터 햇살이 빗줄기처럼 쏟아지는 날이라니…….

이럴 때 가끔씩 우리가 즐기는 휴가법이 있다. 더블린 안에서 여행하기다. 먼저 온라인 사이트에서 싸게 나온 호텔이나 B&B를 찾아 예약한 후 그때그때 주제를 정해 노는 거다. 때로는 시내로 나가 영화와 라이브 뮤직, 맛있는 음식을 즐기기도 하고, 때론 더블린 근교의 스파에서 종일 뒹굴며 게으름을 피우기도 한다.

"글래스네빈 쪽에 숙소를 잡고 근처를 둘러보는 건 어때? 전부터 글래스네빈 세미터리 가이드 투어를 꼭 한 번 해보고 싶었어."

존의 제안에 나는 바로 '당첨'을 외쳤다. 사실 나도 오래전부터 글래스네빈 세미터리를 찬찬히 제대로 둘러보고 싶다고 생각하던 터였다.

그 주 목요일, 우리는 시내에서 점심을 먹고 18세기 조지언 양식의 호텔에 짐을 풀었다. 세미터리 투어 예약 시간까지는 시간이 꽤 남아 있었으므로, 먼저 보타닉 가든을 산책하기로 했다. 평일 오후의 보타닉 가든은 평화롭고 한적했다. 바람이 선득 불 때마다 풋풋한 여름 풀 냄새가 코끝을 간질였다.

세미터리cemetery를 한국말로 번역하면 '공동묘지'가 되겠지만, 유럽의 세미터리가 갖고 있는 이미지는 한국과는 좀 다르다. 우리는 명절에 차례를 지내거나 학교 행사 차 국립묘지에 참배하러 갈 때나 묘지를 찾지만, 유럽 사람들은 오래된 교회나 건축물을 구경하듯 세미터리를 방문한다. 아일랜드에서도 세미터리는 당시의 역사와 예술, 생활의 흔적을 엿볼 수 있는 중요한 문화유산이자 관광 상품이다. 그리고 한국의 공동묘지가 엄숙하고 슬픈 이미지를 가지고 있는 반면, 유럽의 세미터리는 밝고 일상적이다. 무덤에 놓을 꽃도 우리처럼 흰 국화가 아니라 다양한 색과 종류가 두루 섞인 화려한 꽃다발을 선택하고, 장례식장에서는 슬프게 곡하기보다 고인과 행복했던 추억을 농담까지 섞어 나눈다.

우리가 신청한 가이드 투어는 오후 3시 반에 시작하는 마지막 투어였다. 30분 정도 남은 시간 동안 글래스네빈 뮤지엄에서 글래스네빈 세미터리를 설립한 대니얼 오코넬(그렇다, 오코넬 스트리트 이름의 주인공, 더블린 중심에 우뚝 서 있는 동상의 주인공, 그 오코넬이다!)이 아일랜드의 독립과 발전을 위해 한 일들과 개인의 역사, 글래스네빈 세미터리의 탄생부터 현재까지의 이야기를 후루룩 훑고 나서 아이리시 악센트가 정겨운 가이드 청년을 따라 투어를 시작했다.

1828년에 지어진 글래스네빈 세미터리는 가톨릭 신앙이 지배적인 아일랜드에서 종교, 나이, 부의 정도와 상관없이 모든 사람이 묻힐 수 있는 최초의 세미터리였다는 점에서 의미가 크다. 현재까지 이곳에 묻혀 있는 사람의 수만 150만 명. 오늘날 아일랜드 전체 인구가 겨우 5백만 명이라는 점을 감안하면 이 세미터리에 묻힌 사람들의 수가 얼마나 많은지 짐작이 갈 것이다. 설립자 오코넬은 이 세미터리 사업 외

글래스네빈 세미터리에는 대니얼 오코넬, 마이클 콜린스 등 아일랜드의 역사적인 인물들
뿐만 아니라 똑같이 귀한 삶을 살다 세상을 떠난 평범한 사람들이 함께 안식하고 있다.

에도 아일랜드와 유럽에 산재해 있던 다양한 차별 의식과 불평등을 없애기 위해 평생을 바쳤다.

세미터리 중앙에는 이러한 오코넬의 공로를 기리는 기념비가 탑의 형태로 하늘 높이 솟아 있다. 그리고 지하로 난 문을 통해 탑의 지반으로 들어가면 대리석 핀으로 둘러싸인 그의 관을 직접 볼 수 있다. 한쪽에 동굴처럼 뚫린 방에는 그의 가족과 후손들의 관이 쌓여 있는데, 밖에서 밝은 빛 아래서 볼 때 느껴지던 웅장함과는 달리 어둠 속의 먼지 쌓인 관들은 어쩐지 초라하고 쓸쓸해 보였다.

대니얼 오코넬 외에도 찰스 스튜어트 파넬, 제임스 라킨, 마이클 콜린스 등 아일랜드를 대표하는 독립운동가들의 무덤이 이곳에 있는데, 지금까지도 가장 사랑받는 인물은 마이클 콜린스다. 세계 각지에서 그의 무덤을 찾아오는 사람들 덕분에 그의 묘비 앞에는 일 년 365일 항상 싱싱한 생화가 끊이지 않는다고 한다. 꽃뿐만 아니라 크리스마스, 그의 생일, 심지어 밸런타인 데이까지 때마다 편지를 보내는 사람들이 있다니 그 정성이 놀랍다.

나는 그의 실제 얼굴 대신 영화 〈마이클 콜린스〉에 나오는 리암 니슨의 멋진 모습을 떠올리며 잠시 감상에 젖었다. 안타깝게도 결혼을 얼마 앞두고 죽음을 맞은 콜린스의 무덤 가까이에 그의 약혼자였던 여인의 무덤이 있다. 어차피 이생의 사랑은 잠깐인 것을……. 두 사람이 전쟁 없는 하늘에서 영원히 사랑하며 행복하기를 기도했다.

우리에게 이름이 알려진 명사들 외에도 아일랜드의 독립을 위해 싸우다 죽은 어린 병사들의 무덤, 각종 질병과 가난으로 이름도 없이 죽어간 사람들의 무덤, 그리고 최근까지도 이 아일랜드 땅에서 나와 함께 호흡했던 어떤 이웃들의 무덤까지 함께 어우러져 있는 글래스네빈 세미터리. 그들이 이 땅에 머물렀던 절대적 시간의 기록과 남은 자들의 기억으로 씌어진 그리움의 문구, 그리고 그들에 대한 추억을 품은 꽃들이 저마다의 향기와 색깔로 그 곁을 지키고 있었다.

아주 잠깐, 내가 죽어 이곳에 묻히는 상상을 했다. "아이리시 남편과 아일랜드를 깊이 사랑한 한국 여자, 아일랜드 땅에 묻히다"라고 쓰인 비석 옆에 아주 붉고 싱싱한 장미 한 송이가 놓여 있는 상상을……

글래스네빈 세미터리 뮤지엄 Glasnevin Cemetery Museum

1828년 대니얼 오코넬에 의해 설립된 글래스네빈 세미터리는 아일랜드 최대 규모의 세미터리로, 마이클 콜린스를 비롯한 아일랜드의 유명한 독립운동가들이 잠들어 있다. 매시간 진행되는 박물관 가이드 투어에 참여하면, 이 인물들과 관련한 흥미진진한 이야기와 함께 아일랜드의 역사와 문화를 한 뼘 더 깊이 배울 수 있다.

주소　Glasnevin Cemetery, Finglas Road, Glasnevin, Dublin11
운영시간　10:00~17:00, 성수기엔 연장 운영
웹사이트　glasnevinmuseum.ie

아일랜드의 개성 만점 문화예술 축제

세인트 패트릭스 데이 페스티벌 St. Patrick's Day Festival

세인트 패트릭스 데이는 나라 안팎으로 국적 불문하고 모든 사람이 함께 즐기는 아일랜드의 최대 명절이다. 세인트 패트릭스 데이를 포함한 사흘 동안 아일랜드 곳곳에서는 다양한 이벤트가 펼쳐지며, 3월 17일 정오에 더블린 중심가를 가로지르는 퍼레이드가 펼쳐진다.

웹사이트 stpatricksfestival.ie

더블린 시어터 페스티벌 Dublin Theatre Festival
프린지 페스티벌 Fringe Festival

매년 더블린의 쓸쓸한 가을을 예술의 온기로 채워주는 연극 축제로 9월부터 10월 사이에 열린다. 이때가 되면 더블린 중심에 있는 크고 작은 극장과 펍, 그리고 거리 곳곳이 공연장으로 변한다. 보통 프린지 페스티벌이 9월에 먼저 열리고, 시어터 페스티벌이 10월에 뒤를 잇는다. 프린지 페스티벌이 젊고 자유로우며 경계를 넘나드는 실험성을 특징으로 한다면, 시어터 페스티벌은 좀 더 정통적인 무대 연극에 무게를 둔다.

웹사이트 더블린 시어터 페스티벌 dublintheatrefestival.ie
프린지 페스티벌 fringefest.com

달키 국제 북 페스티벌 Dalkey International Book Festival

매년 5월~6월 사이에 열리는 북 페스티벌로 'Global names, Local vibe'라는 슬로건에 걸맞게 국제적 페스티벌의 수준과 지역 축제의 친근한 매력을 모두 갖춘 페스티벌이다. 바다가 내려다보이는 언덕에 세운 임시 천막에서 저자의 강연을 듣고, 로컬 펍에서 저자와 기네스를 나누며, 잔디밭에 둘러앉아 책 낭독회를 하는 낭만은 이 페스티벌에서만 맛볼 수 있는 매력이다.

웹사이트 dalkeybookfestival.org

골웨이 국제 아트 페스티벌 Galway International Art Festival

아일랜드에서 열리는 아트 페스티벌 중 국제적인 인지도가 가장 높은 페스티벌로, 아비뇽 페스티벌이나 에든버러 페스티벌에 결코 뒤지지 않는 수준을 자랑한다. 매년 7월 중순에서 말까지 열리며 음악, 연극, 오페라, 코미디, 전시, 거리예술을 망라해 세계적으로 주목받는 다양한 작가들의 작품을 골고루 감상할 수 있다.

웹사이트 giaf.ie

골웨이 경마 페스티벌 Galway Races Festival

매년 여름과 가을에 두 차례 골웨이 발리브릿Ballybrit 빌리지에서 열린다. 하루 6~8회의 경기가 펼쳐지며, 우승 말과 기수는 페스티벌 기간 내내 신문 지면을 독차지한다. 이 페스티벌의 큰 관심사는 누가 베스트 드레스 레이디가 되느냐이다. 커다란 장식 모자, 길고 우아한 드레스, 딱 붙는 스커트에 하이힐 등 각자의 개성을 뽐내는 여성들의 의상을 구경하는 것만으로도 지루할 틈이 없다.

웹사이트 galwayraces.com

킬케니 아트 페스티벌 Kilkenny Art Festival

매년 8월 중순, 작지만 역사 깊은 도시 킬케니는 열흘간의 예술 축제로 활기가 넘친다. 음악, 연극, 영화, 전시 등 다양한 분야의 이벤트가 일반 공연장뿐 아니라 오래된 교회, 정원, 고성 등 중세 도시의 매력이 넘치는 다양한 장소에서 펼쳐진다. 매년 킬케니 성의 아름다운 야외무대에서 세트 없이 공연되는 셰익스피어의 연극은 그 특별한 체험의 절정을 이룬다.

웹사이트 kilkennyarts.ie

기네스 코크 재즈 페스티벌 Guiness Cork Jazz Festival

매년 10월 말에 기네스 회사의 후원을 받아 코크에서 열리는 아일랜드 최대 규모의 재즈 페스티벌. 세계 각국에서 초청된 굵직한 재즈 뮤지션들의 공연을 보며, 항구 도시 코크의 매력에 흠뻑 취해볼 수 있는 특별한 기회다.

웹사이트 guinnessjazzfestival.com

Chapter 3

초록 섬의
휘파람 소리를 따라

비와 바람 사이,
축제가 열리다

한여름의 예술적 환희,
'골웨이 국제 아트 페스티벌'

아일랜드에 온 첫해 여름에 혼자서 골웨이 시를 찾았다. 나의 첫 번째 골웨이 여행이었다. 사실 특별한 기대 없이 떠났다가 첫눈에 반한 첫사랑처럼 골웨이의 매력에 푹 빠지고 말았다. 어학원의 방학 기간을 이용해 일주일간 프랑스에 다녀온 참이었고, 며칠 남은 휴가가 아까워서 즉흥적으로 결정한 자투리 여행이었다.

골웨이 시는 대서양을 끼고 있는 아일랜드 서안에 자리한, 더블린에서 버스로 2시간 30분쯤 걸리는 아일랜드 제3의 도시다. 당시에는 골웨이로 가는 직행 버스가 있는 줄도 모르고 작은 마을마다 정차하는 일반 버스를 타고 4시간이나 걸려 골웨이에 도착했다.

마침 여름이라 해는 너그럽게 길었고, 골웨이 시내는 관광객과 버

코리브 강변의 풍경.

스커들로 넘쳐났다. 나도 그 무리와 함께 이리저리 가지를 치며 뻗어나간 작은 골목길을 정신없이 걸었다. 여유를 가지고 슬렁슬렁 걷고 싶었으나 첫 만남의 낯선 흥분으로 가슴이 뛰어 나도 모르게 걸음이 자꾸만 빨라졌다.

아일랜드의 여느 도시들처럼 전통적인 아이리시 펍과 피시앤칩스 가게가 쉽게 눈에 띄었고, 그 사이사이에 세련된 카페와 레스토랑, 개성 넘치는 상점들이 새로운 21세기의 골웨이를 보여주고 있었다. 코리브 강 곁에 서 있는 골웨이 시립박물관은 푸른 하늘과 어우러져 마치 조각 작품처럼 빛났고, 아일랜드의 대표적인 중세 교회인 세인트 니콜라스 교회Church of St. Nicholas는 화려하기보다 간결하고 정제된 아름

도서관을 방불케 할 만큼 많은 중고책을 보유한 '찰리 번 서점'(위)과 마술 공연을 펼치는
거리의 마술사.

다움으로 마음을 사로잡았다. 1492년 콜럼버스가 신대륙을 찾아 떠나기 전 이곳에서 기도를 드렸다는 이야기가 전해진다.

강을 따라 이어진 잔디밭에 앉아 여유 있게 햇살을 즐기는 사람들을 구경하며, 뛰어오르는 연어를 직접 볼 수 있다는 '새먼 위어 브리지Salmon Weir Bridge'를 건넜다. 하지만 무엇보다 나를 황홀하게 만든 건 솔트힐Salthill(소금 언덕)까지 바다를 따라 이어지는 긴 산책로였다. 푸른 바다와 하늘, 빛과 바람이 완벽한 레시피로 조화를 이룬 날이었다. 나는 눈을 감고 두 팔을 활짝 벌렸다. 그리고 천천히 바람을 맞으며 걸었다. 기분 좋게 사각대는 바람결이 뺨을 스치며 지나갔다.

다시 골웨이를 찾은 건 다음 해 여름이었다. 이번에는 매년 7월에 열리는 '골웨이 국제 아트 페스티벌Galway International Art Festival'을 보기 위해서였다. 한국에 있을 때는 들어보지 못한 이름이라 축제에 대한 기대는 별로 없었다. 그저 일 년 전에 사랑에 빠진 도시가 그리웠고, 예술가들의 자유로움과 창작열이 가득한 공기, 공연과 전시를 즐기는 사람들로 들썩일 거리가 궁금했다.

그런데 실제로 맛본 '골웨이 국제 아트 페스티벌'은 기대 이상이었다. 동네 소극장인 줄 알고 갔는데 카네기 홀에 와 있는 것을 발견한 기분이었다. 연극, 코미디, 콘서트 등 다양한 문화 공연과 그림 및 사진 전시, 거리 예술가들의 즉흥 공연과 화려한 거리 퍼레이드까지, 우리나라에서도 명성이 자자한 스코틀랜드의 에든버러 페스티벌과 비

골웨이 국제 아트 페스트벌이 열리는 여름이면, 골웨이 시 전체가 자유와 낭만, 창작의
에너지로 넘쳐난다.

교해도 결코 뒤지지 않았다. 오히려 덜 알려졌기에 상업성이 덜하고 예술적으로는 더욱 순전純全한 느낌이었다. 거기에 '골웨이'라는 도시가 가지고 있는 독특한 자연환경과 문화적인 분위기가 더해져 골웨이 페스티벌만의 색깔을 만들어내고 있었다.

그리고 2015년 여름의 한가운데, 비 내리는 목요일에 나는 다시 골웨이에 있었다. 존과 결혼한 뒤로는 늘 함께 골웨이 국제 아트 페스티벌에 오곤 했는데 그해는 다시 혼자였다. 존의 근무조 스케줄이 갑자기 바뀌는 바람에 토요일에도 일을 해야 했기 때문이다. 단 이틀 떨어져 있는 건데도 기차 안에서 헤어질 때 슬쩍 눈물 바람을 했다. 그렇게 나는 혼자 배낭을 메고 골웨이의 한 호스텔에 도착했다.

오랜만에 다시 만난 골목길을 반가운 마음으로 걸었다. 잔뜩 흐린 날씨에도 불구하고 거리의 예술가들과 세계 각지에서 몰려온 관광객들로 축제 분위기가 한창이었다. 더블린보다 규모는 훨씬 작지만 남다른 생명력이 느껴지는 도시, 예술과 축제, 아름다운 바다가 함께 호흡하는 이 도시에서 언젠가 한번 살아보고 싶다는 생각이 들었다.

2015년 축제에는 어느 때보다 먼 나라에서 참여한 작가들의 독특한 작품들이 눈에 많이 띄었다. 그중 호주의 대표적인 현대 조각가이자 페미니스트 작가인 패트리샤 피치니니Patricia Piccinini의 〈상대성Relativity〉이라는 작품은 SF 영화를 3D로 보고 있는 듯한 강렬함을 남겼다. 상상의 생명체에 '관계'와 '사랑'이라는 휴머니즘을 불어넣음으

2015년 골웨이 국제 아트 페스티벌에 초대된 패트리샤 피치니니의 〈상대성〉 전시(왼쪽, 오른쪽 위)와 브렛 베일리의 〈Exhibit B〉 공연(오른쪽 아래).

로써 과학과 자연, 예술과 환경 사이의 연결성을 탐구하고 있는 그의 설치 작품들은 일단 관람 자체가 아주 즐겁다. 실제 사람의 피부 감촉과 디테일을 그대로 재현한 설치물을 보고 있자면 스티븐 스필버그 영화의 특수효과 촬영 현장에 와 있는 느낌이 든다.

저녁에는 아주 특별한 공연을 하나 보았다. 남아프리카공화국의 극작가이자 무대 연출가인 브렛 베일리^{Brett Bailey}의 〈Exhibit B〉이다. 무대 공연과 설치 예술을 접목시킨 독특한 작품으로, 열세 명의 흑인 배우가 각각 다른 내용의 설치물을 연기한다. 열세 개의 각 설치물은 아프리카에 남겨진 유럽의 역사와 식민 정책에 대한 이야기를 담고 있다. 관객들은 무대에 세팅된 전시 라인을 따라 이동하면서 슬프고 가슴 아픈, 때론 믿기 어려울 정도로 잔인하고 끔찍한 역사적 진실을 하나하나 마주하게 된다. 그 과거의 이야기들이 살아 있는 배우들의 눈빛을 통해 바로 지금의 이야기로 되살아나는 순간, 마음속에서 격렬한 소용돌이가 일어났다. 나를 포함해 공연을 보던 많은 사람들이 눈물을 흘렸고, 조각처럼 서 있는 배우들의 눈에서도 눈물이 흘렀다. 설치물이 된 배우들과 그것을 바라보는 관객들이 눈빛을 통해 주고받는 무언의 커뮤니케이션은 내가 이전에 한 번도 경험해보지 못한 강렬한 것이었다. 어쩐지 불편하면서도 친밀하고, 깊고, 따뜻한 교감……. 이 공연을 만난 것만으로도 그해 골웨이 국제 아트 페스티벌은 나에게 충분한 의미가 있었다.

밤 11시쯤 되었을까, 창밖에서 들려오는 오페라 사운드와 사람들의

일찍 잠들기 아쉬운 페스티벌의 밤, 색색의 드레스를 입은 자이언트 디바들이 나를 거리로 불러냈다.

웅성거림이 심상치 않았다. 그해 페스티벌의 하이라이트라는 아름다운 광대들의 행렬 〈자이언트 디바The Giant Divas〉의 퍼레이드가 지나가고 있는 게 분명했다. 나는 침대에서 벌떡 일어나 다시 옷을 주섬주섬 걸쳐 입고 거리로 나갔다. 퍼레이드는 바로 내가 묵고 있는 호스텔과 맞닿은 거리를 지나고 있었다. 거대한 드레스를 입고 광대처럼 흰 마스크 분장을 한 배우들이 부르는 오페라 아리아가 차가운 밤공기를 뚫고 골웨이 타운 골목골목에 울려 퍼졌다.

퍼레이드가 지나간 자리, 이번에는 버스커들이 저마다의 음악으로 축제 열기를 이어나갔다. 젊은 히피 네다섯 명이 북을 치며 탭 댄스를 추기 시작하자, 길 가던 사람들도 하나둘 리듬에 맞춰 몸을 흔들기 시작했고 어느새 거리 전체가 댄스장이 되었다. 다시 빗방울이 떨어졌지만, 자유로운 영혼들이 벌이는 춤의 향연은 끝날 줄을 몰랐다.

내 맘대로 추천하는 골웨이 시 맛집 베스트 5

카바 보데가Cava Bodega

내가 골웨이에 갈 때마다 빠지지 않고 들르는 스페인 레스토랑이다. "골웨이에서 웬 스페인 레스토랑?"이라며 의아해할지도 모르지만, 아일랜드에서 선두를 다투는 스페인 레스토랑이므로 뭔가 색다른 음식이 당긴다면 찾아가보길.

주소　1 Middle Street, Galway
운영시간　월~수 17:00~22:00, 목 17:00~22:30, 금 16:00~23:00,
　　　토 12:00~23:30, 일 12:00~21:30
웹사이트　cavarestaurant.ie

티지오 팔라펠 바TGO(The Gourmet Offensive) Falafel Bar

중동식 병아리콩 튀김인 팔라펠을 전문으로 하는 채식 식당이다. 스태프와 고객이 대부분 젊은 층이라 시끌벅적하고 캐주얼한 분위기다. 저렴한 가격, 푸짐한 양으로 주머니가 가벼운 학생과 가난한 여행자의 부담을 덜어주는 착한 식당.

주소　11 Mary Street, Galway
운영시간　월~토 12:00~21:00, 일 12:00~18:00

어번 그라인드 카페Urban Grind Cafe

한적한 골목에 자리 잡은 세련된 카페로 현지 힙스터들이 즐겨 찾는다. 골웨이 로컬들과 어울려 신선한 커피와 크루아상, 요거트를 얹은 그래놀라, 달걀과 아보카도를 얹은 토스트를 브런치로 즐겨보는 건 어떨까?

주소　8 William Street West, Galway
운영시간　월~금 08:00~18:00, 토 09:00~18:00, 일 휴무
웹사이트　urbangrind.ie

헤이즐 마운틴 초콜릿Hazel Mountain Chocolate

초콜릿을 자주 먹지 않는 내가 처음 맛보고 단번에 반해버린 '레알' 핸드메이드 초콜릿 가게이자 카페다. 이곳에서 파는 핫초콜릿은 진정 아일랜드 최고다. 골웨이 북쪽에 있는 '버런Burren' 언덕의 작은 공장에서 공정무역으로 구매한 카카오 빈을 전통 방식으로 직접 로스팅해 갈고 녹여서 만든다. 베네수엘라, 마다가스카르, 코스타리카 등 카카오 빈 원산지에 따라 맛의 매력도 천차만별인 초콜릿의 세계에 빠져보길!

주소   9 Middle Street, Galway
운영시간 월~일 11:00~18:30
웹사이트 hazelmountainchocolate.com

파이 메이커The Pie Maker

아일랜드에 왔다면 꼭 먹어봐야 할 음식 중 하나가 파이다. 아이리시 음식을 파는 레스토랑에서 쉽게 볼 수 있지만, 유기농 스펠트 밀로 직접 만든 고소한 패스트리 속에 다양한 속 재료를 넣고 바삭하게 구워낸 '파이 메이커'의 파이는 한번 맛보면 잊기 어렵다. 물론 메뉴판에는 '파이'밖에 없다. 기네스비프 파이와 가지를 넣은 염소치즈 파이가 특히 인기다.

주소   1 High Street, Galway
운영시간 월~일 11:00~23:00

신비한 매력의 웨스트 코크,
나 홀로 배낭여행

웨스트 코크 푸드 페스티벌

첫째 날

작은 강이 노래하는 마을 스키버린

아침 일찍 일어나 전날 밤 다 꾸리지 못한 배낭을 마저 꾸렸다. 오랜만에 혼자 떠나는 여행이었다. 몇 주 전『아이리시 타임스』주말판 별책부록에서 '2014 웨스트 코크 푸드 페스티벌' 기사를 본 뒤로 줄곧 마음이 끌리던 차였다.

아일랜드 남서쪽에 위치한 항구 도시 코크 시^{Cork City}는 더블린에 이어 두 번째로 큰 아일랜드 제2의 도시다. 가파른 언덕을 따라 길게 늘어선 집들, 그 끝에 우뚝 서 있는 섀넌 교회^{Shannon Church}의 탑에 오르면 코크 시의 전경을 한눈에 내려다볼 수 있다.

　사람들이 코크를 여행한다면서 코크 시에만 머물다가 오는 것을 많이 봤는데, 사실 코크 여행의 진주는 그 주변의 작은 마을과 섬에 숨어 있다는 얘기를 들은 터였다. 수년 전 혼자 남부 코크와 남쪽 연안의 킨세일Kinsale을 다녀왔고, 지난해에는 존과 함께 코크와 가까운 코브 항에서 주말을 보내긴 했지만, 자연 경관이 아름답기로 소문난 코크 서부는 처음이었다. 예술가들이 여행하다가 반해서 그냥 정착해버리는 신비로운 지역이라는 소문을 들은 후 늘 코크 서부 여행을 꿈꿔왔는데, 드디어 그 꿈을 이루게 된 것이다.

　내가 사는 브레이에서 버스를 타고 더블린의 휴스턴 기차역으로, 거기서 기차를 타고 코크 시로, 다시 버스로 갈아타고 2시간을 더 가야 하는 반나절의 긴 여정이었다. 내가 그동안 아일랜드를 작은 나라라고 얕봤구나 싶었다. 그래도 지루하거나 힘들지는 않았다. 차창 밖으로 끝없이 흘러가는 아일랜드의 초록 들판, 점점이 하얀 집들, 강과 바다, 평화롭게 풀을 뜯는 소와 양의 무리를 바라보다가 까무룩 선잠이 들기도 하고, 잠이 깨면 아이폰으로 음악을 들으며 책을 읽기도 하는 사이, 나는 드디어 웨스트 코크의 작은 마을 '스키버린Skibbereen'에 와 있었다.

　예약한 호스텔을 찾아 짐을 풀고 천천히 동네 탐험을 시작했다. 스키버린은 생각보다 더 작고 조용한 시골 마을이었다. 상상만큼 떠들

작고 조용한 마을 스키버린. 페스티벌도 참 욕심 없이 조용하게 열린다.

썩한 축제 분위기는 별로 느껴지지 않았다. 나름대로 신문에 크게 실렸던 축제인데, 메인 거리에 플래카드 하나 걸려 있지 않은 게 좀 이상했다. 그나마 '빵과 버터Bread&Butter'전이 열리는 시청과 지역 작가들의 작품전이 열리는 갤러리 앞에 세워진 패널, 몇몇 레스토랑 유리창에 붙이는 포스터가 축제 기간임을 알려주고 있었다.

빈속도 채울 겸 갤러리 안에 있는 카페에 들어가 수프 한 그릇을 시켜놓고 페스티벌 브로슈어를 펼쳤다. 음식 축제인 만큼 레스토랑에서 진행하는 행사가 많았는데, 대부분 40~50유로 정도의 입장료를 내야 했다. 나한테는 그만한 돈이 없었다. 따뜻한 수프로 실망감을 달래며 브로슈어를 덮으려는 찰나 프로그램 하나가 눈에 들어왔다.

"뮤지컬 리뷰 공연 〈아일린과 마릴린 뉴욕에 가다Eileen and Marilyn do New York〉, 리버사이드 카페Riverside Cafe, 오후 6시부터 8시 30분."

카페에서 열리는 작은 뮤지컬 공연인데 저녁 식사까지 포함해 15유로! 가격도 착한데다 지역 배우들의 공연을 내가 좋아하는 소극장 분위기에서 볼 수 있다니, 하늘에서 보내주신 위로가 분명했다. 수프를 먹자마자 카페를 직접 찾아가서 자리를 예약하고, 남은 시간은 갤러리에서 웨스트 코크 출신 작가들의 다양한 예술 작품을 감상했다. 거칠고 순수한 대서양의 푸른 물과 하얀 소용돌이, 짙은 초록빛 계곡에서 한가로이 풀을 뜯는 양들…… 코크 카운티 서부의 마술 같은 풍경을 그렇게 미리 엿보았다.

리버사이드 카페는 이름대로 작은 강 옆에 있었다. 카페 안쪽 문을

스키버린의 문화예술 커뮤니티 역할을 하는 '리버사이드 카페'. 로컬 배우들의 연기와 춤,
노래가 작은 카페 안을 따뜻하게 채웠다.

통해 테라스로 나가면 강물이 흘러가는 소리가 확성기처럼 들렸다.
강둑에 울창하게 자란 나무들에서는 젖은 풀 냄새, 흙냄새가 났다. 강
이 보이는 창문 옆에 피아노가 놓이고, 그 무대를 향해 몇 개의 의자
들이 열을 맞춰 놓였다. 나도 사람들 틈에 섞여 의자 하나를 차지하고
앉았다.

〈아일린과 마릴린 뉴욕에 가다〉는 친구 사이인 코크 출신의 여자
둘이 뉴욕에 함께 가면서 벌어지는 해프닝을 코믹하게 그린 작품이
다. 주인공들이 뉴욕에서 경험하는 문화적 충돌이 두 배우의 맛깔 나
는 연기로 실감나게 버무려지는 동안 관중석에서는 웃음과 박수가
끊이지 않았다. 한 번도 본 적 없는 낯선 사람들과 함께 웃고 손뼉을
치는 동안, 처음에 느낀 실망감은 말끔히 사라지고 따스한 행복감이

살랑살랑 차올랐다.

공연이 끝난 후에는 집밥처럼 소박하고 정갈한 저녁 식사가 제공되었다. 인심이 후한 어떤 사람의 집에 초대받은 기분이었다. 나는 처음 보는 옆 사람과 친구라도 된 양 함께 밥을 먹고 이야기를 나누며 강물 위로 하루의 마지막 햇살이 내리는 것을 바라보았다.

둘째 날
반트리의 '컬처 키친 푸드 투어'

아침 6시, 알람에 맞춰 눈을 떴다. 사흘간의 페스티벌 일정 중에 가장 설레고 기대되는 날이다. '웨스트 코크 푸드 페스티벌'에 대한 기사를 읽으며 형광 펜으로 크게 동그라미까지 쳐놓았던 '컬처 키친 푸드 투어'를 떠나는 날이기 때문이다.

투어 출발 장소가 반트리Bantry의 메인 광장이었기에 일단 반트리로 가야 했다. 반트리는 스키버린의 서북쪽, 차로 1시간 정도 떨어진 곳에 있다. 미니버스가 출발한다는 주유소까지는 걸어서 달랑 5분. 10분쯤 일찍 도착해 차가운 아침 공기로 샤워를 하며 버스를 기다렸다. 잠시 후 하얗고 작은 버스가 도착했다. 동네 아줌마, 할아버지, 청년, 학생들도 몇몇 타고 나니 영락없는 우리네 시골 버스다. 그렇게 정겨운 모습으로 미니버스는 반트리를 향해 출발했다.

딱 1시간 후 버스는 반트리 메인 광장 앞에 나를 내려놓았다. 아침 9시. 투어는 10시에 바로 맞은편 소방서 앞에서 출발하니까 모닝커피 한 잔 마실 시간은 넉넉했다. 도심 쪽으로 걷다가 기분 좋은 냄새를 맡고 멈춰 섰다. 막 구운 스콘과 금방 갈아낸 커피콩 냄새! 주저 없이 그 카페로 들어갔다. 스콘도 커피도 냄새처럼 맛있었다.

소방서 앞에서 만난 가이드는 사십대 중반으로 보이는 외모에 친절하고 지적인 목소리, 자연스럽게 흐트러진 머리 스타일과 옷차림에서 보헤미안 분위기가 물씬 나는 여자였다. 이름은 어냐^Anya라고 했다. 나는 첫눈에 그녀가 좋아졌다. 10분쯤 기다리니 투어를 함께 할 사람들이 모두 모였다. 웨스트 코크의 또 다른 도시 스컬^Schull에서 온 메리와 런던에서 놀러 온 그녀의 친구 수전, 반트리에 살고 있는 루이즈와 데비, 그리고 나까지 다섯 명이다. 생각보다 인원이 적어서 가족적인 분위기인데다 모두 나보다 나이가 많은 언니들이라 왠지 더 편안하고 좋았다. 이 사람들이라면 평소의 수줍음을 걷어내고 먼저 다가갈 수 있을 것 같았다.

우리는 버스를 타고 먼저 '컬처 키친'의 사무실이기도 한 '매닝스 엠포리엄^Mannings Emporium'으로 갔다. 반트리 시내에서 10킬로미터 정도 떨어진 발리리키^Ballylickey라는 마을에 있는 매닝스 엠포리엄은 웨스트 코크에서 생산되는 치즈와 버터, 잼, 초콜릿 등을 파는 가게인데, 공정무역 커피를 취급하는 작은 카페도 겸하고 있다. 또 와인 숍은 아니지만 현지의 재료로 현지에서 숙성시킨 최상급 치즈를 와인과 곁들여

'컬처 키친 푸드 투어'의 가이드를 맡은 어냐(왼쪽)와 발 아저씨가 운영하는 '매닝스 엠포리엄'.

맛볼 수 있는 곳이기도 하다.

　우리는 산장 같은 카페 테라스에 모여 앉아 매닝스 엠포리엄의 바리스타가 내려준 따뜻한 커피를 함께 마시며 카페 주인인 발Val과 어냐의 이야기를 들었다. 일종의 투어 오리엔테이션이었는데 가이드와 고객이라는 격식도, 시간에 쫓길 필요도 없었다. 누가 먼저랄 것도 없이 자신을 소개하며 인사를 나누고, 눈앞에 흐르는 맑은 강줄기와 푸른 나무들을 보며 깔깔 웃었다. 길 건너 발 아저씨 집에 가서 백 년이 넘은 버터 기계도 보았다. 시골 삼촌 집에 놀러 온 듯한 기분이었다.

발 아저씨도 어냐와 함께 투어 가이드로 합류하고 반트리 토박이인 버스 기사 아저씨까지 총 여덟 명이 다시 미니버스에 올랐다. 버스는 좁고 구불구불한 숲길을 따라 달리기 시작했다. 숲길 끝에 시야가 좀 트인다 싶으면 아일랜드의 드넓은 평원과 환상적인 구름의 향연이 펼쳐졌다. 가을걷이를 시작한 들판에는 드럼통처럼 돌돌 말린 짚단들이 조각 작품처럼 놓여 있고, 양과 소들은 넓은 풀밭을 마음껏 누비며 한가로이 풀을 뜯고 있었다.

첫 번째로 우리가 방문한 곳은 털보 아저씨 해리의 치즈 농장이었다. 가족이 사는 집 옆의 작은 창고만 한 공간이 바로 웨스트 코크 최고의 치즈 메이커인 해리 아저씨의 치즈가 익어가는 곳이었다. 이곳에서는 아직도 모든 과정이 철저히 가내 수공업 방식으로 이루어지고 있다. 일행과 함께 들어간 치즈 저장소에는 고다, 블루, 체더 등 다양한 종류의 치즈가 저마다 최고의 맛을 내기 위한 최적의 시간을 기다리며 숙성되고 있었다.

저장소를 나와 아저씨의 집으로 함께 가서 그가 직접 만든 블루치즈, 일명 곰팡이 치즈와 체더치즈를 맛봤다. 평소 강한 냄새 때문에 오래 숙성된 치즈는 잘 못 먹었는데, 아저씨가 만든 블루치즈에서는 쿰쿰한 냄새 대신 독특한 향기가 났다. 씹을수록 그 향기가 서서히 입안에 퍼졌다. 치즈를 나눠 먹으며 해리 아저씨가 치즈와 인연을 맺게

해리 아저씨의 치즈 농장. 특별한 노하우로 숙성시킨 치즈는 웨스트 코크의 특산품이다.

된 사연, 아저씨만의 맛있는 치즈 만드는 법에 대해 들었다. 치즈도 맛있었지만 그의 덥수룩한 수염이, 장식 없이 담백한 입담이 참 좋았다.

치즈 농장을 떠난 우리는 프랑스인 쇼콜라티에가 직접 초콜릿을 만들어 파는 초콜릿 가게로 갔다. 이 외떨어진 숲속의 오두막에서 초콜릿을 만드는 프랑스 남자라니! 샘플로 나눠 주는 초콜릿을 하나 집어 입속에 넣자마자 사르륵 녹아버린다. 존 생각이 나서 얼른 또 하나 챙겨 휴지에 싸서 주머니에 넣었다. 물론 집에 갈 때까지 남아 있을지는

프랑스인 쇼콜라티에가 운영하는 언덕 위 초콜릿 가게. 신선한 아이리시 재료를 사용해 정통 프랑스식 초콜릿을 만든다.

장담할 수 없었지만.

초콜릿 가게를 떠나 점심을 먹을 레스토랑이 있는 마을까지는 커다란 계곡을 하나 넘는 길이었다. 우리가 탄 버스는 탈탈탈 용을 쓰며 언덕으로, 언덕으로 올랐다. 지대가 높아졌다는 신호처럼 맑고 온화하던 날씨가 갑자기 바뀌었다. 하늘이 낮게 회색빛으로 가라앉고 바람이 강하게 불기 시작했다. 나는 버스의 왼쪽 창가 자리에 앉았는데, 창밖을 보니 밑으로는 끝없는 절벽이었다. 그 낭떠러지 같은 절벽은 구릉을 타고 다시 높이 솟아올랐다. 사방이 모두 그런 구릉으로 둘러싸여 있었다. 거친 바위산들이 여린 수풀을 옷처럼 입고 있는 형태였다. 그야말로 장관이었다. 차가 그 위로 곤두박질할 것만 같아 심장이 쫄깃해지는 와중에도 보호벽 하나 없는 절벽 길을 바람과 싸우며 달리는 기분이 사뭇 짜릿했다.

계곡을 넘어 마을로 내려가는 길에는 다시 거짓말처럼 바람이 멎

어냐가 점심식사를 예약해둔 레스토랑. 채식을 하는 나를 위해 특별 주문한 샐러드는 기대
이상으로 맛있었다.

고 해가 반짝 났다. 마을에 도착하니 오후 3시였다. 모두들 무척 배가 고파 보였다. 어냐는 곧장 우리를 예약한 레스토랑으로 데리고 갔다. 버펄로 고기로 만든 햄버거가 대표 메뉴였지만, 채식주의자인 나를 위해 따로 준비된 신선한 채소와 각종 견과류가 듬뿍 올라간 샐러드도 못지않게 훌륭했다.

이제 다시 반트리로 돌아갈 시간이었다. 점심을 먹고 차를 타니 식곤증이 몰려왔다. 보통 이런 일일 투어를 마치고 돌아가는 길에는 작정하고 잠을 자는데, 왠지 잠드는 게 아쉬워 무겁게 내려앉는 눈꺼풀과 싸우며 스쳐가는 모든 풍경들을 열심히 눈에, 그리고 마음에 담았다.

"마야, 너 아란 로지Aran Lodge에서 잘 거라고 하지 않았어?"

어느새 졸고 있는 나를 옆자리에 앉아 있던 밥 아저씨가 툭툭 쳤다.

"맞아요."

"아, 그럼 여기서 내려야 해!"

아저씨가 운전사에게 부탁해 급히 버스를 세웠다. 그가 내가 묵을 숙소를 기억하고 있지 않았다면, 반트리에서 다시 택시를 타야 할 뻔했다. 고마운 밥 아저씨! 어냐와 일행들에게 서둘러 인사하고 내렸다. 그새 사람들에게 정이 들었나보다. 작별 인사를 제대로 못 하고 헤어진 아쉬움에 발길이 안 떨어져 멀어지는 버스 뒷모습을 한참이나 쳐다보았다.

아란 로지의 입구로 들어설 때, 저만치에서 주인으로 보이는 남자가 나를 향해 크게 손을 흔들었다.

셋째 날
반트리의 폭우에 갇히다

눈을 뜨고 시계를 보니 아침 7시였다. 그런데 아직도 하늘이 어둡다 싶어 창문을 여니, 꽤 굵은 빗줄기가 표정 없는 하늘을 뚫고 쏟아지고 있었다. 어제 저녁에 '반트리 만^灣이 내려다보이는 언덕까지 산책해야지' 하고 생각만 하다가 그냥 잠들어버린 게 후회됐다. 때를 놓치면 영원히 갖지 못하게 되는 것들이 있다. 어쩌면 내가 놓친 저녁 산책이 그런 것일지도 몰랐다. 터키의 카파도키아에서 열기구를 타기 위해 나흘이나 일정을 연기하며 바람이 잠잠해지길 기다렸지만 결국 못 타고 떠나야 했던 그때처럼……. 하지만 여행은 결국 수많은 상실의 순간을 경험하는 일이다. 그리고 여행이 끝난 후 우리는 잃어버렸다고 생각한 그 시간을 채우고 있는 특별한 기억들을 발견하게 된다. 그러니 계획대로 되지 않는다고 너무 속상해하지 않기로, 나 자신에게 좀 더 너그럽기로 마음먹는다.

오늘의 아침밥은 아란 로지의 젊은 안주인 데비가 만들어준 버섯 볶음과 토스트, 요거트를 얹은 그래놀라와 필터로 내린 향기로운 커피다. 가격 대비 훌륭한 아침 식사다. 존이 있었으면 함께 수다를 떨며 이 음식들을 즐겼을 텐데……. 문득 그와 함께 앉는 식탁이 그리웠다. 아직 다른 손님들은 식당에 내려오기 전이라 더 조용한 식당에서 혼자 우걱우걱 토스트를 씹으며 비 오는 정원을 바라보고 있자니 어쩐

반트리 만의 상류에 위치한 작은 마을 반트리는 어느 곳을 보아도 그림처럼 아름답다.

지 쓸쓸해져서 나도 모르게 잔에 남은 커피를 서둘러 비웠다.

짐을 챙겨서 체크아웃을 하러 나왔더니 막 문을 열고 나가려던 아이리시 노부인이 "반트리 시내까지 태워줄까?" 하고 물었다.

"네! 감사합니다."

친절한 할미니를 만나 얼떨결에 차를 얻어 타고 반트리 시내에 훌쩍 도착하고 보니 겨우 아침 10시였다. 스키버린으로 가는 미니버스가 오후 4시 15분에 있으니, 어떻게든 반나절을 기다려야 했다. 문제는 날씨였다. 아침에 시작된 폭우는 쉽게 잦아들 것 같지 않았다. 마침 파머스 마켓이 열리는 금요일이었지만 날씨 때문인지 장사를 시작한 사람들이 별로 없었다. 아쉬운 대로 여러 가지 올리브와 치즈를 파는 가게, 생선 가게, 유기농 과일 가게, 빵과 수제 잼을 파는 가게를 둘러보았다.

마켓을 잠깐 돌아보는 사이 운동화가 흠뻑 젖었다. 양말까지 질척거리고 발가락이 시려왔다. 한동안 비를 피하며 시간을 보낼 만한 카페를 찾아 발길 닿는 대로 걸었다. 마침 근처 카페에 창가 자리가 비어 있는 것을 보고 얼른 들어갔다. 아메리카노와 함께 크루아상도 한 개 주문했다. 따뜻하고 바삭한 크루아상을 한입 베어 물고 걸고 뜨거운 커피도 한 모금 마셨다. 읽을 책도 꺼내고 노트북도 꺼내놓고 그렇게 야금야금 오전 시간을 보냈다.

시간이 오후로 성큼 넘어갔지만 비는 여전한 기세로 쏟아졌다. 비에 발이 묶인 채 동네 도서관에 가서 책을 보며 시간을 보냈다. 혹시

마을 도서관 입구에서 바라본 반트리 타운(왼쪽)과 반트리 광장에서 열린 파머스 마켓.

버스를 놓칠까 봐 4시부터 폭우 속에서 버스를 기다렸지만 도착 예정
시간이 지나고 10분, 20분, 30분을 더 기다려도 버스는 오지 않았다.
내가 시간을 잘못 안 것인지 버스가 나를 바람맞힌 것인지는 몰라도,
기다리는 버스가 오지 않으리란 건 알 수 있었다. 당장 그날 밤 묵을
곳을 알아봐야 했다. 길 건너 희미하게 불을 밝힌 관광 안내 센터로
급히 달려가 도움을 청했다.

"오늘 하룻밤 지낼 숙소가 없을까요? 어떤 곳이든 상관없어요."

퇴근할 준비를 하던 노년의 직원이 비에 젖은 나를 안쓰럽게 훑어보
며 어딘가로 전화를 넣었다. 전화를 끊고 나서 그가 말했다.

"저 앞에 보이는 빨간 집 있죠? 그리로 가봐요."

반트리 광장을 가로질러 남자가 알려준 건물로 갔다. 오래된 조지언

양식의 집 대문 앞에 걸린 'B&B' 간판이 바람이 불 때마다 삐걱거리며 몸을 비틀었다. 벨을 누르니 예순 살가량 돼 보이는 여자가 표정 없는 얼굴을 불쑥 내밀었다. 안내 센터에서 알려줬다고 하니 고개를 한 번 끄덕이고는 아무 말 없이 앞장서서 층계를 올라갔다. 그리고 내가 묵을 방과 화장실을 보여준 후 열쇠를 건네주고는 다시 아무 말 없이 층계를 내려갔다.

나는 젖은 운동화와 양말, 바지를 벗어던지고 침대에 벌러덩 누웠다. 폭우 속에서 긴장했던 마음에 안도감이 찾아들면서 갑자기 온몸에 힘이 빠졌다. 그때 전화벨이 울렸다. 존이었다. 혼자서 버틴 힘든 하루가 서러웠던지 그의 목소리를 듣는 순간 눈물이 쏟아졌다.

침대에 반쯤 기대 창밖을 보니 얄밉게도 거짓말처럼 비가 그쳐 있었다. 회색 구름 사이로 얼굴을 내민 태양이 하루의 마지막 숨을 내쉬듯 길고 여린 햇살을 떨구고 사라졌다. 그리고 어둠이 내리기 시작한 반트리 만의 푸른 수면 위로 거리의 조명등이 달덩이처럼 하나둘 떠올랐다. 가슴이 먹먹하도록 아름다웠다. 그렇게 사흘간의 웨스트 코크 여행이 저물고 있었다.

웨스트 코크의 3대 타운 둘러보기

1 클로나킬티 Clonakilty

웨스트 코크의 관광 중심지인 클로나킬티는 줄여서 '클론'이라 부르기도 한다. 2017년 아일랜드 왕립건축가협회가 '유럽 최고의 도시', '올해의 도시'로 선정하기도 했다. 코크 출신인 마이클 콜린스가 성장한 곳으로, 시내 중심에 있는 에밋 광장 Emmet Square에 그의 동상이 있다. 그리고 시내를 조금 벗어난 캐슬뷰 Castleview에 '마이클 콜린스 센디'가 있다. 노엘 레딩, 로이 하퍼 같은 아일랜드의 뮤지션들이 특히 사랑한 마을로, 연중 곳곳의 펍에서 라이브 음악을 들을 수 있다. 샨리스 바, 디 바라스 포크 클럽 등이 유명하다. 9월 중순에는 '클로나킬티 국제 기타 페스티벌'이 열린다.

클로나킬티의 특별한 먹거리로 블랙 푸딩(돼지 피에 오트밀이나 보리를 섞어 만든 소시지)이 있다. 1880년대에 개발된 이 마을만의 비밀 레시피를 1980년대에 에드워드 투미 정육점의 투미 가족이 이어받아 지켜오고 있다.

몰리스 와인 바 Molly's Wine Bar&Cafe

작고 예쁜 도시 클로나킬티의 길모퉁이에서 발견한 따뜻하고 편안한 느낌의 와인 바. 점심에는 프랑스 스타일의 수프와 샌드위치, 저녁에는 와인에 곁들일 간단한 안주를 주문할 수 있다. 폭넓은 와인 셀렉션과 소박하고 정갈한 음식, 진정한 로컬 분위기가 매력적이다.

주소　Recorder's Alley, Pearse Street, Clonakilty, Co. Cork
운영시간　월~일 13:00~23:00

에드워드 투미 정육점 Edward Twomey Butchers

130년 넘게 클로나킬티를 지켜온 정육점으로, 클로나킬티 마을의 특별한 비밀 레시피로 만든 블랙 푸딩은 전국적으로 소문난 맛을 자랑한다. 하지만 현재의 명성에 만족하지 않고 화이트 푸딩, 소시지, 베이컨 등 새로운 종류의 식품을 끊임없이 개발하고 있다.

주소　16 Pearse St, Scartagh, Clonakilty, Co. Cork
운영시간　08:30~18:00
웹사이트　www.clonakiltyblackpudding.ie

샨리스 바 Shanley's Bar

1904년에 문을 연 피아노 재즈 바. 금요일부터 일요일까지 라이브 음악이 연주된다. 연주 일정은 트위터 계정 참조.

주소 11 Connolly Street, Maulnaskehy, Clonakilty, Co. Cork
운영시간 12:00〜00:00
트위터 계정 @ShanleysBar

디 바라스 포크 클럽 De Barra's Folk Club

1980년대 초에 문을 연 후 30여 년간 노엘 레딩, 로이 하퍼를 비롯해 수많은 유명 뮤지션들의 연주 무대가 되면서 명성을 얻은 라이브 바. 연주 일정 확인과 티켓 구매는 홈페이지에서 가능하다.

주소 55 Pearse St, Scartagh, Clonakilty, Co. Cork
운영시간 10:00〜(점심 식사 가능)
웹사이트 debarra.ie **트위터 계정** @DeBarraFolkClub

2 스키버린 Skibbereen

코크 남서부의 작은 마을인 스키버린은 일렌Ilen 강이 마을을 가로질러 볼티모어 해변까지 흐른다. 스키버린을 상징하는 것은 1904년에 세워진 '에린의 성처녀Maid of Erin'이다. 오른손은 하프와 켈틱 십자가에 기대고 왼손은 토끼풀 다발을 꽉 쥐고 있는 이 동상은 사면에 연도가 새겨진 기념비 위에 서 있는데, 이 연도는 영국에 저항한 봉기가 실패한 해(1798년, 1803년, 1848년, 1867년)를 뜻한다. 원래는 스키버린 광장 중심에 있었으나 안전상의 이유로 1988년 현재의 위치로 조금 이전했다.

스키버린은 안타깝게도 아일랜드 대기근에서 가장 극심한 피해를 입은 지역 중 하나다. 대기근 당시 희생자 수만 2만 명 이상이었던 것으로 추정된다. 스키버린 헤리티지 센터Skibbereen Heritage Centre에서는 대기근의 희생자를 추모하는 상설 전시가 열린다.

리버사이드 카페 The Riverside Cafe

이름처럼 스키버린을 가로지르는 강물 곁에 위치한 카페 겸 레스토랑이다. 웨스트 코크 지방에서 생산된 신선한 재료로 음식을 만드는데, 음식 하나하나가 정갈하고 맛깔나다. 카페와 함께 운영하는 '리버사이드 로프트 스튜디오'는 지역 내 다양한 문화예술 이벤트를 위한 커뮤니티 공간으로, 작은 마을 스키버린에 생기를 불어넣는 역할을 하고 있다.

주소   6 North Street, Marsh, Skibbereen, Co. Cork
운영시간   월~금 10:00~17:30, 토 10:00~17:00, 일 11:00~16:00
웹사이트   riversideskibbereen.ie

3 반트리|Bantry

웨스트 코크 해안을 따라 형성된 반트리는 반트리 만이 시작되는 곳에 도시가 형성되어 풍광이 매우 아름답다. 과거 도심 광장에서는 소 시장이 크게 열렸는데, 근대화된 이후로는 주말마다 파머스 마켓이 선다. 2006년에 공정무역 도시Fairtrade Town로 선정되기도 했다. 울프톤Wolfe Tone 광장이라는 이름은 1789년 봉기의 지도자인 테오발드 울프 톤Theobald Wolfe Tone의 이름을 딴 것이다. 울프 톤은 프랑스 혁명의 영향을 받아 프랑스와 연합해 영국을 전복하려는 의도로 '아일랜드 연합'을 결성하고 끈질기게 영국에 저항했으나 결국 실패했다. 아일랜드 독립전쟁 당시 도심 곳곳이 보복성 폭격을 당했으며(1920~1923년), 이때 사망한 사람들의 이름이 광장의 옛 캔티스 호텔Canty's Hotel 외벽에 적혀 있다.

반트리 파머스 마켓Bantry Farmer's Market

매주 금요일 아침 8시부터 오후 5시까지 반트리 시내 울프톤 광장을 중심으로 마켓이 선다. 날씨가 좋은 날에는 판매자들의 행렬이 반트리 만 끝에서 도심까지 늘어서기도 한다. 웨스트 코크에서 열리는 주말 마켓 중에서는 가장 규모가 크고 가게의 종류도 다양하다. 판매자가 직접 기른 채소와 과일, 손수 만든 치즈와 소시지, 빵과 잼 등 먹거리는 물론, 살아 있는 닭과 오리, 오래된 책과 장식품 등 잡동사니부터 고급 앤티크 제품까지 구경하는 재미가 쏠쏠하다.

주소   Wolfe Tone Square, Town Lots, Bantry, Co. Cork

아일랜드의 거친
순수를 만나다

'와일드 애틀랜틱 로드'를 따라

"여행 왔는데 또 여행을 가니까 재밌다!"

열두 살 조카의 들뜬 목소리와 함께 우리는 3박 4일의 '여행 속 여행'을 시작했다. 2017년이 저물어가던 12월의 끄트머리였다. 골웨이 카운티의 콘네마라Connemara 반도 끝에 있는 작은 바닷가 마을 스피들Spiddal이 우리의 최종 목적지다. 언니와 조카 채환이가 아일랜드행 비행기 표를 샀다고 알려온 다음 날, 존과 나는 우리 넷이 함께 밥을 해먹고 거실에서 벽난로를 쬘 수 있는 아담한 시골집 한 채를 예약해두었다.

첫날

골웨이 시를 지나 스피들로

햇살이 눈부신 아침이었다. 나는 언니와 채환이에게 "아일랜드의
겨울에 이런 날을 만나는 건 기적"이라고, 나도 모르게 자꾸만 말하고
있었다.

도시를 벗어나 골웨이로 가는 고속도로에 접어들자 도로 양쪽으로
전형적인 아일랜드의 시골 풍경이 펼쳐졌다. 부드럽고 따듯한 연초록
색 들판과 그 위로 쏟아지는 강렬한 오렌지빛 햇살. 창밖의 날카로운
바람을 만져보기 전에는 겨울이라고는 믿기 힘든 풍경이었다. 풍성하
게 자란 잔디와 한가롭게 풀을 뜯는 양 떼를 바라보고 있자니, 어수선
했던 마음이 차분하고 부드러워진다. 존이 선곡한 아일랜드 전통 음악
은 슬픈 듯 경쾌하고 서늘한 듯 따스했다. 가사가 게일어라서 뜻을 이
해할 수는 없지만 시를 읊조리듯 서정적인 선율이 가슴에 와닿았다.

"음악이 풍경이랑 참 잘 어울리네. 아일랜드를 여행하고 있다는 게
정말 실감난다!"

뒷자리에서 꿈꾸는 듯한 표정으로 창밖을 바라보던 언니가 말했
다. 채환이는 일찌감치 제 엄마 무릎을 베개 삼아 잠들었다.

"뭐야, 채환이 자는 거야? 녀석, 이런 멋진 풍경을 다 놓치고 잠만
자다니!"

하지만 나도 어릴 때는 녀석과 똑같았다. 차만 타면 멀미를 했는데

그럴 땐 무조건 자는 게 상책이었다. 그렇게 잠을 자고 있으면 잠결에 엄마의 안타까운 목소리가 들려오곤 했다.

"아유, 얘들은 이런 멋진 풍경을 안 보고 잠만 자네!"

그렇게 자다 깨다를 반복하다가 눈을 뜨면 어느새 속초고 부산이었다. 그런데 그때 엄마가 했던 말을 내가 똑같이 조카에게 하고 있었다. 아름다운 풍경을 혼자 보기 아까워서 우리를 깨우던 엄마의 마음을 이제야 알겠다.

골웨이 시에 도착하니 오후 2시였다. 예정 시간보다 늦게 도착해 모두 배가 많이 고팠다. 차를 주차장에 대자마자 골웨이 맛집인 '파이

골웨이에 가면 꼭 들르는 '파이 메이커'와 존이 가장 좋아하는 메뉴 '기네스비프 파이'.

메이커'(252쪽 정보 참조)로 직행했다. 파이 전문점답게 메뉴는 딱 파이 하나뿐이다. 한국에는 설렁탕 전문점, 감자탕 전문점처럼 한 가지 음식을 전문으로 하는 곳이 많지만, 아일랜드에는 '피시앤칩스' 포장 전문점 말고는 이런 음식점이 매우 드물다.

　존과 조카는 기네스로 맛을 낸 소고기 파이, 언니는 가지와 건토마토가 어우러진 염소치즈 파이, 나는 양송이 소스의 단호박 채소 파이를 주문했다. 유기농 스펠트 밀로 만든 수제 패스트리 도우는 바삭하면서 고소했고, 곁들인 샐러드는 상큼하고 신선했다. 우리는 서로의 접시를 넘나들며 순식간에 접시를 비웠다.

　점심을 먹은 후 우리는 다시 차를 타고 숙소가 있는 스피들로 향했다. 골웨이 시에서 대서양의 꼬리를 잡고 서쪽으로 일직선으로 뻗은 솔트힐의 해변 산책로를 지나 15분쯤 더 달렸을 때 존이 하얀 말의 머리가 달린 대문을 발견했다. 숙소의 주인이 알려준 사인이다.

마침 우리를 기다리던 중년의 주인 부부가 나와 우리 일행을 반갑게 맞아주었다. 넷이 지내기에 알맞게 아담한 집이었다. 무엇보다 벽난로와 크리스마스트리, 포근한 양탄자가 깔린 거실이 마음에 들었다. 우리가 짐을 풀 동안 존이 벽난로에 아일랜드 전통 연료인 터프^{Turf}(토탄)를 넣어 불을 피웠다. 짧은 겨울 해가 이미 기울어버린 늦은 오후, 우리는 벽난로 앞에 모여 차가운 골웨이 수제 맥주로 여행의 첫날을 축하했다. 불꽃이 타닥타닥 붉게 퍼져 나갔다.

둘째 날
콘네마라 섬 끝자락에서 쉬다

다들 일찍 잠자리에 든 덕분에 다음 날 다 함께 일찍 눈을 떴다. 존이 블랙 푸딩과 소시지를 굽고 달걀을 삶는 동안 나는 빵을 굽고 토마토를 썰어 뚝딱 아일랜드식 아침 식사를 차려냈다. 푸르스름하게 하늘이 밝아왔다. 아일랜드에서도 가장 날씨가 변덕스러운 서부 해안, 그것도 겨울의 한복판에서 우리는 놀랍게도 이틀째 맑고 바람 없는 아침을 맞고 있었다.

오늘의 목적지는 콘네마라 섬 서쪽 끝에 위치한 클리프덴^{Clifden}(디딤돌이라는 뜻)이다. '콘네마라' 하면 동화 속 성처럼 아름다운 '카일모어 수도원^{Kylemore Abbey}'이 가장 유명하지만 사실 콘네마라를 이루는 풍경은 어느 한 조각도 놓치고 싶지 않을 만큼 아름답다. 존이 "클리프덴에 가보자"고 했을 때만 해도 그저 카일모어 수도원 근처의 어느 작은 마을이겠거니 했는데, 알고 보니 콘네마라의 주요 도시 중 하나였다.

"일단 클리프덴에 가보고 시간이 촉박할 것 같으면 카일모어 수도원은 내일 가자."

여행자에게 주어진 시간은 자연스럽게 여행의 속도에 영향을 미친다. 느리게 여행할 수 있는 시간과 마음의 여유가 있다는 것에 감사하며 우리는 존의 제안에 동의했다. 클리프덴에 갔다가 카일모어 수도원까지 보고 오려던 욕심을 비우자 좁고 험한 시골길이 장애가 아니라 흥미진진한 모험의 여정이 되었다. 변화무쌍하게 흘러가는 구름, 유연한 곡선을 그리는 산등성이, 쌀알처럼 흩어져 있는 하얀 양 떼, 빛의 방향에 따라 순간순간 달라지는 풍경……. 인간이 결코 흉내 낼 수 없는 자연의 행위 예술을 바라보며 나는 마음 깊이 우러나는 감동의 감탄사를 터뜨렸다.

클리프덴에 도착하자마자 낮은 구름 사이로 비가 내리기 시작했다. 마침 점심 무렵이었기에 우리는 우선 식사를 하고 움직이기로 했다. 아일랜드 시골 여행에서 빼놓을 수 없는 재미는 뭐니 뭐니 해도 동네 펍이다. 아일랜드 사람들은 이곳에서 밥도 먹고 술도 먹고 차도 마시기 때문에 대부분의 '맛집'도 그중에 있다.

"어느 펍으로 갈까?"

가장 그럴듯한 펍 두 개가 한 블록 간격으로 마주 보고 있었다. 생김새도 크기도 비슷했다. 결국 나의 촉으로 한 곳을 결정했다. 직원의 안내를 받아 2층 레스토랑으로 들어서는 순간, 우리는 창밖으로 펼쳐진 뜻밖의 풍경에 일제히 "와!" 하고 낮은 탄성을 질렀다. 클리프덴에서 가장 아름답다고 소문난 '클리프덴 부두'가 바로 우리 눈앞에 있었다. 높고 푸른 산들이 마치 소중한 무언가를 감싸 안듯 작은 부두를 병풍처럼 둘러섰고, 빨강, 파랑, 하얀 배들이 그 초록의 품에서 고요하게 쉬고 있었다. 우리는 따뜻한 채소 수프와 시푸드 차우더, 토스트 샌드위치를 나눠 먹으며 잊지 못할 겨울의 어떤 시간을 함께 건넜다.

오말리 바&레스토랑 O'Malley's Bar&Restaurant

클리프덴 시내 중심가에 있는 애틀랜틱 코스트 호텔 Atlantic Coast Hotel에 딸린 바 겸 레스토랑으로, 창밖으로 펼쳐진 클리프덴 만의 풍경이 눈부시게 아름답다. 지역에서 생산한 싱싱한 재료로 만든 시푸드 차우더, 훈제 연어, 피시앤칩스, 양고기로 만든 전통 방식의 아이리시 스튜가 주요 메뉴다.

주소 Market Street, Clifden, Co. Galway
웹사이트 atlanticcoast.ie

배들이 평화롭게 쉬고 있는 클리프덴 부두.(왼쪽)

와일드 애틀랜틱 로드에 접어들면 그저 앞에 놓인 하나의 길을 따라 달리면 된다. 푸른
초지에서 한가롭게 풀을 뜯는 말에게 가끔 인사도 하면서.

셋째 날
아내를 위한 사랑의 증표, 카일모어 수도원

"마지막 날이네? 오늘은 그냥 숙소에서 쉬다가 저녁에 스피들에 가서 맛있는 밥이나 먹고 올까?"

아침에 눈을 뜬 존이 나에게 슬쩍 의견을 묻는다. 결혼 5년차, 이제 남편 마음을 알아채는 데는 도가 텄으니 그 속뜻을 모를 리 없다. 전날 클리프덴에서 숙소로 돌아올 때 길을 잘못 들어 우리는 예정보다 1시간이나 늦게 숙소에 도착했다. 연식이 17년 된 경차를 몰고 꼬불꼬불한 시골길을, 그것도 가로등 없는 밤길을 긴장한 채 달리느라 완전히 녹초가 된 존은 더 이상 운전 따위는 하고 싶지 않았던 거다. 그 심정이 십분 이해가 되면서도 아직 언니와 조카에게 카일모어 수도원을 보여주지 못한 것이 마음에 걸렸다. 이럴 땐 내가 운전을 못 하는 게 늘 아쉽다.

"음, 그래도 좋고. 근데 카일모어 수도원까지 많이 먼가? 콘네마라까지 왔는데 제일 유명한 곳을 빼놓고 가려니 좀 아쉽네. 우리야 전에 가봤으니 괜찮지만……."

존도 이제 내 마음을 읽는 데 도가 텄다. 그리고 사실은 자기도 나와 같은 마음이었던 게다. 그래서 우리는 다시 차를 몰았다. 물결무늬와 함께 '와일드 애틀랜틱 로드'라고 씌어 있는 간판을 따라 다시 굽이진 시골길을 달렸다. 잔뜩 흐린데다 비까지 후드득 떨어지는 아침, 그래

푸른 바탕에 흰 물결무늬가 그려진 표지판이 안내하는 '와일드 애틀랜틱 로드'.

도 들판의 양들은 아랑곳없이 평화롭다. 아일랜드는 비가 많이 내려 풀이 달고 영양이 풍부하다는데, 그래서 양들이 저렇게 맛있게 풀을 뜯는 걸까.

　카일모어 수도원에 도착한 우리는 매표소 옆 카페에서 간단히 점심을 먹고 여유롭게 오후 산책을 했다. 카일모어 수도원은 원래 1868년 영국의 금융업자이자 골웨이 카운티의 하원의원이던 미첼 헨리Mitchell Henry가 지은 개인 성이었다. 그러다 그가 다시 영국으로 돌아가고 난 뒤 맨체스터의 공작이 한동안 소유했다가 1920년에 아일랜드의 베네딕트 수녀회가 인수해 수녀원으로 사용하기 시작했다.

카일모어 수도원의 전경과 빅토리아 정원.(위)
미첼 헨리가 죽은 아내를 위해 헌사했다는 아름다운 채플.(아래)

미첼과 그의 아내 마거릿은 신혼여행으로 콘네마라에 왔다가 아름다운 경치에 마음을 빼앗겨 이곳에 성을 짓고 이주해 살았다고 한다. 그런데 결혼하고 얼마 후 떠난 이집트 여행에서 마거릿은 열병에 걸려 그만 죽고 만다. 홀로 남은 미첼은 평생 아내를 그리워하며 독신으로 살다가 아내 곁에 묻혔다. 요즘 세상에 보기 드문 순애보라 더 감동적인 러브스토리다.

우리가 갔을 때는 아쉽게도 보수 공사 중이라 엽서 속에 등장하는 호숫가의 아름다운 성은 온전히 그 모습을 드러내지 않았지만, 언니는 "너무 좋다"를 연발하며 콘네마라의 날선 바람마저 진심으로 즐겼다. 그리고 성의 주인이던 미첼 헨리가 사랑하는 아내의 죽음을 슬퍼하며 헌정했다는 작은 채플에 오래도록 머물렀다. 언니가 밝힌 작은 초 옆에 존과 나도 초 하나를 밝혔다. 서로 말은 하지 않았어도 우리

카일모어 수도원과 빅토리아 정원 Kylemore Abbey & Victorian Walled Garden

카일모어 수도원은 골웨이 지방에서 클리프 모허Cliffs of Moher(모허 절벽)와 함께 최고의 관광 명소로 손꼽힌다. 콘네마라의 아름다운 호수 곁에 서 있는 고딕 양식의 성은 한 폭의 그림 같다. 성안의 아름다운 방들과 작은 채플을 둘러본 후 빅토리아 정원과 호수 주변을 산책하거나 관광 안내 센터에 있는 카페에서 따뜻한 차 한 잔과 함께 고요한 풍경을 즐겨보자.

주소 Kylemore Abbey, Pollacappul, Connemara, Co. Galway
운영시간 09:30~16:30
웹사이트 kylemoreabbey.com

는 모두 형부를 떠올리고 있었을 것이다.

　숙소로 돌아와 잠시 쉬다가 저녁을 먹으러 스피들로 향했다. 골웨이 여행의 마지막 저녁을 위해 존이 예약해둔 식당에서 우리는 흰살 생선 요리와 스테이크로 반찬을 즐겼다. 난 그 분위기에 어울리지 않는 채식 커리를 시켰지만 맛은 나쁘지 않았다. 나와 존, 언니와 조카, 우린 '스테이크와 채식 커리'처럼 얼마 전까지만 해도 함께하리라고는 상상조차 못 했던 조합이다. 그런데 그 순간 우리 네 사람이 한 식탁에 둘러앉아 깔깔거리며 웃고 있었다. 웃음 이면에 존재하는 어떤 슬픔과 두려움의 공기마저도 '가족'이라는 이름으로 함께 껴안을 수 있어서 서로에게 얼마나 큰 힘이 되는지, 말하지 않아도 알 수 있었다.

아일랜드의 카미노,
고대의 역사가 숨 쉬는 길을 따라

워터포드
그린웨이

위클로^{Wicklow}● 시내에서 눈을 뜬 아침, 우리는 일찌감치 호텔 조식을 먹고 던가번^{Dungarvan}으로 향했다. 구글맵으로는 워터포드까지 차로 2시간, 워터포드에서 다시 던가번까지는 30분 정도라고 나오는데, 낡고 작은 우리 차로는 한두 시간 더 걸린다고 봐야 한다.

"이름은 들어본 것 같은데 그곳에 가봤다는 사람 얘기는 못 들었어. 어떤 곳일지 정말 궁금해!"

존은 어린아이처럼 달뜬 얼굴로 휘파람을 불기 시작했다. 존의 말대로 던가번은 아이리시들도 잘 모르는 동네다. 그저 작고 평화로운 시골 마을 중 하나이던 던가번의 이름이 사람들 입에 오르내리기 시작한 것은 2016년 던가번 만灣에서 킬맥토머스^{Kilmacthomas}를 거쳐 워터

● 더블린에서 남동쪽으로 48킬로미터 가량 떨어진 랜스터 지방의 카운티. 위클로는 '바이킹의 호수'라는 뜻이다.

포드의 슈어^{Suir} 강까지 이어지는 '워터포드 그린웨이^{Waterford Greenway}' 루트가 완성되면서부터다. '워터포드 그린웨이'는 기차가 더 이상 다니지 않는 옛 철로를, 걷거나 자전거를 타고 이동할 수 있는 산책로로 바꾼 프로젝트다. 철로를 따라가다보면 11개의 다리와 3개의 구름다리, 그리고 4백 미터에 날하는 1개의 터널을 지나게 된다. 프로젝트에 대한 아이디어는 2004년에 탄생했지만 완성되기까지 14년이란 오랜 시간이 걸렸다. 중간에 땅 주인들과의 합의가 난항을 겪으면서 실행이 지연된 탓이다. 하지만 2017년 3월 마침내 개통의 꿈이 실현되었고, 매년 점점 더 많은 사람들이 이 길을 찾으면서 골웨이, 더니골 등 아일랜드 서북부의 인기에 가려졌던 아일랜드 동남부 지역의 매력이 새롭게 주목받고 있다.

갑자기 빗줄기가 쏟아져 1시간 넘게 그치지 않을 기세로 퍼붓다가 뚝 멈추더니 구름이 걷힌 하늘에서 거짓말처럼 빛줄기가 내리비쳤다. 기분이 좋아진 존이 점심을 쏘겠다고 했다.

"티나킬리에 가자. 여기서 멀지 않아."

재작년인가 함께한 여행길에서 우연히 발견한 빅토리아풍의 저택을 그가 기억해냈다. 그때 그곳에서 점심을 먹었는데 내가 아주 좋아했다는 것도. 존과 달리 기억이 가물가물한 나는 멋스런 석조 게이트를 지나 눈앞에 동화 속에서 튀어나온 듯한 건물이 나타났을 때야 비로소 기억이 났다. 티나킬리 컨트리 하우스^{Tinakilly Country House}는 원래

던가번으로 가기 전에 들른 '티나킬리 컨트리 하우스'.

위클로 출신의 걸출한 선장 로버트 할핀^{Robert Halpin}●의 저택으로, 그는
1883년에 아이리시 건축가 제임스 프랭클린 풀러^{James Franklin Fuller}에게
이 집의 건축을 맡기고 버마산 마호가니 같은 최고급 목재로 이 집을
지었다. 백 년도 더 된 이 저택은 현재 4성급 호텔로 운영되고 있다. 우
리는 호텔 레스토랑에서 수프와 샐러드로 가볍게 점심을 먹고, 아름
답게 단장한 정원을 걸었다. 볕이 딱 알맞게 좋았다.

다시 던가번을 향해 출발했다. 고속도로를 타고 바로 달리면 2시
간 안에 도착하겠지만, 목가적인 시골길을 더 좋아하는 우리는 이번
에도 어김없이 국도로 접어든다. 해가 지기 전에 던가번에 도착해 동
네를 구경하다가 마음에 드는 식당에서 저녁을 먹는 것이 이날 일정
의 전부였기에 급할 이유가 없었다. 안내판에 낯선 아이리시 이름이
등장할 때마다 우리는 소리 내어 읽었다. 슬리비루, 칼마카우, 킬미

● 19세기 말에 대서양 횡단 전신 케이블을 설치하는 임무를 띤 그레이트 이스턴 호를 지휘한 선장.

던…… 사실 맞는 발음인지도 알 수 없는 저 이상한 이름의 동네에는 뭐가 있을까? 어쩌면 아무것도 특별할 게 없는 작은 마을이겠지만 낯선 이름은 늘 우리를 설레게 한다.

던가번에 예약한 호텔은 소박하지만 정갈해서 마음에 들었다. 존이 사우나를 하러 레저 센터에 간 동안, 나는 빛이 잘 드는 커다란 창문으로 호텔 정원의 푸른 잔디와 나무를 바라보았다. 마음이 평화롭고 고요해졌다. 한국에 살 때는 '심심하다'고 느끼던 순간들이 '행복하다'로 바뀐 건 아일랜드가 내게 준 변화였다. 한국보다 두세 배쯤 시간이 느리게 흐르는 아일랜드에서 나는 '최소 시간, 최대 효율'의 원칙을 지키지 못하는 내 삶에 대해 더 이상 죄책감을 느끼지 않았다.

호텔방으로 돌아온 존의 손에 빨간 하트 무늬 초콜릿과 카드가 들려 있었다. 밸런타인 데이와 겹친다는 것을 생각하지 못하고 계획한 여행이었기에 더 감동적인 깜짝 선물이었다.

"이 순간을 나와 함께해줘서 고마워……."

존이 카드에 자주 쓰는 문구인데도 읽을 때마다 항상 눈물이 난다. 우리는 함께 저녁 산책을 나섰다. 중앙 광장을 중심으로 십자형으로 뻗어 나간 마을은 아기자기하면서도 깨끗했고, 중세시대 유적인 던가번 성의 위엄이 더해져 고즈넉한 멋을 풍겼다. 선착장 입구에 닿았을 때 우리는 낮은 탄성을 질렀다. 호수처럼 잔잔한 강물과 강가에서 쉬고 있는 작은 배들, 강 뒤편의 부드러운 산등성이가 어우러진 풍경이 한 편의 시 같았다. 젠체하지 않는 자연의 은은한 빛깔들이 차갑고 깨

알록달록한 건물과 하얀 배들이 생기를 불어넣는 던가번 항구와 던가번 성.(위, 가운데)
작지만 활기 넘치는 던가번 시내. 맛있는 레스토랑, 개성 있는 펍도 많다.(아래)

끗한 공기 속에서 영롱해지는 순간, 나는 이 마을에 사랑을 느꼈다.

"정말 아름다운 곳이다. 여기 와서 살고 싶어."

내 마음을 읽은 듯 존이 말했다.

밸런타인 데이를 기념하는 저녁은 선착장 근처의 인도 식당에서 먹었다. 늘 함께하는 사람이지만 우리가 서로 '사랑한다'는 것을 새롭게 기억하고 더 열심히 사랑하자고 다짐하는 시간은 늘 소중하다. 우리는 와인 잔을 부딪쳤다. 붉은 와인과 매콤한 커리가 제법 잘 어울렸다.

다음 날 아침, 우리는 일단 차를 타고 더로^{Durrow}(샤나쿨^{Shanacool}이라고도 부른다)까지 간 다음 그곳에 차를 주차하고 던가번 방향으로 그린웨이를 따라 걸어보기로 했다. 코퍼^{Copper} 해안 도로를 따라 가는 길은 한마디로 푸르른 치유의 여정이었다. 흐렸다 개었다를 반복하는 변덕스런 날씨와 비바람 부는 날들의 우울을 견딜 수 있는 건 사계절 내내 초록 들판과 나무를 볼 수 있기 때문이다. 아일랜드에 살면서 늘 감사하는 이유다.

더로 시내에 들어서자마자 전통 아이리시 시골집 스타일의 오마호니^{O'Mahony} 펍이 보였다. 헬렌과 톰 부부가 50년 넘게 운영해온 이 펍은 그린웨이 개통과 함께 갑자기 유명세를 타기 시작했다. 그린웨이가 바로 펍 앞으로 지나다보니 사람들에게 그린웨이 루트를 시작하거나 쉬어가는 장소로 알려진 탓이다.

"장사가 잘 되니 좋긴 하지만 사람들이 너무 많이 와서 정신없기도

오마호니 펍과 펍의 주인 톰 아저씨.

해요."

우리를 친절하게 맞아주는 톰 아저씨의 어색한 미소에서 이런 변화에 대한 그의 복잡한 마음을 읽을 수 있었다. 우리는 펍 맞은편에 있는 주차장에 차를 세워두고 아저씨가 알려준 길을 따라 그린웨이 진입로로 들어섰다.

양과 소들이 풀을 뜯는 너른 평원을 가로질러 시작되는 길은 점점 산등성이와 가까워졌고, 어느새 우리는 양쪽으로 녹음이 촘촘한 숲길로 들어섰다. 암벽을 덮고 있는 덩굴과 나무 이파리들의 생김새가 낯설고 독특해서 다른 나라에 온 기분이었다. 비밀의 정원 같은 이 길을 따라 사람들이 기념으로 놓고 간 작은 인형이나 직접 그린 그림 따위가 끝없이 이어졌다.

드디어 발리보일Ballyvoyle 터널이 눈앞에 나타났다. 1878년부터 1967년

발리보일 터널과 숲길에서 발견한 어린이의 그림 작품.(위)
시민전쟁 때 폭파되었다가 재건된 발리보일 구름다리.(아래)

까지 기차가 지나다닌 이 터널은 당시 아일랜드의 철로 시스템을 잘 보여주는 국가 유산이다. 흐린 형광등 불빛에 의지해 천천히 발을 내딛었다. 터널 벽과 바닥은 산속의 나무들이 뿜어내는 습기로 축축하게 젖어 있었고, 가끔 천장에서 굵은 물방울이 경고도 없이 머리 위로 '툭' 떨어졌다. 캄캄한 동굴 속을 탐험하는 기분이었다. 반대편에서 자전거를 탄 아이들이 신나게 경적을 울리며 우리 곁을 지나갔다.

발리보일 터널을 지나니 다시 시야가 탁 트였다. 계속 평지를 걸었는데 우리는 꽤 높은 곳에 올라와 있었다. 녹색 들판과 점점이 흩어진 시골집들을 구경하며 걷다보니 붉은 철제 난간이 길게 이어진 다리가 나타났다. 1922년 8월 아일랜드 시민전쟁 때 시민군에 의해 폭파된 다리를 재건한 '발리보일 구름다리'다. 백여 년 전 이곳을 달렸을 기차는 어떤 모습이었을까? 어쨌든 다리에서 바라보는 평원과 바다 풍경은 지금과 크게 다르지 않았을 것 같다.

다리를 건넌 후 지나온 길을 다시 밟아 더로로 돌아왔다. 2시간 정도 평지를 걸었을 뿐인데 차에 타는 순간 다리에 힘이 확 풀렸다. 우리는 다시 해안 도로를 따라 워터포드로 향했다. 옛날 기차역의 모습이 그대로 보존되어 있는 더로 기차역에 들러 백 년 전 철로를 달리던 기차를 직접 보고, 킬맥토머스 시내로 돌아와 동네를 구경했다. 석조 다리의 원형이 그대로 보존되어 있는 킬맥토머스 구름다리와 대기근 시절 집 없는 사람들의 일터 겸 숙소로 사용되었다는 워크하우스 Workhouse(과거 영국의 구빈원)를 둘러보았다. 그리고 오랫동안 그 자리

석조 다리의 원형이 그대로 남아 있는 킬맥토머스 구름다리.

에 있었을 것 같은 펍에서 시골 인심이 넘치는 점심을 먹었다.

워터포드에 도착하니 어느새 해가 뉘엿뉘엿 지고 있었다. 워터포드는 전에도 여러 번 와봐서 익숙했고, 그 익숙함이 주는 편안함에 마음이 게을러진 우리는 호텔방에서 텔레비전을 보며 빈둥거렸다. 어느덧 하늘과 강물의 경계가 어둠에 가려 희미해지고, 강물 위로 조용히 밤빛이 내리고 있었다.

코치 하우스 커피 Coach House Coffee(Kilmacthomas Workhouse)

워터포드 그린웨이 루트 중간쯤에서 만나게 되는 킬맥토머스에는 아일랜드의 대기근 시대에 일자리 창출을 위해 건축된 워크하우스가 옛 모습 그대로 보존되어 있다. '코치 하우스 커피'는 바로 그 건물 안에 둥지를 튼 모던한 카페로, 최고급 아라비카 원두로 내린 커피와 신선한 빵을 제공한다.

주소　The Courtyard, The Workhouse, Union Road, Kilmcthomas, Co. Waterford
운영시간　08:00~17:30
웹사이트　coachhousecoffee.ie

라트모스페르 레스토랑 L´Atmosphere Restaurant

좁은 언덕길을 오르다 백 년은 되었음직한 타운하우스에 걸린 '프렌치 레스토랑' 간판을 발견하고 호기심에 들어가 저녁을 먹은 후, 워터포드에 갈 때마다 들르는 단골 식당이 되었다. 테이블이 넉넉하지 않다는 게 흠이지만, 우아하고 친밀한 분위기 속에서 합리적인 가격으로 정통 프랑스 음식을 즐길 수 있는 곳이다. 얼리버드 3코스 가격이 23유로 정도.

주소　19 Henrietta Street, Waterford
운영시간　월/수~목 17:00~21:30, 금 12:30~14:30/17:00~21:45,
　　　　　토 17:00~22:00, 일 13:00~21:30, 화 휴무
웹사이트　restaurant-latmosphere.com

360 쿡하우스 360 Cookhouse

캐주얼한 펍과 고급 레스토랑의 중간 분위기가 나는 곳으로, 아이들을 동반한 가족 단위의 손님이 많다. 점심, 저녁, 주말에 따라 메뉴가 달라지며, 로컬 수제 맥주와 다양한 칵테일을 맛볼 수 있다. 특히 아이리시 소고기로 만든 두툼한 햄버거와 핸드메이드 감자튀김, 홈메이드 피클을 곁들여주는 샐러드가 맛있다. 채식주의자를 위한 비트 버거도 있다.

주소　Castle Street, Abbeyside, Dungarvan, Co. Waterford
운영시간　월 16:00~20:30, 화~목 11:30~21:15, 금/토 11:30~21:45,
　　　　　일 11:30~20:30
웹사이트　360cookhouse.ie

또 하나의
아일랜드를 만나다

북아일랜드
벨파스트 여행

"너 괜찮아? 거기 화산 터졌다며?! 방금 뉴스에 나왔어."

지난 2010년 4월 아이슬란드에 화산이 터졌을 때 한국에 있는 한 친구에게 카톡 메시지를 받았다. 처음에는 그냥 무심하게 '뜬금없이 웬 화산?' 했다가 그 친구가 내가 사는 아일랜드를 아이슬란드로 착각했다는 것을 알았다. 하긴 두 나라 모두 유럽에 있는 섬나라에 이름이 워낙 비슷하니 헷갈릴 만도 했다.

그런데 아일랜드와 북아일랜드의 관계로 오면 사람들의 혼란은 더 심해진다. 일단 '북'자를 빼면 이름이 똑같고, 지리상으로도 하나의 섬에 위치하는데다 눈에 보이는 국경도 없으며, 실제로 영국 사람들은 북아일랜드를 부를 때 '북'을 빼고 그냥 '아일랜드'라고 부른다.

아일랜드의 공식 명칭은 '아일랜드 공화국'이다. 1922년 12월 6일, 8백 년 넘게 통치해온 영국으로부터 완전히 독립했다. 많은 사람이 영국 식민지 시대의 아일랜드와 일본 강점기 시대의 한국을 비교하는데, 실제로 아일랜드 사람들에게서 우리와 비슷한 정서를 발견할 때가 많다. 영국에 대해 얘기할 때는 우리가 일본에게 느끼는 적개심과 경쟁 의식이 느껴지고, 우리가 나라의 독립을 위해 목숨 바친 분들을 기억하고 자랑스러워하듯 그들도 도시 곳곳에 독립운동가의 동상을 세우고 다양한 기념일과 이벤트를 통해 그 정신을 기린다.

독립하는 과정에서 한 나라로 완전한 독립을 이루지 못하고 분단의 아픔을 겪어야 했다는 점도 우리와 비슷하다. 하지만 아일랜드는 더 이상 피를 흘리지 않기 위해 아일랜드 북부(지금의 북아일랜드)를 영국 연방에 넘기는 데 자의로 합의한 데 반해 우리는 강대국들의 이권 싸움에 의해 타의로 나누어졌다는 것은 큰 차이점이다. 분단의 배경을 살펴보면 더욱 다른 속사정이 드러난다. 한반도의 38선을 가른 싸움이 공산주의와 자본주의라는 이념의 대립이었다면, 아일랜드와 북아일랜드를 보이지 않는 국경으로 가른 것은 종교의 대립이었다. 가톨릭이 지배적인 아일랜드 남부와 달리 영국 신교(성공회)의 영향을 많이 받은 아일랜드 북부는 종교적 자유를 위해 영국령으로 남기를 원했다. 둘 사이의 갈등은 깊어졌고, 폭력의 수위도 점차 높아졌다. 담장 하나를 사이에 둔 이웃끼리 서로를 향해 총을 겨누는 비극이 같은 신을 믿는 사람들 사이에서 일어났다는 사실이 아이러니하다.

지금도 북아일랜드의 수도 벨파스트Belfast에 가면 분단의 가장 큰 원인이 된 종교 갈등의 상처를 곳곳에서 엿볼 수 있다. 특히 마지막 순간까지 분쟁이 치열했던 벨파스트 서쪽은 아일랜드의 완전한 독립을 추구한 아일랜드 민족주의자들과 영국의 일부로 남길 원했던 영국 왕실 지지자들의 갈등과 분열이, 현재를 살아가는 이웃 사이에도 여전히 미세한 공기 입자처럼 부유하고 있다.

'블랙택시' 투어는 이러한 역사의 현장을 좀 더 가까이에서 느낄 수 있는 좋은 기회다. 그 시대를 직접 경험한 택시 운전사가 까만 택시를 몰고 우리를 내려놓는 곳곳에서 들려주는 생생한 이야기들은 때로 믿기지 않을 만큼, 아니 믿고 싶지 않을 만큼 슬프고 잔인하다.

신교 커뮤니티 구역인 폴스 로드Falls Road와 구교 커뮤니티 구역인 샹킬 로드Shankill Road가 마주한 거리에 세워진 '평화의 벽Peace Wall'은 베를린 장벽의 축소판 같다. 당시의 정치적 사건과 인물, 슬로건 등을 심각하게 혹은 농담처럼 표현한 그림들은 베를린의 벽화 갤러리를 연상시킨다. 베를린 장벽은 오래전에 무너졌지만 이곳의 벽은 여전히 유효하다. 평화의 벽이 시작되는 곳, 두 공간을 가르는 경계선에 세워진 철문에는 밤새 단단한 빗장이 걸린다. '평화'를 선언하며 세워졌지만 결국은 '분단'의 상징이 되어버린 아이러니…… IRA● 멤버로 교도소에서 '정치범의 처우 개선'을 요구하는 단식투쟁을 주도해 독립전쟁의 판도를 바꿔놓은 바비 샌즈Bobby Sands의 벽화와 신교 권력의 상징인 영국 왕 윌리엄 3세의 벽화를 차례로 바라보고 나면 그 아이러니에 대

● Irish Republican Army의 약자. 영국 북아일랜드의 가톨릭계 정치 조직. 아일랜드의 무력 통일을 주장하는 과격파라고 알려져 있지만, 정치적 입장에 따라 바라보는 시각이 다양하다.

말보다 더 생생하게 과거와 현재의 목소리를 들려주는 '평화의 벽'.(위)
영국 왕 '윌리엄 3세'의 벽화와 아이리시 독립군 리더였던 '바비 샌즈'의 벽화.(아래)

한 쓸쓸함이 더 선명해진다.

하지만 벨파스트에도 새로운 변화가 일어나고 있다. 벨파스트의 경제 규모는 브렉시트의 여파에 대한 우려와는 달리 꾸준한 성장세를 보이고 있는데, BBC 뉴스는 이를 1998년 '성금요일 평화협정'● 이후 태어난 청년 세대가 오랜 분쟁의 아픔을 딛고 미래에 집중하고 있기 때문이라고 분석했다. 실제로 지금은 내가 벨파스트를 처음 여행한 2010년에 비해 훨씬 더 활기찬 분위기가 느껴진다.

벨파스트로 가는 길은 언제나 즐겁다. 내가 살고 있는 브레이에서 벨파스트까지는 차로 2시간 남짓 걸린다. 당일치기 여행으로도 부담 없는 거리인데다가 존의 고향인 쿨리를 지나가는 루트라 마음만 먹으면 오가는 길에 쿨리에 들러 친구들 얼굴도 보고 릴리 펍에서 가볍게 맥주 한 잔 하고 갈 수도 있다. 벨파스트의 또 다른 매력은 지리적으로 국경을 넘는 해외여행이라는 점이다. 눈에 보이는 국경은 없지만 대신 휴대폰 안테나가 IR에서 UK로 바뀌며 북아일랜드로 넘어왔음을 알려준다. 어릴 때 국경 지역에서 자란 존은 고속도로 주변의 풍경만 보고도 북아일랜드에 가까워진 것을 알아챈다.

국경을 넘었음을 알려주는 것은 한 가지 더 있다. 벨파스트 도심으로 들어가는 고속도로 진입로에 있는 환전소다. 낡은 오두막을 개조한 듯한 작은 건물에서 소박한 시골 정서가 느껴진다. 창구도 하나, 직원도 한 명, 통화 종류도 유로와 파운드뿐이다. 이곳에서 그날 쓸 만큼

● 영국과 아일랜드 사이에 체결된 평화협정. 아일랜드 공화국은 국민투표를 거쳐 북아일랜드의 6개 카운티에 대한 영유권을 포기함으로써 수십 년에 걸친 피의 분쟁을 종식시켰다.

유로를 파운드로 환전해주는 간이 환전소(왼쪽 위), 구교 커뮤니티와 신교 커뮤니티의
경계에 놓인 철문. 밤 9시가 되면 문이 닫히고 빗장이 걸린다.(오른쪽 위)
벨파스트 교육의 산실 퀸스 대학교.(아래)

의 유로를 파운드로 바꾸면 된다.

벨파스트에 왔다는 것을 실감나게 해주는 또 하나는 거리에서 들려오는 독특한 북아일랜드 억양이다. 높낮이가 리드미컬한 북아일랜드식 영어를 알아듣기 위해서는 평소보다 더 귀를 쫑긋 세워야 한다.

벨파스트의 볼거리는 타이타닉 박물관이 있는 타이타닉 쿼터, 퀸스 대학 주변의 유니버시티 쿼터, 세인트 앤 대성당St. Anne's Cathedral(벨파스트 대성당으로도 불린다) 주위로 펍과 레스토랑이 밀집한 캐시드럴 쿼터Cathedral Quarter에 모여 있고 접근성도 좋은 편이다.

타이타닉 호 침몰 백 주년을 기념해 2013년에 문을 연 타이타닉 박물관은 벨파스트에서 가장 크고 현대적인 건축물로, 알루미늄 패널과 통유리로 만든 독특한 외관 자체가 큰 볼거리다. 타이타닉 박물관이 서 있는 곳이 실제로 타이타닉 호를 만들어 바다로 내보냈던 조선소가 있는 자리라는 점에서 더욱 의미심장하다.

1층 입장로를 통해 들어가면 먼저 꼭대기인 4층으로 안내된다. 4층부터 내려오면서 총 아홉 개의 전시관이 주제별로 이어지는 동선이다. 우선 벨파스트라는 도시의 역사와 타이타닉 호의 탄생 배경을 훑어본 후 4인용 리프트를 타고 타이타닉 호가 만들어진 현장을 시뮬레이션으로 체험한다. 이어서 완성된 타이타닉 호의 모습, 수많은 이들의 희망을 싣고 벨파스트를 떠난 타이타닉 호가 암초에 부딪혀 침몰하기까지의 과정, 죽은 자와 살아남은 자의 이야기들이 다양한 전시 패널과 영상 자료로 소개된다.

1 타이타닉 박물관의 외관. 2 박물관 앞에 설치된 로완 길레스피의 조각 작품.
3 건물 전체가 오픈된 구조로 설계된 박물관의 내부.
4 실제로 타이타닉을 만들어 출항시켰던 조선소 자리.

개인적으로 벨파스트에서 내가 가장 좋아하는 곳은 퀸스 대학 주변이다. 고풍스러운 대학 건물 주변과 근처에 있는 보타닉 가든을 산책하는 것도 운치 있고, 무엇보다 대학가인 만큼 싸고 맛있는 밥집과 카페가 많다.

더블린 못지않게 벨파스트에도 유명한 펍이 많다. 내성당 주변은 더블린의 템플바 구역처럼 좁은 자갈길이 이어지는 보행자 거리를 따라 수많은 펍과 레스토랑이 저마다의 분위기로 유혹한다. 그 한가운데에 벨파스트의 상징적인 펍인 '듀크 오브 요크The Duke of York'가 있다. 1972년에 테러리스트의 폭탄에 의해 폐허가 되었던 펍을 재건하면서 벨파스트의 새로운 시대를 선언한 그림과 슬로건으로 외벽을 가득 채웠다. 벨파스트 국립도서관 뒤편에 위치한 펍 '선플라워 퍼블릭 하우스Sunflower Public House'도 아픈 역사의 파편을 간직한 공간이다. 테러가 빈번하던 시절, 출입자 검문을 위해 문 입구에 설치한 초록색 철창이 아직도 시간의 그림자처럼 남아 있다.

아름답기로는 시청 옆의 그레이트 빅토리아 스트리트에 있는 '크라운 리커 살롱The Crown Liquor Salon'을 따라갈 수 없다. 천장부터 벽, 바닥, 문과 창까지 눈길이 닿는 곳마다 빅토리아풍의 화려한 장식에 입이 떡 벌어진다. 지어질 당시 성당 장식에 탁월한 이탈리아의 장인들을 대거 고용해 바닥과 벽에 정교한 모자이크 타일을 붙이고, 스테인드글라스로 장식했다고 한다. 바의 윗부분을 붉은 화강암으로 마치 제단처럼 디자인한 것이 독특하다. 그리고 이 펍에는 별도의 문과 벽으

로 완벽하게 독립성을 갖춘 테이블 공간이 마련되어 있다. '박스^{Box}'
또는 '스너그^{Snug}'라고 부르는 이 공간은 '조용히 술 마시고 싶은 고객
들'을 위해 설계했다고 한다. 단 사생활까지 보장해주는 이 아늑한 공
간을 차지하려면 치열한 경쟁을 뚫어야 하므로 웬만해서는 자리 잡
기가 쉽지 않다.

크라운 리커 살롱의 맞은편에 있는 유로파 호텔은 총 36번이나 폭
격을 당해 '세계에서 가장 폭탄을 많이 맞은 빌딩'으로 유명하다. 호
텔 곳곳에 호텔의 비화와 역사적 사건이 담긴 글과 사진을 전시해두
어 방문객의 이해를 돕는다. 성금요일 평화협정이 체결되기 전까지는
이런 폭격이 일상이었다는데 지금은 너무나 평화로워서 당시를 상상
하기 어렵다.

크리스마스가 다가오면 늘 어느 해 그즈음 벨파스트에서 묵었던 겨
울밤이 생각난다. 그리고 차가운 바람 속에 처음 만났던 그 아픔 많은
도시가 그리워진다. 도시 곳곳은 크리스마스 분위기가 무르익어 달뜬
공기가 흘렀고, 존과 나는 시청 앞 광장에서 열리는 크리스마스 마켓
에서 뜨거운 멀드 와인을 홀짝이며 언 몸을 녹였다. 그리고 그날 낮에
보았던 벽화들에 대한 이야기를 나누었던가……

언젠가 크리스마스 즈음에 벨파스트를 여행하게 된다면 '평화의
벽'을 다시 찾고 싶다. 그리고 그 앞에서 내가 아는 모든 이들과 혹은
모르는 이들, 그리고 아일랜드의 평화를 위해 기도하고 싶다.

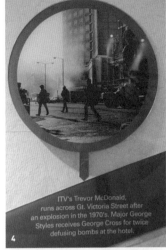

ITV's Trevor McDonald, runs across Gt. Victoria Street after an explosion in the 1970's. Major George Styles receives George Cross for twice defusing bombs at the hotel.

1 벨파스트의 아픈 기억을 품은 펍 '듀크 오브 요크'.
2·3 크라운 리커 살롱의 아름다운 스테인드글라스 장식과 사적인 대화 공간 스너그.
4·5 역사상 가장 폭탄을 많이 맞은 건물로 기록된 유로파 호텔. 내부에는 그 지난한 역사를 기록한
사진과 내용이 전시되어 있다.

듀크 오브 요크 Duke of York

좁은 자갈길을 따라 수많은 펍이 모여 있는 힐 스트리트에 2백 년 역사를 가진 펍 '듀크 오브 요크'가 있다. 1972년 테러리스트가 설치한 폭탄에 맞아 무너졌다가 2년에 걸쳐 재건축된 아픈 역사를 가지고 있다. 벽 곳곳에 보이는 재미있는 설치물과 산처럼 쌓아 올린 위스키 병들, 타일과 유리로 가득한 인테리어까지 펍 지체가 하나의 작은 갤러리 같다. 유명 밴드 스노 패트롤Snow Patrol이 첫 공연을 했던 펍으로도 유명하다.

주소　7-11 Commercial Ct, Belfast
운영시간　월 11:30~23:00, 화~토 11:00~01:00, 일 14:00~20:00
웹사이트　dukeofyorkbelfast.com

선플라워 퍼블릭 하우스 Sunflower Public House

백 년간 퍼블릭 하우스(선술집)가 있던 자리를 빌려 2012년 문을 열었다. 아일랜드 독립운동이 치열했던 1980년대에 영국군이 보안 검색을 위해 입구에 설치한 철문이 그대로 남아 있어 눈길을 끈다. 북아일랜드에서 양조한 수제 에일 맥주가 유명하다.

주소　65 Union Street, Belfast
운영시간　월~수 12:00~00:00, 목~토 12:00~01:00, 일 13:00~00:00
웹사이트　sunflowerbelfast.com

크라운 리커 살롱 The Crown Liquor Saloon

19세기 빅토리아 시대에 건축된 펍으로, 화려한 스테인드글라스와 섬세한 타일 벽화로 가득한 내부는 교회 건축을 맡았던 이탈리아 장인들의 솜씨다. 사적인 공간을 중시했던 빅토리아인들의 취향에 맞춰 테이블과 테이블 사이에 칸막이를 만든 점도 재미있다. 소박한 북아일랜드 전통 음식과 맥주를 맛볼 수 있다.

주소　46 Great Victoria Street, Belfast
운영시간　월~토 09:00~00:00, 일 11:00~00:00
웹사이트　nichosonspubs.co.uk

블랙택시 뮤럴 투어 Black Taxi Mural Tours

패디 캠벨스 투어 Paddy Campbell´s Tours

벨파스트에서 30년 동안 블랙택시 투어를 운영해온 관록 있는 회사로 검색 엔진에서 가장 먼저 보게 되는 이름이다. 투어가 끝난 후 만족할 경우에만 비용을 지불하는 후불제 정책을 고수하며, 뮤럴 투어 외에 일반 역사 투어, 벨파스트 근교 투어 등의 상품이 있다.

웹사이트 belfastblackcabtours.co.uk

NI 블랙택시 투어 NI Black Taxi Tours

벨파스트에 기반을 둔 북아일랜드 투어 회사로 북아일랜드의 주요 관광지를 택시로 둘러보는 상품들을 판매한다. 물론 최고 인기 투어는 벨파스트의 정치·역사 현장을 둘러보는 뮤럴 블랙택시 투어다. 벨파스트 출신의 택시 가이드가 북아일랜드 특유의 억양과 유머로 현장감 넘치는 이야기를 들려준다.

웹사이트 niblacktaxitours.com

때론 낯선 이름을 따라
떠나도 좋아

툠에서 맞은
핼러윈 데이

차를 타고 달리며 생각했다.

'올해는 유난히 단풍이 예쁘구나.'

2016년 10월의 마지막 주였다. 아일랜드의 가을은 보통 오는 듯 아닌 듯 지나가곤 했는데 그해의 가을은 뭔가 제대로 존재감을 증명하는 듯했다. 하늘은 높고, 나뭇잎들은 가슴 뛰게 붉거나 노랬다. 하늘에서 내려온 맑은 빛과 시리고 투명한 공기가 땅 위의 존재들을 부드럽게 감쌌다.

나는 존과 함께 골웨이 카운티에 있는 툠^{Tuam}이라는 작은 마을을 향해 가는 중이었다. 일요일에 떠나 다음 날 돌아오는 1박 2일의 짧은 여행이었다. 다음 날인 월요일이 마침 뱅크 홀리데이●인데다 핼러윈

● 영국에서 유래한 공휴일. 뱅크 홀리데이에는 은행이 영업을 하지 않으며 대부분의 직장인들 역시 일하지 않는다. 아일랜드의 경우 8월 첫째 월요일, 세인트 패트릭스 데이(3월 17일), 부활절 다음 월요일, 성령강림절 다음 월요일이 뱅크 홀리데이로 지정되어 있다.

데이까지 겹쳐 도시 곳곳은 그 주 초부터 축제 분위기로 술렁이고 있었다.

언제부터인가 아일랜드에서도 핼러윈 데이는 꽤 큰 이벤트가 되었다. 레스토랑이나 펍, 카페, 호텔, 가게 같은 상업 공간은 물론이고 집집마다 주황색 호박에 유령 얼굴을 조각해 장식하고 사람들은 저마다 개성 넘치는 핼러윈 의상을 입고 거리를 활보한다. 호러 영화 페스티벌이나 거리 퍼레이드 등 흥미로운 볼거리도 넘쳐난다.

존과 나도 가끔 작은 호박을 사다가 같이 조각하고 호박의 텅 빈 몸통 안에 촛불을 밝혀 기분을 내기도 하지만, 아이가 없는 우리 부부는 이런 핼러윈 의식이 금세 시들해진다. 그래서 그해도 특별한 계획 없이 영화나 보고 쉬면서 연휴를 보낼 참이었다. 그때 존이 그의 특기인 즉흥 제안을 했다.

"여기 웹사이트에 엄청 싼 호텔 패키지가 떴는데 볼래? 더블룸 1박에 3코스 석식이랑 조식 포함해서 겨우 75유로야!"

우리가 몇 번 이용해본 소셜커머스 사이트라 종종 이런 파격가의 쿠폰이 올라온다는 건 알고 있었지만 이건 대박이었다. 아마도 11월 초 비수기에 접어든 아일랜드 호텔들이 공짜로 사람들을 재우더라도 최소한 호텔 운영은 유지하려고 내놓은 카드인 듯했다.

"오, 좋아! 근데 호텔이 어디 있어?"

"튬."

"튬? 거기가 어디야? 한 번도 못 들어본 이름인데?"

"골웨이에 있는 타운이래. 골웨이 시에서 35킬로미터 북쪽에 있다는데? 나도 들어만 봤지 가본 적은 없어. 관광객들이 찾는 곳은 아닌데, 아무렴 어때? 우리 둘 다 못 가봤으니까 모험 삼아 가보는 거지!"

"콜!"

이런 결정을 할 때 우린 아주 짝짜꿍이 잘 맞는다. 바로 웹사이트에서 쿠폰을 결제하고 호텔에 전화해 방을 예약했다. 핼러윈 데이를 이름도 들어본 적 없는 아일랜드의 작은 시골 마을에서 보낸다고 생각하니 소풍 가는 어린아이처럼 가슴이 뛰었다.

알록달록 물든 아름다운 길 위의 가을 풍경이 끝없이 밀려들어와 마음속을 가득 채울 때쯤 튬에 도착했다. 언뜻 보기엔 아일랜드의 여느 시골 마을처럼 조용하고 아담했다. 그런데 나중에 알고 보니 골웨이 카운티에서 골웨이 시 다음으로 규모가 큰 마을이었다. 게다가 사람들이 거주하기 시작한 시기가 무려 청동기 시대로 거슬러 올라가는 역사 깊은 장소였다. 그렇게 우리는 튬과 우연 같은 인연으로 만났다.

우리가 예약한 호텔은 낡고 오래되긴 했지만 시내 중심에 있는데다 방이 깨끗해서 충분히 만족스러웠다. 존은 잠시 쉬겠다며 침대에 눕더니 이내 잠이 들었다. 난 그의 옆에 비스듬히 누워 작은 호텔방을 떠도는 낯선 공기를 즐겼다. 얼마나 멀리 왔느냐와 상관없이 '어딘가로 떠났다'는 것만으로도 여행의 의미는 충분하다. 바닥에 대리석이 깔린 호텔이든 낡은 카펫이 깔린 호텔이든 내 집과 내 동네를 떠나 머무

특별할 게 없어 보이는 작은 도시를 탐험하며 우리만의 특별함을 찾는 것, 그것이 틈을 여행하는 존과 나의 방식이었다.

마침 핼로윈 데이를 맞은 틈에서 발견한 핼로윈 장식들.

는 그 공간이 주는 독특한 설렘, 나에게는 그것이 여행이었다. 창밖으로 펼쳐지는 저녁 하늘을 바라보다가 나도 까무룩 잠이 들었다.

내가 먼저 잠이 깼다. 내 뒤척임에 존도 놀라 눈을 떴다. 1시간 남짓 딱 알맞게 달콤한 낮잠이었다. 너무 어두워지기 전에 동네를 둘러보려고 서둘러 호텔을 나섰다. 핼러윈 데이 전날이어서 떠들썩할 줄 알았더니 시골이라 그런지 조용했다. 그나마 가게 쇼윈도의 핼러윈 장식들이 분위기를 띄우고 있는데 그 장식들마저 어딘가 촌스러웠다. 하지만 나는 그 수선스러운 공허함이, 다정하면서도 쓸쓸한 느낌이 좋았다.

잠을 자고 나서 그런가, 공기가 쌀쌀한데도 시원한 맥주가 생각났다. 거리가 텅 비었다고 걱정할 필요는 없다. 여기는 아일랜드니까! 아무리 작은 시골 마을이라도, 모두가 노는 공휴일이라도, 비바람이 몰

무심한 얼굴로 우리를 멈춰 세운 '리피스'. 하지만 알고 보니 속마음이 아주 따뜻한 펍이었다.

아치는 개떡 같은 날씨라도 문을 연 펍 하나쯤은 찾아낼 수 있다.

역시 이곳에도 한 블록 건너 하나 꼴로 펍이 있었다. 동네 청년들이 럭비 경기에 열중하고 있는 펍과 단골 몇몇이 바를 점령하고 바텐더와 수다를 떨고 있는 펍을 지나, 우리가 발을 멈춘 곳은 쿨리의 릴리 펍만큼 오래돼 보이는 푸른색 펍 '리피스Reapy's'였다.

'삐거덕' 하고 문을 열고 들어가니 벽난로의 따뜻한 온기가 '웰컴!'을 외쳐준다. 우리가 첫 손님인 모양이었다. 마치 우리를 위해 마련한 것처럼 벽난로 좌우로 오래된 나무 의자 두 개가 마주 보고 있었다. 귀여운 강아지 쿠션까지 하나씩 세트로 놓인 나무 의자에 앉아 존은 기네스, 나는 애플사이다를 주문했다. 나무가 타닥타닥 타들어가는 소리, 어떤 신식 히터보다 따뜻하고 아름다운 노란 불꽃…… 오래된 벽난로는 내가 가장 사랑하는 아일랜드의 낭만이다.

우리는 펍을 나와 동네를 한 바퀴 천천히 산책한 뒤 호텔로 돌아가 레스토랑에서 저녁을 먹었다. 호텔 레스토랑이라지만 음식도 시설도 호텔 흉내만 낸 시골 레스토랑 수준이었다. 그래도 왠지 그날은 모든 상황을 있는 그대로 받아들일 수 있을 것 같았다. 때론 그런 촌스러움이 내가 여행 중이라는 사실을 더욱 생생하게 일깨워주고, 기대에 미치지 못하는 어떤 공백이 여행의 과정을 좀 더 느슨하게 풀어준다. 여행은 그렇게, 까다롭고 예민한 나를 조금은 더 너그럽고 유연하게 만든다.

저녁을 먹고 호텔방에서 텔레비전을 보면서 쉬다가 둘 다 잠이 들어버렸다. 원래는 시내의 한 펍에서 밤 10시에 시작하는 라이브 음악을 들으러 다시 나갈 생각이었다. 화장실에 가고 싶어 일어났을 땐 이미 너무 늦어버린 새벽 2시. 텔레비전을 끄고 허탈한 마음으로 다시 침대로 기어들어갔다.

실컷 잔 덕분에 아침 일찍 눈을 떴다. 침대에 기대앉아 정적 속에 새벽이 밝아오는 것을 바라보았다. 엊저녁 재미를 놓쳐서 억울한 마음이 누그러지고 새로운 하루에 대한 설렘이 찾아왔다. 언제 일어났는지 존이 옆으로 다가와 앉았다. 그는 이 마을이 너무나 좋다고 했다.

튬은 심심한 평화 속에 저무는 밤과 아무 계획 없이 눈뜨는 아침이 또 다른 즐거움이 될 수 있다는 것을 가르쳐주었다. 달착지근한 토마토소스에 버무린 하얀 콩과 양송이볶음에 바삭한 토스트를 곁들인 아이리시 브렉퍼스트를 먹으며 생각했다.

'최고의 핼러윈 데이였어!'

리피스 튬 Reapy's Tuam

관광객을 위한 치장이 하나도 없어서 오히려 낯선 여행지에 있다는 것을
실감하게 해주는 리피스 펍에서 동네 사람들과 마시는 기네스 한 잔이면
튬 여행은 완벽해진다.

주소 Tullinadaly Road, Townparks(4th division), Tuam, Co. Galway
운영시간 월~화/목 17:00~23:30, 수 17:00~23:00, 금 16:00~00:30,
토 14:00~00:30, 일 14:00~23:00

노크마 포레스트 워크 Knockma Forest Walk(Cnoc Meadha)

튬 서쪽에 있는 수목원이다. 나무가 울창한 숲길을 걸으며 아일랜드 요정
들의 전설을 만날 수 있는 특별한 곳. 언덕 꼭대기에 있는 두 개의 돌탑은
요정의 왕인 핀바라 Finvarra와 그의 부인 코나트 Connacht의 무덤이 있는 곳
이라는 전설이 전해 내려온다. 산책길 중간중간 커다란 나무 그루터기 곁
에 놓인 작은 나무문에는 각기 다른 요정의 이름이 적혀 있다. 요정이 존재
한다고 믿는 사람이라면 실제로 이 숲에 산다는 아일랜드 요정들을 마주
치게 될지도 모를 일이다.

크레 너 실 Cré na Cille

튬의 중심가인 하이 스트리트에 있는 아이리시 전통 레스토랑. 레스토랑
주인이자 셰프인 패디와 그의 부인 앤이 함께 운영하는 튬의 소문난 맛집
으로, 다년간의 호텔 주방장 경력으로 선보이는 비프스테이크와 해산물
요리는 현지인뿐 아니라 단체 관광객들까지 불러 모은다. '크레 너 실'이라
는 이름은 아일랜드 작가 마틴 오 커인이 아이리시어로 쓴 소설 제목에서
따왔다. '교회의 땅'이란 뜻이다.

주소 High Street, Corralea West, Tuam, Co. Galway
운영시간 화~토 17:00~21:00, 일/월 휴무

자유를 위해 춤추던
이들을 위한 건배

지미의 홀을
찾아서

어느 주말, 템플바에 있는 예술영화관 IFI에서 존과 함께 켄 로치의 〈지미스 홀Jimmy's Hall〉을 보고 나서 저녁을 먹으러 갔을 때였다.

"우리 '지미의 홀'이 있던 곳에 진짜 가보지 않을래?"

존이 한발 먼저 즉흥적인 제안을 했지만, 사실 나도 같은 생각을 하고 있던 차였다.

"앗, 나도 영화 보면서 그 생각 했는데! 언제 갈까?"

"리트림이면 멀지 않으니까 주말에 당일로 다녀오면 어떨까?"

우리의 리트림Leitrim 여행은 그렇게 순식간에 계획되었다.

한국에서도 켄 로치의 영화라면 빼놓지 않고 보는 편이었지만, 아일랜드에 몇 년 살고 나서 보는 그의 영화는 새삼 다르게 다가왔다. 이제는 너무나 익숙한 아일랜드의 시골 풍경과 어느새 정이 들어버린 아이리시 억양도 그렇거니와, 무엇보다 실재했던 역사적 사건과 인물을 배경으로 만들었다는 점이 내 관심을 끌었다. 영화에서 '지미'라 불리는 주인공의 실제 이름은 제임스 그랄튼James Gralton이다. 영화가 만들어지기 전까지는 잘 알려지지 않았지만 '아일랜드 역사상 고국에서 영구적으로 추방된 유일한 아이리시'라는 독특한 이력을 가진 인물이다. 존도 나도 처음 듣는 이름이었다.

1886년 리트림 시골 마을에서 가난한 농부의 아들로 태어난 그는 1909년에 새 삶을 찾아 미국으로 이주했다. 1916년 아일랜드 독립운동의 가장 중요한 항쟁이던 '부활절 봉기'가 일어났을 때 함께 싸우기 위해 아일랜드로 돌아왔고, 전쟁이 끝난 후 미국으로 돌아갔다가 1932년, 늙은 어머니의 농장 일을 돕기 위해 다시 아일랜드로 돌아온다. 뛰어난 리더십 덕분에 늘 많은 친구가 따랐지만, 문화예술, 사상과 종교에 대한 그의 진보적인 사고방식은 보수 정권과 가톨릭교회의 미운털이 된다.

이념적인 죄명은 언제나 어마어마하지만 실제로 지미가 한 잘못이라면, 댄스홀을 통해 마을 사람들과 자유롭게 소통하며 성장할 수 있는 예술과 토론의 장을 열었다는 것이다. 하지만 지미가 뉴욕에서 접한 재즈 음악을 댄스홀에서 소개하며 사람들과 함께 즐긴 것은 '악마의 음악'으로 사람들을 현혹한다는 죄명이 되었다. 결국 어렵게 다시 문을 연 댄스홀은 방화로 불타버리고 지미는 영원히 고국에서 추방당하고 만다. 이런 부조리는 자본주의와 공산주의가 대립한 냉전시대라는 이유도 있었지만, 가톨릭교회가 정신적, 문화적 영향뿐만 아니라 정치적으로도 지나치게 영향력을 행사하면서 발생했다. 존은 당시 아일랜드의 가톨릭교회가 얼마나 영향력이 컸는지에 대해 이야기해주었다. 종교는 물론이고 문화, 교육, 정치까지 깊이 연결돼 있었는데, 문제는 권력이 커지면서 파고든 욕심과 타락으로 교회의 정신과 영성이 실추되었다는 것이다.

돌아온 일요일, 빗소리를 들으며 눈을 떴지만 우리는 계획대로 떠날 채비를 했다. 다행히 리트림까지는 차로 2시간 정도. 당일치기로 그리 힘든 거리는 아니었지만, 오후 5시면 해가 지는 터라 되도록 아침 일찍 출발해야 했다. 존은 커피와 토스트, 난 뜨끈한 된장국에 밥을 말아서 간단히 아침을 챙겨 먹고 집을 나섰다.

지미의 고향이자 댄스홀이 있었던 리트림의 작은 동네 이름은 에프리나Effrinagh다. 캐릭온섀넌Carrick-on-Shannon에서 동쪽으로 8킬로미터 남짓 떨어진, 관광객이 많이 찾는 캐릭온섀넌에 비해 아주 조용한 마을이라 했다. 캐릭온섀넌은 예전에 하천 교역이 왕성하던 곳으로, 4월에 '페이즈 원Phase One' 전자 음악 페스티벌이, 7월에 '캐릭 워터 뮤직 페스티벌Carrick Water Music Festival'이 열리기 때문에 우리도 몇 번 가본 적이 있다. 거기서부터 방향만 잘 잡으면 에프리나까지 가는 길은 어렵

실제 '지미의 홀'이 있었다는 리트림을 향해 끝없는 시골길을 달렸다. 그리고 드디어 눈앞에
에프리나에 도착했음을 알리는 푸른색 표지판이 나타났다.

지 않을 것 같았다. 문제는 댄스홀이 있던 정확한 위치를 찾을 수 있느냐였다. 존이 차에 시동을 걸며 '지미의 홀'을 반드시 찾아내고야 말겠다고 의지를 불태웠다.

캐릭온섀넌으로 이어지는 너른 강이 선착장의 하얀 요트들과 함께 모습을 드러낼 때쯤 존이 "거의 다 왔어!"라고 외쳤다. 우리 곁을 흐르던 강줄기가 시야에서 사라지는가 싶더니 여기저기 작은 호수들이 점점이 나타났다. 길도 훨씬 좁고 굽이진 시골길로 바뀌었다. 하지만 표지판도 하나 없는 좁은 길을 따라가면서도 불안한 마음은 들지 않았다. 왠지 그 길이 우리를 온전히 목적지까지 데려다줄 거라는 확신이 들었다. 존이 '에프리나 1킬로미터'라고 적힌 작은 도로 표지판을 발견했다.

"여기다! '지미의 홀'이 있었던 곳! 이제부터는 주위를 잘 살펴야 해. 건물이 남아 있는 게 아니니까 어쩌면 눈에 띄는 표식이 없을 수도 있어."

우리는 차의 속도를 늦추고 창문을 열었다. 들판에서 하얀 양들과 하얀 집들이 드문드문 눈에 띄고, 영화 필름을 재생하듯 비슷한 풍경이 이어지다가 갑자기 팝업 동화책처럼 레몬색 펍이 불쑥 튀어나왔다. 그리고 우리는 그 펍 맞은편 길가에 세워진 기념비를 보았다. 단단해 보이는 잿빛 돌 위에는 분명히 '짐 그랄튼(1886~1945년)'이라고 씌어 있었다. 우리가 정말로 찾아낸 것이다!

기념비 뒤편에는 호위하듯 아일랜드 국기가 높은 깃대 위에서 펄럭

실제 댄스홀이 있었던 자리, 짐 그랄튼의 생애를 기념하는 비석이 대신 우리를 맞았다.

이고 있었다. 겨우 한 평이나 될까, 소박하게 나무 울타리를 친 바로 그 자리에 '지미의 홀'이 있었다. 가난한 시골 마을의 허허벌판 한가운데에 서 있던 작은 통나무집 자리에 서서, 나는 백 년 전 매일 밤 이곳을 가득 채웠을 젊음과 사랑, 춤과 음악, 배움의 열정과 따뜻한 소통을 상상했다. 가슴이 뭉클하게 벅차올랐다.

주변에는 그저 들판뿐이었지만 그냥 돌아가기에는 왠지 아쉬웠다. 우리는 맞은편에 있는 레몬색 펍으로 갔다. 그런데 문이 잠겨 있었다.

그냥 포기하고 돌아서려는데 안에서 누군가 문을 열었다. 주인으로 보이는 노년의 여자는 "아직 문 열 시간이 아니지만 원하면 들어와요"라고 했다. 먼지가 쌓인 바닥과 탁자는 마치 한동안 영업을 안 한 것처럼 지저분했다. 아직 생맥주는 준비가 안 됐다고 해서 작은 병맥주 둘을 주문했다. 냉장고 전원을 꺼두었는지 맥주병이 미지근했다.

"나 어렸을 때도 댄스홀에 춤추러 갔었는데……."

호주에서 아일랜드로 돌아와 쿨리에서 릴리 이모와 살던 존의 십대 시절, 깡촌인 쿨리에서 무료함을 달랠 수 있는 소일거리는 많지 않았다. 평일에는 그리노어 항구에 가서 미지의 나라에서 건너온 커다란 배들을 구경하며 시간을 보내고, 주말에는 친구들과 10킬로미터가 넘는 길을 걸어 댄스홀에 갔다. 〈지미스 홀〉의 댄스홀처럼 허허벌판에 세워진 통나무집이었다.

"헬렌이랑 오언, 데이비드…… 다 그때 같이 춤추러 다녔어. 그러다가 나중에 헬렌이랑 오언이 결혼까지 한 거잖아."

1990년대 한국에서 잠깐 유행했던 십대들의 콜라텍처럼 코카콜라도 화려한 무대조명도 없이, 레코드판에서 흘러나오는 아날로그 음향 시스템에 의지해 신나게 춤췄을 존과 쿨리 친구들의 십대 시절 모습이 눈앞에 그려졌다.

리트림 토박이라는 주인 여자는 〈지미스 홀〉이란 영화가 나오고 나서 이 장소가 갑자기 주목받기 시작했다며 신기해했다. 알고 보니 기념비도 영화가 나온 이후에 세워진 것이었다. 리트림 시의 시장과 정

짐 그랄튼의 비석 맞은편에 있는 레몬색 펍. 지미의 홀이 존재했던 그때도 이곳에서 맥주를 팔았을까.

치인들이 와서 기념식을 한 지도 얼마 되지 않았다고 했다. 행사 때 썼던 것인지 아직도 긴 줄에 매달린 작은 아일랜드 국기들이 공중에서 펄럭이는 것이 보였다.

전혀 어울릴 것 같지 않은 혁명과 예술……. 하지만 생각해보면 그 둘은 늘 함께였다. 어쩌면 인류의 역사는 지미의 홀을 채웠던 수많은 이들의 뜨거운 호흡과 공중의 스텝과 같은 작지만 생명력 있는 움직임을 통해 발전해가는 것이리라. 우리는 미지근한 맥주잔을 부딪쳐 건배했다. 슬론차(건배)!

아일랜드 넘버원 채식인의 잔치
'코크 베지페스트'

아일랜드에 부는
비거니즘 바람

봄비다. 매일같이 비가 올 땐 마냥 지겹더니, 며칠 날씨가 좋다가 비가 오니까 실망스럽기보다 오히려 '봄비'의 감흥이 일어서 좋았다. 아니, '여름비'라고 해야 할까?(아일랜드에서는 5월을 여름이라 부른다. 하지만 기온은 초봄 같다).

코크로 혼자 여행을 떠났다. 코크에서 열리는 채식 축제 '코크 베지페스트Cork Vegfest'에 가기 위해서다.

오후 4시 정각에 휴스턴 역에서 출발한 기차는 6시 30분에 코크의 켄트 역에 닿았다. 좌석이 반 정도밖에 차지 않아서 조용하고 여유로운 여정이었다. 난 통로석을 예약했는데 내 옆자리에 아무도 앉지 않아서 창가에 있는 전기 콘센트도, 창문을 스쳐 지나가는 빗방울의 춤

사위와 비에 젖은 초록빛 시골 풍경도 모두 내 차지였다. 7월에 열리는 '골웨이 국제 아트 페스티벌' 프로그램을 검색하다가 발견한 아이리시 뮤지션 개빈 제임스의 노래 〈포 유For You〉는 비 오는 날의 기차 여행과 싱크로율 백퍼센트다. 오랜만에 사춘기 소녀 같은 감상에 젖어 마음이 말랑말랑해졌다.

코크 시내 구시가지의 오래된 호스텔에 짐을 풀고 팔라펠을 전문으로 하는 채식 음식점에서 저녁을 먹었다. 팔라펠은 으깬 병아리콩에 양파, 마늘, 파슬리 등으로 양념해서 동그랗게 튀겨낸 중동 지역 음식인데, 아일랜드를 비롯한 유럽에서도 쉽게 찾을 수 있다. 보통 후무스(레몬주스, 오일, 마늘을 넣어 맛을 낸 병아리콩 소스)와 중동식 샐러드를 곁들여 먹는다.

밤에는 애플사이다 한 캔을 마시며 넷플릭스로 영화를 봤다. 먼지 풀풀 나는 옥탑방이지만 도미토리가 아니라 화장실이 딸린 싱글룸이라는 것만으로도 무한히 감사했다. 늦게까지 불을 켜놓고 영화를 보며 화장실을 속옷 바람으로 들락거릴 수 있는 자유가 얼마나 큰 사치인지, 배낭여행에 익숙한 가난한 여행자들은 알 것이다. 시원하고 달달한 아이리시 애플사이다, 재밌는 영화 한 편, 창밖의 빗소리…… 소박한 행복 속에 밤이 갔다.

원래 아침형 인간이기도 하지만 여행 중에는 더 일찍 잠이 깬다. 여럿이 방과 화장실을 나눠 쓰는 호스텔에 묵으며 생긴 버릇이기도 하

리 강을 끼고 형성된 코크 시의 모습. 아일랜드 제2의 도시답게 아일랜드 채식 문화의 새로운 흐름을 주도해가고 있다.

다. 화장실이 붐비는 시간을 피해 제일 먼저 샤워하고 볼일 보고 밥 먹고 튀어 나가는 거다.

식당에 내려가니 아직 아무도 없었다. 벽에 걸린 텔레비전에서 뉴스 앵커의 바쁜 목소리가 흘러나왔다. 무료로 제공되는 토스트와 커피에 어제 챙겨놓은 사과를 아침으로 먹고, 호스텔에 왔던 모습 그대로 다시 거리로 나섰다.

'코크 베지페스트'가 열리는 코크 시청 앞에는 벌써 줄이 꽤 길게 늘어섰다. 10시에 오픈이니 아직 15분이 남았는데 이렇게나 많이 모이다니, 그것도 비가 주룩주룩 내리는 날에……

예상은 했지만 역시 히피 포스가 느껴지는 사람들이 많았다. 치렁치렁하게 꼬아 내린 긴 머리, 색은 찬란하고 스타일은 어벙한 바지를 입은 무리가 눈에 띈다. 데리고 온 아이들까지도 히피 패션 일색이다. 사람들이 '채식'을 하는 이유는 여러 가지겠지만, '자연 친화적인 삶'이란 면에서 히피 문화와 맞닿아 있기 때문일 것이다. 나도 이제 채식을 한 지 15년쯤, 완전채식을 시작한 지는 2년쯤 되지만, 단순히 음식을 가려서 먹는 것이 아니라 삶으로 실천하는 운동으로서의 '비거니즘veganism'은 결코 쉽지 않은 도전이다. 특히 성장기 아이들의 채식에 대해서는 이런저런 논란이 많음에도 불구하고, 확신을 가지고 비건 육아를 고집하는 부모들을 보면 대단하다는 생각이 든다.

세계적으로 채식 인구가 꾸준히 늘면서 '채식'에 대한 인식도 예전에 비해 많이 높아진 것이 사실이다. 특히 유럽 여행을 하다보면 어렵지 않게 체감할 수 있다. 별도의 채식 메뉴를 갖춘 식당들은 물론, 베지테리언(채식) 또는 비건(완전채식) 식당도 쉽게 찾을 수 있다. 아일랜드도 예외는 아니다. 내가 종종 점심을 먹으러 가는 더블린 위클로 거리의 채식 식당 '코누코피아'(41쪽 정보 참조)와 테이크아웃 샐러드바 '블레이징 샐러드Blazing Salads'는 늘 줄이 길게 늘어서 있고, 포토벨로에 새로 생긴 비건 식당 '소바 비건 부처Sova Vegan Butcher'는 유럽의 인기 비건 식당 20위에 선정되면서(Big 7 사이트) 연일 잡지에 오르내린다.

곁 이야기지만, 채식을 결심했다면 다이어트보다는 균형 잡힌 영양 섭취에 더 신경을 써야 한다. '비건'은 '플랜트-베이스드Plant-based 다이어트', 즉 땅에서 자연 에너지를 가득 품고 자란 채소와 과일, 곡류의 영양분을 되도록 가공하지 않고 섭취하는 것을 기본 철학으로 삼는다. 즉 맥도널드에서 햄버거 대신 감자튀김과 콜라만 먹는다고 채식이 아니란 얘기다. 어쨌든 철학적인 부분은 차치하고라도 나로서는 식당 선택의 폭이 넓어졌을 뿐 아니라 웨이터 눈치 보며 특별 메뉴를 부탁해야 하는 부담도 줄었으니 그저 고마울 따름이다.

고풍스러운 건물의 외관에 비해, 행사가 열리는 코크 시청의 분위기는 소박하고 가족적이었다. 음식뿐 아니라 비누를 비롯한 각종 세제와 화장품, 향수, 의류 등 '친환경Eco'과 '식물 성분'을 콘셉트로 한 다양한 비건 제품을 선보이고 있었다. 천연 코르크로 만들었다는 가방, 구두, 모자, 벨트, 지갑은 동물 가죽으로 만든 제품 못지않게 튼튼

비거니즘에 대한 관심을 반영하듯 코크 시민뿐 아니라 아일랜드 곳곳에서 찾아온 사람들로
행사는 성황을 이뤘다.

해 보였고 디자인도 예뻤다.

"유기농 마늘이 10퍼센트나 들어 있어요!"

마음씨 좋게 생긴 아이리시 부부가 맛보라며 건넨 크래커에는 직접 만들었다는 마요네즈가 듬뿍 얹혀 있었다. 보기에는 좀 느끼할 것 같 은데 먹어보니 전동 마요네즈보다 훨씬 담백하고 알싸한 마늘 향이 입맛을 돋웠다. 그 자리에서 한 통 구입했다.

또 다른 부스에서는 유제품이 들어 있지 않은 치즈를 팔고 있었는 데, 치즈의 종류도 일반 치즈 못지않게 다양했다. 개인적으로 콩으로 만든 고기, 소시지, 베이컨 등 고기를 흉내 낸 것들은 별로 좋아하지 않는데, 주재료인 코코넛 오일의 고소함과 발효 효소의 쨍한 맛이 어 우러진 채식 치즈는 '흉내'라도 훌륭했다. 그 밖에 공정무역 카카오로 만든 수제 초콜릿, 백퍼센트 천연 허브 성분의 오일, 비누, 로션 등 제 품 하나하나마다 그 안에 담긴 정성과 철학이 고스란히 느껴졌다.

축제 참가자 중에는 다른 나라, 혹은 아일랜드의 타 지역에 기반을 둔 판매자도 있었지만 대부분 코크 지역에 기반을 둔 로컬 기업과 개 인, 시민단체들이었다. 나는 설거지용, 빨래용 두 가지의 천연세제를 조금씩 사고, 저녁때 집에 가서 존과 나눠 먹으려고 퍼피 시드(양귀비 씨)가 콕콕 박힌 레몬 케이크도 한 조각 샀다.

점심때는 일부러 제일 긴 줄에 합류했다(줄이 길다는 건 뭔가 맛있는 집일 거라는 믿음!). 긴 기다림 끝에 두툼하고 따끈한 렌틸콩 버거를 손 에 넣고는 이벤트 홀 한편에 이미 한 가족이 차지하고 있는 테이블의 남은 의자 하나에 엉덩이를 걸쳤다. 현미와 렌틸콩을 잘게 부수어 둥글게 구워낸 패티에 신선한 토마토와 양상추를 얹고 두유로 만든 살사마요를 살짝 뿌린 버거는 고소하면서도 느끼하지 않고 뒷맛이 산뜻했다. 후식으로 샘플로 얻은 생초콜릿 한 조각을 곁들여 진한 커피를 마셨다.

배도 부르고, 몇 시간 동안 많은 사람들의 틈바구니에 있었더니 피곤하기도 했다. 이제 집에 돌아갈 시간이다. 아직도 빗줄기가 굵다. 슬슬 다시 켄트 기차역으로 걸음을 옮겼다. 비 얼룩이 채 마르지 않은 검정 레인 부츠 위로 다시 빗방울이 빠르게 떨어져 내렸다.

난 알았지,
그 절벽에서

브레이에서
그레이스톤즈까지 걷다

뭔가 마음먹고 이런저런 계획을 세웠는데, 왠지 약 올리는 듯 아침부터 일이 꼬이는 날이 있다. 그날이 바로 그런 날이었다.

늘 존의 출근길에 따라나서고 퇴근길에 만나 같이 들어오는 일상에서 벗어나, 오전에는 한국에 전화해 미뤄둔 일을 처리하고 오후에는 오랜만에 청소, 빨래, 요리 등 집안일을 좀 하자고 전날 밤에 마음먹었었다. 그런데 세금 문제로 통화해야 하는 마포구청은 열 번 넘게 전화해도 계속 통화 중이다. 또 내 아이디가 불법으로 도용되었다며 접근을 막아버린 포털사이트에 전화해 보호조치를 해제해달라고 했더니 마이핀 번호를 받아 알려달란다. 내 한국 휴대폰이 정지되어 있으니 그 방법밖에 없다는 것이다. 그래서 마이핀 인증 사이트에 들어

너른 잔디밭에다 펍과 레스토랑이 모여 있는 브레이 해변은 더블리너들에게 인기가 많은 주말 나들이 장소다.

가 발급을 시도하는데 뭐가 잘못됐는지 중간에 계속 에러가 나면서 셧다운. 역시 열 번 정도 시도하다가 열불이 나서 컴퓨터를 꺼버렸다.

답답하고 짜증 나는 마음이 잘 다스려지지 않을 때면 나는 무조건 걷는다. 집을 나선 나는 빠른 걸음으로 익숙한 풍경들을 지났다. 아침마다 존과 커피 한 잔을 사서 나눠 마시는 편의점 앞을 지나고, 브레이에 사는 모든 개들을 만날 수 있는 공원을 가로질러 브레이 시내에 도착했다. 동네 카페에서 커피 한 잔 시켜놓고 잠시 숨을 고르면서 휴대폰을 여는데, 화면에 뜨는 7월 23일이란 날짜가 뭔가 심상치 않았다. 순간 기억났다. 존과 첫 데이트를 한 날이 바로 4년 전 오늘이었다는 것! 존에게 바로 문자를 날렸다.

브레이의 유명한 버스커 지미와 그레이스톤즈 부두에 새로 생긴 공원.

"오늘이 무슨 날인지 알아? 우리가 처음으로 단둘이 만나 브레이에서 그레이스톤즈까지 함께 걸은 날이야!"

잠시 후 전화기 넘어 존의 흥분된 목소리가 들려왔다.

"그게 오늘이라고? 얼마 전 일 같은데……. 그나저나 우리 가끔 싸우긴 했어도 그동안 참 재밌게 잘 지냈지?"

전화를 끊고 나니 그와 처음 만난 순간부터 지금까지의 시간들이 주마등처럼 스쳐 갔다. 그 무수한 설렘과 기쁨, 눈물과 아픔, 회복의 순간들을 지나며 우리는 조금씩 더 깊어졌다. 한편으로는 세월이 무상하게 느껴지기도 했지만, 무엇보다 감사한 마음이 들었다. 커피를 마시고 밖으로 나오니 햇빛이 눈부셨다. 바람이 섞여든 빛 자락이 춤출 때마다 내 마음도 울렁였다.

특별한 날인 만큼 아침에 일어난 '꼬인' 문제들은 일단 접어두기로 했다. 대신 뭔가 의미 있는 기억을 남기고 싶었다. 문득 4년 전 오늘의 추억을 따라가보고 싶었다. 우리의 첫 데이트는 브레이 역에서 시작됐다. 뭔가 반가우면서도 어색한 인사를 나눈 뒤 우리는 2시간 동안 긴 산책을 했다. 산책하는 내내 우리의 대화는 끊이지 않았고, 처음으로 아주 사적이고 깊은 얘기를 나눴다. 내 발걸음은 어느새 브레이 역을 지나 그레이스톤즈로 향하는 산책로로 들어서고 있었다.

그때 울퉁불퉁하던 길은 이제 평평하게 닦이고 양옆으로 우거진 수풀도 잘 정비되어 있었다. 그 덕분인지 예전에 비해 유모차를 끌고 나온 가족들과 개와 함께 산책하는 사람들이 더 많아진 듯했다. 언제 해가 반짝였나 싶게 하늘은 다시 온통 구름으로 덮였다. 그래도 비가 올 것 같지는 않았다. 오히려 걷기에는 이런 날이 제격이다. 길은 점점 집과 가게, 도로에서 멀어져 바다와 절벽과 나무들 사이로 이어졌다. 평일 낮이라 사람은 많지 않았다. 가끔씩 마주치는 사람들과 '하이' 하고 지나치면 다시 한동안 바닷새들과 산 벌레들이 끼루룩, 찌르르르 우는 소리와 내 신발이 흙바닥과 부딪치는 소리만 들려왔다.

그때 내 영어는 지금보다 훨씬 못했다. 그래서 존이 하는 말을 다 알아듣지 못했고, 내가 하고 싶은 말도 자유롭게 하지 못했다. 그래도 우린 많은 얘기를 나눴다. 각자의 가족 이야기를 주로 했는데, 어쩌다 보니 가족관계에서 힘들었던 일, 어릴 때 받았던 상처에 대해 얘기했던

채식 레스토랑 해피 페어.

기억이 난다. 그때 이런 생각이 들었다. 내가 왜 잘 알지도 못하는 사람에게 이런 얘기를 하고 있지? 그런데 오랜 친구처럼 자연스럽고 편안하니 신기하군…….

우리는 중간중간 멈춰서 다리쉼하며 절벽 아래 멋진 풍경을 함께 바라보았다. 그러다 문득 존의 옆얼굴을 보게 됐는데, 교회에서 늘 활발하고 에너지 넘치던 것과는 달리 쓸쓸한 방랑자 같은 분위기를 풍겼다. 왠지 이 파란 눈의 남자가 어딘가 나와 닮았다는 느낌이 들었다.

1시간 반 정도 걸었을 때 드디어 저만치서 그레이스톤즈 시내의 모습이 보였다. 목적지가 보이니 나도 모르게 걸음이 빨라졌다. 20분쯤 평평한 들판을 따라 걷자니, 산책길이 끝나고 작은 항구가 눈앞에 나타났다. 여기부터가 그레이스톤즈다. 나는 그날 긴 산책을 마치고 존과 함께 갔던 채식 레스토랑 '해피 페어Happy Pear'로 향했다. 채식주의자인 나를 위해 존이 처음으로 데려갔던 곳이다.

바람은 쌀쌀했지만 볕이 좋은 바깥 테이블에 앉았다. 따뜻한 고구마 수프에서 코코넛 향이 났다. 병아리콩과 현미를 함께 버무린 샐러드는 고소하고, 비트루트와 배가 섞인 샐러드는 달콤하면서도 시원했다. 수프와 샐러드를 남김없이 비운 후 후식으로 커피를 홀짝이고 있는데 또 하나의 기억이 떠올랐다.

그날 점심을 먹고 나서, 존이 "바다로 가는 비밀의 문을 알려주겠다"며 나를 안내한 곳은 인도에서 갈라져 나간 길에 있는 작은 터널이었다. 터널을 통과하니 거짓말처럼 눈앞에 너른 바다가 펼쳐졌다. 우리가 바다 가까이 닿았을 때 그가 갑자기 "와, 좋다!"며 감탄사를 내지르고는 모래밭에 벌러덩 누웠다. 나도 그 옆에 배낭을 베개 삼아 누웠다. 여름 햇살이 따스하게 얼굴을 감쌌다. 우리는 한동안 아무 말도 하지 않았지만 신기하게 하나도 어색하지 않았다. 나는 눈을 감은 채 오래도록 귓가에 다가오는 파도 소리를 들었다. 그리고 그때, 그와 나의 새로운 이야기가 시작되고 있다는 것을 알았다.

브레이에서 그레이스톤즈까지 바다를 굽어보는 절벽을 따라 긴 산책길이 이어진다. 경사가
가파르지 않고 길도 잘 닦여 있어 초보자도 힘들지 않게 완주할 수 있다.

나와 브레이를 이어준
봄밤의 재즈 선율

세상에서 가장 작은 국제 재즈 축제
'브레이 재즈 페스티벌'

"오, 브레이! 좋은 데 사네? 브레이 참 아름답지!"

내가 브레이에 산다고 하면 사람들은 보통 이런 반응을 보인다. 그리고 이어 묻는다. "Do you like Bray?"

주저 없이 내 대답은 "Yes"다. 더블린으로 이사하려는 생각도 있지만, 어쨌든 브레이는 지금 내가 살고 있고 정도 많이 든 '우리 동네'다.

브레이는 아름답다. 우선 그레이스톤즈까지 이어지는 절벽길Cliff Way과 산 정상에 콘크리트로 된 거대한 십자가가 전설처럼 우뚝 서 있는 브레이 헤드Bray Head●의 절경을 자랑하고, 작지만 운치 있는 브레이 항구, 해변을 따라 곧게 뻗은 산책로와 넓은 잔디밭이 마음을 편안하게 해준다. 게다가 바닷가를 마주하고 늘어선 레스토랑과 카페, 펍, 호

● 브레이와 그레이스톤즈 사이에 위치한 241미터 높이의 언덕과 곶. 1950년 희년에 거대한 십자가를 세운 이후 매년 성금요일에 수백 명의 사람들이 정상까지 올라간다.

브레이 바닷가를 따라 걷다보면 그레이스톤즈로 이어지는 절벽길이 시작된다.

텔 등 편의 시설도 충분하고 더블린에서 40분이면 닿을 수 있는 근접
성까지 갖추고 있어 더블리너들이 즐겨 찾는 주말 나들이 장소이기도
하다.

하지만 몇 년 전만 해도 그런 질문을 받으면 꼭 몇 초간 뜸을 들이다
가 얼렁뚱땅 대답을 넘겨버리곤 했다. 솔직히 내가 브레이를 잘 몰랐
기 때문이다. 그때까지만 해도 '우리 동네로서 브레이'를 즐긴 적이 별
로 없었고, 어쩌면 브레이를 '머지않아 떠날 곳'으로 생각해서 일부러
정을 주지 않았는지도 모른다.

내가 브레이에 살게 된 건 존과 결혼하고 그가 살고 있던 브레이의
아파트에서 신혼살림을 시작하면서다. 연애 시절, 존에게 점심 식사

초대를 받고 처음 이 집에 왔었다. 넓진 않지만 거실에서 푸른 숲과 아담한 강줄기를 바라볼 수 있는 자연 친화적인 구조가 인상적이었다. 더욱이 그때는 여름이라 숲은 짙은 녹색으로 울창하고 새들의 지저귐도 선명했다. 여러 개의 기타와 밴조, 부주키(그리스의 현악기로 만돌린과 비슷하다), 각종 음향기기로 가득한 거실에 앉아 그가 요리하는 파스타 냄새를 맡고 있자니 이렇게 낭만적인 집이 또 있을까 싶었다.

그런데 막상 바로 그 집에서 살게 되자 현실적인 것들이 먼저 보였다. 당시 옆방에 라파엘이란 폴란드 남자가 3년째 세 들어 살고 있었는데, 존에겐 익숙한 동거였지만 내겐 아니었다. 가뜩이나 낯선 동네, 낯선 집에서 남편 외의 낯선 사람과 한 지붕 아래 산다는 것이 버거웠다. 라파엘은 조용하고 친절한 사람이었지만 왠지 신혼 생활을 침범당하고 있는 기분이 들었다. 하지만 당장 나가달라고 할 수는 없었기에 그냥 참아야 했다. 내 취향이나 선택과 무관하게 그곳에 놓여 있는 가구와 살림살이도 영 몸에 익지 않았다. 이런저런 이유로 숲이 보이는 멋진 신혼집에 예상과 달리 나는 쉽게 정을 붙이지 못했다.

더블린으로 가는 버스나 기차를 타려면 30~40분 정도 걸어야 하지만 지나는 길에 예쁜 공원이 있어서 지루하지 않았다. 내가 좋아하는 커다란 개들도 실컷 볼 수 있었다. 하지만 비 오고 바람 부는 날은 얘기가 달랐다. 우산도 소용없이 사선으로 달려드는 빗줄기와 싸우며 질척거리는 공원 잔디밭을 지날 땐 기차역까지 가는 길이 천 리 길처럼 느껴졌다. 언젠가부터 난 불평을 입에 달고 살았다. 그래서 행복하

이탈리아 카페 가타네라(왼쪽)와 또 다른 이탈리아 레스토랑이자 와인 바인 카르페디엠.

지 않았고, 그런 내 모습이 속상했고, 다시 행복해지고 싶었다.

어느 날 나는 불평하는 나쁜 버릇을 그만두고 브레이라는 동네에 마음을 열어보기로 했다. 꼭 더블린에 가야 할 이유가 없는 날에는 브레이에 머물면서 동네를 구경했다. 무심히 스쳐 지났던 카페나 가게들도 눈여겨보고, 그러다가 마음에 드는 곳이 있으면 들어가 점심을 먹거나 커피를 마셨다.

겉으로는 비슷비슷해 보이는 더블린의 시내들도 조금씩 알아가다 보면 저마다 특징이 있음을 알게 된다. 브레이는 '브레이 악센트'가 따로 있을 정도로 토박이가 많다. 지역 버스를 타면 버스에서 만난 동네

매년 '브레이 재즈 페스티벌'의 헤드라인 공연이 열리는 머메이드 아트 센터.

사람들이 서로 인사하느라 바쁘다. 그리고 더블린 통근권이지만 위클로 산자락에 위치하고 있어서 자연 친화적인 동시에 고립감을 주기도 하는데, 그런 동류의식 때문인지 지역민들의 커뮤니티가 잘 형성되어 있다. 브레이 출신 예술가들의 모임도 활발하다.

브레이에서 보내는 하루하루가 쌓이면서 나에게도 아지트가 생겼다. 브레이의 유일한 복합 문화 공간 머메이드 아트 센터^{Mermaid Art Centre}와 그곳에 딸린 카페, 브레이 기차역 곁으로 난 작은 골목 안에 비밀스럽게 자리한 이탈리아 카페 가타네라, 그리고 넓은 공원을 빠져나와 한숨 돌리기 좋은 스타벅스…….

동네와 친해지는 또 하나의 방법은 동네에서 열리는 이벤트에 직접 참여하는 것이다. 매년 여름마다 브레이 해변에서 펼쳐지는 항공쇼 Bray Air Display가 가장 유명하지만, 최근 존과 내가 관심을 갖기 시작한 이벤트는 매년 4~5월에 열리는 '브레이 재즈 페스티벌'이다. 재즈 전문 잡지『올 댓 재즈』에서 '세계에서 가장 작은 국제 재즈 페스티벌'이라고 소개한 브레이 재즈 페스티벌은, 2000년도에 브레이에서 시작되어 조금씩 탄탄하게 성장하고 있다. '국제 재즈 페스티벌'이란 이름에 걸맞게, 매년 활발하게 활동하고 있는 세계적인 재즈 뮤지션들이 각국에서 이 작은 마을 브레이를 찾아온다. 2015년 페스티벌 때 브라질 재즈 뮤지션의 공연에 크게 감동받은 후로 존과 나는 매해 페스티벌이 열릴 때마다 흥미로운 공연을 찾아 일찌감치 예매해둔다.

2016년 브레이 재즈 페스티벌이 시작된 4월의 마지막 금요일, 나는 하루 종일 브레이에 머물며 축제를 즐겼다. 멕시코 친구 자이라를 브레이로 초대해 멕시칸 브리토를 점심으로 먹고, 웰Well 교회에서 오후 1시에 열리는 멕시코의 재즈 피아니스트 '알렉스 메르카도Alex Mercado'의 공연을 함께 보았다. 자이라와 같은 멕시코시티 출신의 알렉스는 그의 고향에 대한 달콤쌉싸름한 감정, 예술가의 필연적인 고독을 솔로 피아노의 감성적인 선율로 들려주었다. 우리는 공연을 맛있게 음미한 뒤 머메이드 카페에서 커피를 마시며 오래도록 수다를 떨었다. 자이라와 헤어진 후 퇴근하고 온 존을 만나 스웨덴 밴드 '마그너스 오스트롬Magnus Öström'의 공연을 보러 머메이드 아트 센터로 향했다.

차가운 북쪽 나라에서 온 뮤지션들은 모던 재즈의 바로미터를 보여

'브레이 재즈 페스티벌'은 작지만 내실 있는 축제로, 세계적으로 주목받는 재즈 뮤지션들의 공연을 직접 볼 수 있는 특별한 기회다.

주었다. 피아노와 드럼, 두 대의 기타와 키보드의 즉흥적인 컬래버레이션을 통해 끊임없이 변주되는 멜로디와 리듬은 긴장감과 자유로움을 동시에 느끼게 했다.

하지만 뭐니 뭐니 해도 이번 페스티벌의 하이라이트는 다음 날 저녁에 펼쳐진 아프리카 뮤지션 '도베 그나호레Dobet Gnahoré'의 공연이었다. 아프리카 전통 음악의 멜로디와 리듬을 재즈로 발전시킨 독특한 음악과 도베의 깊고 호소력 있는 목소리가 관중을 사로잡았다. 특히 그녀는 간주가 흐를 때마다 아프리카 전통 춤을 추며 분위기를 고조시켰는데, 그녀의 검고 빛나는 육체가 날랜 한 마리 표범처럼 무대를 누비며 뿜어내는 강력한 에너지에 내 몸에도 전율이 흘렀다. 공연이 끝나고 거리로 나섰지만 짜릿한 감동은 가시지 않았다. 아프리카의 작은 나라 코트디부아르에서 온 그녀가 브레이의 서늘한 밤공기를 아프리카 대륙의 열기로 덥혀주고 있었다.

사람과 공간의 관계도 사람과 사람 사이와 비슷해서 시간과 기억의 공유를 통해 발전한다. 나는 브레이란 공간과 아름다운 재즈의 선율, 사랑하는 친구와 보낸 시간을 공유했고, 그렇게 브레이에 대한 마음을 한 뼘 더 쌓았다. 빛과 바람이 좋은 봄날이었다.

브레이와 그레이스톤즈, 로컬처럼 즐기기

가타네라 카페 Caffe Letterario GattaNera

브레이 기차역 옆으로 난 좁은 골목길에 위치한 아담한 이탈리아 카페. 소박한 가정식 스타일로 수프와 샌드위치, 커피와 디저트 모두 정통 이탈리아 재료와 손맛을 자랑한다. 이탈리아에서 건너온 파스타, 토마토소스, 올리브오일 등 식재료도 판매하며, 종종 문학 관련 이벤트도 열린다. 저녁때는 이탈리아 햄과 치즈를 곁들여 와인 한 잔 하기에 좋다.

주소 6 Albert Walk, Bray
운영시간 월~수 08:30~17:30, 목/금 08:30~22:30, 토 09:30~22:30, 일 휴무

하버 바 The Harbour Bar

브레이 항구 초입에 위치한 하얀색 이층 건물에 자리 잡은 바. 브레이의 라이브 음악 문화를 주도해온 곳으로, 브레이 재즈 페스티벌을 비롯해 각종 뮤직 페스티벌의 단골 공연 장소이다. 브레이 토박이들의 아지트로 브레이의 진정한 로컬 분위기를 엿볼 수 있는 곳이다.

주소 1~4 Dock Terrace, Bray
운영시간 월~목 13:00~23:30, 금 13:00~00:30, 토 12:00~00:30,
　　　　　일 12:00~23:00
웹사이트 theharbourbar.ie

플랫폼 피자 바 Platform Pizza Bar

브레이 기차역에서 브레이 시프런트로 접어드는 초입에 있는 피자 레스토랑. 철골을 드러낸 높은 천장과 독특한 인테리어, 현대적인 오픈 키친이 세련됐다. 전통 스타일의 피자부터 채식 피자, 스펠트 밀 도우의 플랫 브레드 등 자체 개발한 다채로운 메뉴를 선보인다. 수제 맥주와 칵테일 종류도 다양하다.

주소 7 Strand Road, Bray
운영시간 월~목/일 12:00~22:00, 금/토 12:00~23:00
웹사이트 platformpizzabar.ie

코퍼 앤 스트로 Copper & Straw

가장 최근에 문을 연 레트로 스타일의 카페. 요거트와 그래놀라, 파스트라미 햄과 치즈를 넣고 구워낸 토스트 등 간단한 브런치 메뉴와 함께 아이리시 로스터 '베일리스 커피 로스터스'의 원두로 내린 에스프레소와 다양한 필터 커피를 맛볼 수 있다.

주소 70 Main Street, Bray
운영시간 월~금 07:30~17:00, 토/일 09:00~17:00

해피 페어 The Happy Pear

그레이스톤즈 시내에 생긴 최초의 채식 레스토랑으로, 유기농 채소와 과일, 자체 브랜드 식품을 파는 가게가 함께 있다. 내가 처음 갔던 때는 '동네에서 유명한 맛집'이었는데 이후 채식 바람을 타고 번창해 지금은 직접 키운 채소와 완조리 식품을 대형 슈퍼마켓에 납품하는 큰 기업이 됐다. 가게와 레스토랑을 동시에 시작한 쌍둥이 형제는 그사이 두 권의 채식 요리책을 내고 전국적으로 유명한 베스트셀러 작가이자 건강 전도사로 맹활약 중이다.

주소 Church Road, Rathdown Lower, Greystones, Co. Wicklow
운영시간 09:00~18:00
웹사이트 thehappypear.ie

핫 스팟 뮤직 클럽 The Hot Spot Music Club

그레이스톤즈 지역 커뮤니티의 독특한 분위기를 느낄 수 있는 펍이자 뮤직 클럽으로, 주말 저녁에만 문을 연다. 오랫동안 국내외에서 잘 알려진 뮤지션은 물론 로컬 뮤지션들에게 공연 기회를 제공하는 중요한 무대로 자리 잡았다. 일요일 오후에는 뮤지션들이 자유롭게 참여하는 잼세션이 열려 우쿨렐레부터 튜바까지 다양한 악기들이 어우러지는 즉흥 연주를 들을 수 있다.

주소 The Beach House, Victoria Road, Rathdown Lower, Greystones, Co. Wicklow
운영시간 금/토 20:00~00:00, 일 16:30~20:00
웹사이트 thehotspot.ie

애슈퍼드 마운트 어셔 가든의
초록빛 힐링

아이리시 독감과
윈터 블루스 극복기

2017년 늦겨울, 드디어 독감에 걸리고 말았다. 그것도 아주 질 나쁜 녀석에게 말이다. 일주일 동안 따로 잔 보람도 없이 존에게서 옮은 게 틀림없다. 하긴 이미 집 안에 감기 바이러스가 가득한데 잠만 다른 방에서 잔다고 뾰족한 수가 생길 리 만무하다.

침을 넘기기 어려울 만큼 목이 아픈 아침, '이건 우습게 볼 놈이 아니야!' 하는 직감에 그날 하루는 종일 집에서 쉬기로 마음먹었다. 전기장판이 깔린 침대에 누워 열이 오르내릴 때마다 자다 깨다를 반복하다보니, 어느새 점심시간이 훌쩍 넘었다. 그래도 잘 먹어야 빨리 낫는다는 생각에 억지로 일어나서 비상식량으로 비축해둔 캔 수프를 데워 먹고 다시 침대 속으로 기어들어갔다. 그런데 하루 종일 집에 간

355

혀 있으려니 답답하기도 하고 무엇보다 카페인이 몹시 당겼다. 슬슬 걸어 나가 카페에서 커피라도 한 잔 마시고 올까 싶었지만, 그 생각은 이내 하염없이 가라앉는 몸뚱이와 함께 사장되고 말았다.

다음 날 결국 못 참고 찬바람을 쐬고 들어온 것이 실수였다. 겨우 다스렸던 기침과 콧물이 내책 없이 심해지고 머리도 깨질 듯이 아팠다. 그다음 날도, 그다음 날도 나는 집에 갇힌 채 온몸이 쑤시는 근육통과 씨름하며 갑자기 찾아온 향수병과 우울증에 시달렸다. 아일랜드에 7년 동안 살면서 가장 많이 아팠던 시간으로 기억된다.

종합감기약 두 팩, 총 스무 알의 투명한 빨강 캡슐 약을 다 먹었을 때쯤 지독했던 두통과 인후통이 많이 가라앉았고 친구의 페이스북에서 그날이 '입춘'이란 사실을 알게 됐다. 하지만 종일 비바람이 불었고 나는 겨우 다스린 감기가 도질까 봐 두려워 전기장판에 껌딱지처럼 붙어 몸을 사리고 있었다. 아무리 창문에 코를 박고 둘러봐도 어디서 봄이 오고 있는지 알 수 없었다. 음력 절기는 역시 동양의 달력에만 적용되는 건가…….

그런데 바로 그다음 날 일요일, 고맙게도 해가 났다. 전날 날씨와 너무 달라서 창문으로 들어오는 빛줄기가 비현실적으로 느껴졌다.

"나가자! 산드라가 말했던 가든에 가볼래? 우리 집에서 멀지 않은 것 같아."

존이 직장 동료인 산드라에게 문자를 보내 그녀가 추천한 가든의 이름과 위치를 물었다.

　우린 애슈퍼드Ashford에 있는 '마운트 어셔 가든Mount Usher Gardens'으로 향했다. 언제 그렇게 많은 차들이 있었나 싶게 도로가 붐볐다. '날씨 좋은 일요일'은 아이리시들에게 로또 당첨과도 같다. 집 밖으로 나가야 할 이유 백 퍼센트, 기분 좋게 술 마실 이유는 2백 퍼센트다. 마치 태양을 잡으려고 달려가는 것처럼 차들은 눈부신 빛줄기 속으로 빨려 들어가듯 사라졌다.

　20분쯤 달렸을까, 비밀의 정원 같은 가든의 입구가 나타났다. 소박한 나무 간판의 안내를 따라 안으로 들어가니 개인 주택의 앞마당처럼 아기자기한 공간이 나왔다. 아보카 가든 카페Avoca Garden Café와 베이커리, 모종이나 꽃을 파는 가든 숍과 작은 갤러리를 골고루 둘러보고 디자인 숍 안에 있는 매표소에서 입장권을 샀다. 한겨울에 꽃이 활짝

마운트 어셔 가든Mount Usher Gardens

애슈퍼드 지역의 아보카 계곡에 위치한 아름답고 자연 친화적인 정원으로 내가 진정한 힐링이 필요할 때 찾는 곳이다. '아보카 마운트 어셔 가든'으로도 불린다. 아일랜드와 영국을 통틀어 '최고의 가든 톱 10'에 들 만큼 유명하지만, 유명세에 비해 단체 관광객의 방문이 많지 않아서 평화로운 산책을 즐길 수 있다. 나무와 꽃에 특별한 관심이 있다면, 안내지에 나와 있는 루트를 따라 걸으며 각기 다른 나무와 꽃의 독특한 아름다움을 좀 더 깊이 느껴보자. 아보카에서 운영하는 카페와 베이커리, 디자인 숍이 함께 있다.

주소　　Ashford, Co. Wicklow
운영시간　10:00~18:00
웹사이트　mountushergardens.ie

어딘가 비밀스러운 공간으로 데려다줄 것 같은 정원 입구.

핀 정원을 기대한 건 아니지만 꽃도 없는 정원을 둘러보는 데 7.5유로
라니 꽤 비싸다고 느꼈다. 그래도 여기까지 왔으니 들어가보기로 했다.

우리는 이정표가 안내하는 추천 루트를 따라 돌았다. '야생화'라는
푯말이 꽂혀 있는 작은 들판을 지나 커다란 나무들이 양옆으로 호위
하는 숲길로 들어서니 청량한 물소리가 들렸다. 걸을수록 물소리도
가까워지더니 이내 눈앞에 작은 강과 하얀 다리가 나타났다. 다리 중
간쯤에 서서 가든 전체를 바라보니 탄성이 절로 나왔다. 맑은 수면 위
로 떨어지는 햇살, 각기 다른 모양의 나무들과 그 사이로 난 숲길, 그
리고 계곡을 울리는 새소리……. 마치 인상파 화가의 그림 속에 들어

머리가 복잡하거나 마음이 이유 없이 가라앉을 때 가장 좋은 치유법은 초록이 가득한
정원을 고요하게 산책하는 것이다.

와 있는 듯한 기분이었다. 다리 건너편에는 고풍스런 저택과 잘 손질된 정원이 있는데 '개인 소유'라는 간판과 함께 굵은 자물쇠가 걸려 있었다. 아마도 가든 소유주의 사택인 모양이었다.

그러고 보니 우리 둘의 오붓한 산책은 꽤 오랜만이었다. 도심을 걸을 때는 수위에 이목을 빼앗겨 서로의 마음과 순간의 느낌에 잘 집중하지 못하는데, 이렇게 조용한 숲길을 도란도란 걷고 있자니 내 손을 잡은 그의 손에서 전해지는 온기, 나에게 말하고 있는 존의 마음결까지 오롯이 느껴졌다. 그리고 발견했다. 나뭇가지 끝에서 솟아나고 있는 연둣빛 작은 잎새와 아기 피부처럼 뽀얗게 돋아나는 야생화의 꽃봉오리……. '입춘이다!' 봄은 공평하게 아일랜드의 대지에도 상륙했다.

다리를 돌아 나와 다시 숲길로 들어섰다. 얼마나 걸었을까, 길 한편에 세워진 작은 비석들이 내 발길을 멈춰 세운다. 조지, 개리, 톰…… 익숙한 이름들인데 왠지 일반 비석과 달라 보였다. 기록된 삶의 시간을 보니 대체로 20년 정도다.

"이 가든의 소유주 가족과 함께 살았던 반려견들의 묘지일 거야."

존의 말을 듣고 다시 묘지를 보니 마음이 애틋해진다. '예삐'에게도 이런 숲에 작은 비석 하나 세워줬으면 좋았을 텐데……. 오래전에 떠난 내 작은 치와와가 몹시도 그리웠다.

아일랜드의 겨울은 아이러니하다. 비가 오고 흐린 날이 많아 우울하지만 일단 비가 걷히고 해가 나면 전혀 다른 느낌이다. 여름의 녹음

인생의 동반자로 함께 살다가 먼저 떠난 개들의 죽음을 추모하기 위해 세운 비석들.

과 비교할 수는 없지만 잔디도 여전히 푸르고, 녹색 잎사귀를 매달고 있는 나무도 제법 많다. 그리고 잠깐만 차를 타고 나오면 어디서든 초록빛 세상을 어렵지 않게 만날 수 있다. 신은 인간에게 시련을 주실 때 피할 길도 함께 내신다. 떨어질 듯하다가 얄밉게 다시 달라붙는 감기도, 매년 내 인내심을 테스트하는 아일랜드의 윈터 블루스도 견뎌낼 힘을 주신 것이다. 어쨌든, 봄은 늘 돌아온다.

벤치에 앉아 잠시 쉬어가듯, 그렇게 아일랜드에 왔다가 정원에 뿌리내린 나무가 되어버렸다.
이제 좀 더 푸르러졌으면 좋겠다.

아일랜드 여행 가이드 팁

1. 아일랜드 입국하기

• 한국에서 더블린으로 가는 직항편은 없으므로, 항공사에 따라 최소 1회 경유해야 한다. 일반적으로 프랑스 항공Air France, 독일 항공Lufthansa, 네덜란드 항공KLM, 영국 항공British Airways 등 유럽 항공사를 이용하며, 수화물 조건이 좋은 터키 항공Turkish Airlines, 에티하드 항공Etihad Airways, 아랍에미레이트 항공Emirates도 인기 있다.

• 대표적인 아일랜드 항공사로는 에어링구스Aer Lingus와 라이언에어Ryanair가 있다. 라이언에어는 유럽에서 가장 큰 저가 항공사로 서비스가 좋은 편은 아니지만 가격 경쟁력에서는 단연 1위다. 보다 친절하고 효율적인 서비스를 제공하는 에어링구스는 유럽 전역과 미주 노선을 운영한다.

2. 영국 여행 후 아일랜드 여행하기

영국에서 아일랜드로 가는 항공편은 노선도 많고 가격도 저렴하다. 런던에서 출발하는 저가 항공의 경우 대부분 히드로 공항이 아닌 개트윅 공항, 스탠스테드 공항, 루턴 공항으로 들어간다. 출발 일을 넉넉히 남겨두고 구매할 경우 런던-아일랜드 왕복표를 40~50유로(수하물 별도)로 살 수 있다. 시간은 대략 1시간 20분 정도 소요된다(리버풀, 맨체스터에서는 1시간, 에든버러에서는 1시간 10분 소요).

3. 더블린 시내로 들어가기

더블린 국제공항에서 더블린 시내까지는 대략 12킬로미터다.

공항버스(20~30분 소요)

• **에어코치**Aircoach: 24시간 운행하며 온라인으로 예약하면 할인된다. 편도는 성인(13세 이상) 7유로(온라인 6유로)/어린이(5~12세) 2유로(온라인 1.5유로).

• **에어링크**Airlink: 747번, 757번 버스가 04시 45분(일요일 06시 30분)부터 24시 30분까지 운행한다. 에어코치보다 싸지만 일반버스와 같은 구조로 사람이 많으면 서서 갈 수도 있다. 성인 6유로/어린이 3유로.

일반버스(40분 이상 소요)

16, 41번 버스. 요금은 3.3유로. 현금도 가능하나 거스름돈을 주지 않으므로 정류장 앞 자동티켓 발급기에서 티켓을 구입하는 것이 좋다.

택시

도달하는 위치와 교통 상황에 따라 다르지만 대략 20~35유로 선이다. 추가 인원당 1유로, 12세 이하 어린이 1명까지 무료.

4. 더블린의 대중교통

더블린은 도심에 주요 명소가 몰려 있어서 걸어다닐 만하며, 버스나 루아스 노선도 잘 연결되어 있다. 호스, 말라하이드, 브레이 등 더블린 근교를 여행할 때는 철도청에서 운행하는 경전철 다트Dart(기본요금은 편도 2.3유로, 왕복 4.1유로)를 타는 것이 편리하다.

• **루아스**: 더블린을 종횡으로 운행하는 전차로 그린라인과 레드라인이 있다. 각 라인은 3~4개 구간으로 나뉘며 구간별 요금이 적용된다. 승차권은 루아스 역의 자동발매기에서 구입한다. 개찰구는 따로 없고 불시에 티켓을 검사하는데 적발되면 50유로 정도의 벌금을 내야 한다. 기본요금은 편도 2.1유로, 왕복 3.7유로.

• **버스**: 런던에 빨간색 2층 버스가 있다면 더블린에는 노란색 2층 버스가 있다. 승차 시 목적지를 말하면 운전기사가 해당 구간의 요금을 알려준다. 단위가 큰 지폐는 아예 받지 않으므로 잔돈을 미리 준비하는 것이 좋다. 영수증을 가지고 더블린 버스 사무실(59 Upper O'Connell Sreet)로 가면 차액을 환급해준다.

• **택시**: 기본요금은 주간 3.8유로, 야간 및 일요일/공휴일 4.2유로. 1인 이상 탑승 시 성인 1인당 1유로가 추가된다. 우버나 마이택시 등 휴대폰 앱을 통한 택시 서비스도 사용 가능하다.

립 비지터 카드Leap Visitor Card

아일랜드 교통카드회사 '립 카드Leap Card'에서 제공하는 여행자용 카드. 에어링크 공항버스, 시내버스, 루아스, 다트 및 15킬로미터 이내의 기차 노선에 한해서 선택한 기간 동안 무제한으로 사용할 수 있다. 더블린 시내만 관광할 때는 굳이 필요 없지만 더블린 근교를 여행하려면 1일권을 구입하는 것이 경제적이다.

1일권 10유로, 3일권 19.5유로, 7일권 40유로.

5. 렌터카 이용하기

• 여럿이 함께 여행할 계획이라면 렌터카를 이용해보자. 아일랜드의 초록 들판과 하얀 양 떼, 아름다운 자연을 자신의 속도로 즐길 수 있고 가격도 합리적이다. 단 운전석이 한국과 반대이고 지방 국도는 대부분 1~2차선으로 매우 좁기 때문에 차량 조작 방법이나 교통규범 등을 잘 숙지한 후 운전해야 한다.

• 길에 주차할 경우, 주차 가능한 시간을 먼저 확인한 후 가까운 매표기에서 미리 주차할 시간만큼 돈을 넣고 티켓을 뽑아 차 안에 시간이 보이게 놓아둔다. 만약 주차 단속에 걸리면 80~100유로의 벌금을 내야 하므로, 주차 시간이 더 필요할 경우에는 시간을 넘기기 전에 티켓을 추가로 구입해야 한다.

• 더블린 시내는 매우 복잡하고 주차비도 비싼 편이다. 거리 주차는 시간당 2.9유로이며 최대 2시간까지 가능한 곳이 많다.

• 대표적인 렌터카 회사로는 아비스^{Avis}, 버짓^{Budget}, 유로카^{Eurocar}, 엔터프라이즈^{Enterprise}, 헤르츠^{Hertz} 등이 있다.

6. 아일랜드의 기후

아일랜드의 여름(6~8월)은 평균 기온이 15도 안팎으로 서늘하고 비도 적은 편이라 여행하기에 최적기다. 또 아일랜드 전역에 초록빛이 가장 깊어지는 계절로 1년 중 가장 아름답다.

11월부터 서머타임이 시작되는 3월 중순까지는 오후 4~5시에 해가 지기 시작한다. 겨울 평균 기온은 5도 안팎으로 우리나라보다 높지만 비바람이 자주 불어 체감온도는 훨씬 낮다. 3월 말부터 해가 길어지기 시작해 6월 말에서 7월까지는 밤 10시가 넘도록 해가 지지 않는다.

1년에 300일 이상 비가 오고 강한 바람을 동반하는 경우가 많으므로, 우산보다는 방풍·방수 기능이 좋은 겉옷과 신발을 갖추기를 권한다.

7. 화폐와 물가

아일랜드는 EU 회원국으로 유로를 쓴다. 슈퍼마켓이나 마트에서 판매하는 식재료의 가격은 한국과 비슷하거나 싼 편이다. 맥주, 와인 등도 저렴하게 구입할 수 있다. 하지만 레스토랑이나 펍에서 마시는 맥주나 와인은 5~8유로로 비싸다. 대중교통비도 한국의 2배 정도, 외식비도 한국보다 비싼 편이다. 중급 레스토랑에서 2코스 메뉴를 선택할 경우 1인당 25~35 유로 선.

2018년 맥도널드 빅맥 지수 5달러로 패스트푸드도 대체로 한국보다 비싸다.

8. 비자

한국인은 무비자로 최대 90일까지 머물 수 있다. 단 여권 유효 기간이 6개월 이상 남아 있어야 하므로 주의해야 한다.

9. 시차

서머타임 기간에는 8시간 느리고, 그 외에는 9시간 느리다.

10. 인터넷 사용하기

• 공항, 공공기관, 호텔, 레스토랑, 카페, 쇼핑센터에서 제공하는 무료 와이파이를 사용할 수 있다. 와이파이 속도도 좋은 편이다.

한국 통신사에서 데이터 로밍을 해서 오는 방법도 있으나 인터넷을 많이 사용할 계획이라면, 데이터 로밍 서비스보다 저렴하고 단말기 1대로 최대 5명까지 공유할 수 있는 '포켓 와이파이'가 훨씬 경제적이다.

• 아일랜드에 한 달 이상 머물 계획이라면 스리Three 통신사의 심카드를 사용하는 방법도 고려해보자. 20유로를 충전하면 28일간 데이터를 무제한으로 쓸 수 있다. 스리 통신사는 시내의 쇼핑 거리에서 쉽게 찾을 수 있고, 개통 시간도 5분 정도로 빠르다. 단, '컨트리 락'이 해제된 상태여야 하므로 미리 확인하자. 한국 휴대폰 번호로 계정이 등록된 카카오톡 등은 사용할 수 없으니 염두에 둘 것.

11. 숙소

아일랜드의 기본적인 숙소 형태로는 호텔, 호스텔, B&B가 있으며, 요즘은 직접 요리해서 먹을 수 있는 시설이 갖춰진 에어비앤비나 아파트형 호텔도 인기가 많다. B&B는 아이리시 가정집의 분위기와 집밥을 경험할 수 있다는 것이 장점이다. 아일랜드 시골 지역을 여행할 계획이라면 자연 친화적인 아이리시 카티지Cottage(돌이나 흙으로 지은 팜하우스)에 묵어보는 것도 좋은 추억이 될 것이다.

12. 치안

아일랜드는 마약과 총기 소지가 불법이고, 안전한 국가 순위에서 최고 등급을 기록했을 만큼 치안이 양호하다. 피부로 느낄 만한 인종차별 역시 드물다. 하지만 EU 통합으로 국제화가 이루어지면서 마약을 비롯한 범죄율이 증가하는 추세다. 특히 관광객이 많은 시내 중심가를 다닐 때는 휴대폰, 지갑 등을 노린 소매치기에 조심해야 한다. 템플바 등 펍이 몰려 있는 관광지에서는 음주로 인한 폭력 범죄도 심심찮게 일어나므로 늦은 밤에 돌아다닐 때는 늘 주의하자.

13. 긴급 상황 시 연락처

• 주 아일랜드 한국 대사관Embassy of the Republic of Korea

시내에서 4, 7, 7A번 버스 탑승 후 미국 대사관에서 하차.

주소 Clyde House, 15 Clyde Rd, Ballsbridge, Dublin4

전화 +353-1-660-8800, +353-1-660-8053 (토/일 휴무)

비상연락 +353-87-234-9226

웹사이트 irl.mofa.go.kr

비상 상황이 생겼을 때는 112 또는 999에 전화해 아일랜드 경찰Gardai의 도움을 요청할 수 있다. 길에서 도난을 당했을 경우에는 가까운 경찰서에 신고한다. 또 같은 번호로 응급 의료 서비스, 화재 및 구조 서비스 요청도 가능하다.

초록빛 힐링의 섬
아일랜드에서 멈추다

ⓒ 이현구, 2019

초판 1쇄 발행 2019년 12월 10일

지은이	이현구
펴낸이	김철식
펴낸곳	모요사
출판등록	2009년 3월 11일
	(제410-2008-000077호)
주소	10209 경기도 고양시 일산서구
	가좌3로 45, 203동 1801호
전화	031 915 6777
팩스	031 5171 3011
이메일	mojosa7@gmail.com
ISBN	978-89-97066-51-3 03810